DANS L'ANTRE DU DIABLE

OBSESSION MOLOTOV, TOME 1

ANNA ZAIRES

♠ MOZAIKA PUBLICATIONS ♠

Dépôt légal © 2021 Anna Zaires et Dima Zales
www.annazaires.com/book-series/francais/

Publié par Mozaika Publications, une marque de Mozaika LLC.
www.mozaikallc.com

Couverture par The Book Brander
thebookbrander.com

Photographie par The Cover Lab

Traduction : Laure Valentin

e-ISBN : 978-1-63142-698-8
ISBN imprimé : 978-1-63142-699-5

CHLOÉ

Une voiture pétarade et la vitrine sur ma gauche vole en éclats, faisant pleuvoir des morceaux de verre dans un large rayon.

Je me fige, tellement abasourdie que je sens à peine le verre taillader mon bras nu. Puis les cris me parviennent.

— Fusillade ! Appelez la police ! s'égosille quelqu'un dans la rue.

L'adrénaline déferle dans mes veines alors que mon cerveau fait le lien entre le bruit et l'explosion.

Quelqu'un tire.

Sur moi.

Ils m'ont retrouvée.

Mes pieds réagissent avant le reste de mon corps, me propulsant d'un bond juste au moment où un autre *pop* ! aigu retentit à mes oreilles. Cette fois, c'est la caisse enregistreuse à l'intérieur du magasin qui se brise en mille éclats.

La même caisse devant laquelle je me tenais une seconde plus tôt.

Je sens le goût de la terreur, cuivré comme du sang. Peut-être est-ce du sang. Peut-être que l'on m'a tiré dessus et que j'agonise. Non, puisque je cours à toutes jambes. Mon cœur bat la chamade, mes poumons travaillant à plein régime alors que je détale dans la rue. Si je sens la brûlure de mes muscles, c'est que je suis en vie.

Pour l'instant.

Parce qu'ils m'ont retrouvée. Une fois de plus.

Je tourne brusquement sur la droite et dévale une ruelle transversale. Par-dessus mon épaule, j'aperçois deux hommes à moins d'un pâté de maisons derrière moi, qui me poursuivent à toute vitesse.

Mes poumons hurlent déjà, peinant à respirer. Mes jambes menacent de me lâcher, mais je m'élance dans la ruelle avant qu'ils ne déboulent au coin de la rue. Un grillage aux mailles en forme de losanges, haut d'un mètre cinquante, barre la ruelle. Je m'empresse d'y grimper et passe par-dessus en quelques secondes, l'adrénaline me conférant l'agilité et la force d'une athlète.

La ruelle donne sur une autre rue, et un sanglot de soulagement jaillit de ma gorge lorsque je prends conscience que c'est celle où j'ai garé ma voiture avant l'entretien.

Cours, Chloé. Tu peux le faire.

Le souffle désespérément court, je descends la rue

au pas de course, scrutant le trottoir à la recherche d'une Toyota Corolla toute cabossée.

Où est-elle, bon sang ?

Où ai-je laissé cette foutue voiture ?

Est-elle derrière le pick-up bleu ou le blanc ?

Pitié, faites qu'elle soit là. Pitié, faites qu'elle soit là.

Enfin, je la repère, à moitié cachée derrière une fourgonnette blanche. Fourrant la main dans ma poche, je la referme vivement autour de mes clés, puis j'appuie sur le bouton pour déverrouiller la voiture.

Je suis déjà à l'intérieur et j'enfonce la clé dans le contact quand je vois mes poursuivants faire irruption dans la rue, loin derrière moi, chacun avec une arme au poing.

***

Cinq heures plus tard, je tremble encore en m'arrêtant dans une station-service, la première que j'ai croisée sur cette route de montagne sinueuse.

Cette fois, c'était moins une.

Ils sont de plus en plus hardis, de plus en plus désespérés.

Putain, ils m'ont même tiré dessus dans la rue.

Les jambes en coton, je sors de la voiture, serrant ma bouteille d'eau vide entre mes doigts. Je dois aller aux toilettes, boire, manger et faire le plein d'essence, dans cet ordre – et idéalement, me dégotter un nouveau véhicule, car ils ont peut-être noté la plaque d'immatriculation de ma Toyota. Enfin, à supposer qu'ils ne l'aient pas déjà.

Je me demande comment ils m'ont retrouvée à Boise, dans l'Idaho, peut-être à cause de ma voiture.

Le problème, c'est que je ne connais pas grand-chose sur les tactiques pour échapper aux criminels sanguinaires, et le peu que je sais me vient des livres et des films. En fait, je n'ai aucune idée de ce que mes poursuivants sont réellement capables de traquer. Par mesure de sûreté, je n'utilise aucune de mes cartes de crédit et je me suis débarrassée de mon téléphone le tout premier jour.

Un autre problème, c'est que j'ai exactement trente-deux dollars et vingt-quatre cents dans mon portefeuille. Le poste de serveuse que j'ai décroché ce matin à Boise m'aurait sauvé la mise, car le gérant du café était prêt à me payer au noir, en liquide. Malheureusement, ils m'ont retrouvée avant même mon tout premier service.

À quelques centimètres près, la balle aurait traversé ma tête au lieu de cette vitrine.

Une flaque de sang sur le sol de la cuisine... Un peignoir rose sur le carrelage blanc... Un regard fixe, aveugle...

Mon rythme cardiaque s'accélère et mes tremblements s'intensifient, mes genoux menaçant de se dérober sous mon corps. Appuyée contre le capot de ma voiture, je prends une inspiration frémissante, essayant d'apaiser le rythme effréné de mon pouls tout en refoulant mes souvenirs au plus profond de mon esprit, là où ils ne pourront pas m'étouffer, enserrer ma gorge dans un étau.

Je ne peux pas penser à ce qui s'est passé. Sinon, je m'effondrerai et ils auront gagné.

Ils ont peut-être bien gagné, déjà, parce que je n'ai pas d'argent et aucune idée de ce que je fais.

Une étape à la fois, Chloé. Un pied devant l'autre.

La voix de maman me revient, sereine et posée, et je me force à m'éloigner de la voiture. Ma situation déjà désespérée vient de basculer dans un état plus critique encore, et alors ?

Je suis toujours en vie et j'ai bien l'intention de le rester.

J'ai extrait tous les éclats de verre de mon bras il y a quelques heures, mais le t-shirt dont je me suis servie comme garrot pour interrompre le saignement risque d'attirer l'attention. Je récupère mon sweat-shirt dans le coffre et je mets la capuche pour cacher mon visage des caméras de surveillance susceptibles de filmer l'intérieur de la station-service. Je ne sais pas si mes poursuivants pourraient avoir accès à ces images, mais mieux vaut ne pas prendre de risque.

Encore une fois, à supposer qu'ils ne suivent pas déjà ma voiture.

Concentre-toi, Chloé. Un pas après l'autre.

La respiration enfin régulière, j'entre dans la petite boutique rattachée à la station-service. Après avoir salué la femme d'un certain âge derrière la caisse, je me rends directement aux toilettes, au fond du magasin. Une fois mes besoins les plus pressants satisfaits, je me lave les mains et le visage, remplis ma bouteille d'eau au robinet et sors mon portefeuille pour compter les billets, juste au cas où.

Non, je n'ai pas commis d'erreur de calcul ni raté un billet de vingt égaré. Trente-deux dollars et vingt-quatre cents, c'est tout l'argent qu'il me reste.

Le visage dans le miroir des toilettes est celui d'une inconnue, avec ses traits tirés, ses joues trop creuses et les cernes profonds sous des yeux marron trop grands. Je n'ai pas mangé ni dormi correctement depuis que je suis en fuite, et ça se voit. J'ai l'air plus âgée que mes vingt-trois ans, comme si le mois dernier à lui seul m'avait fait vieillir de dix ans.

Je me ressaisis pour éviter de sombrer dans un apitoiement dont je n'ai absolument pas besoin et me concentre sur les questions pratiques. Première étape : décider de l'usage que je vais faire du maigre budget dont je dispose.

Ma priorité, c'est l'essence pour la voiture. Je n'ai qu'un quart de réservoir plein, et j'ignore où je trouverai une autre station-service dans ce secteur. Le plein pour aller jusqu'au bout me coûtera au moins trente dollars, ce qui ne me laissera que quelques sous en poche pour calmer la faim qui me ronge l'estomac.

Plus délicat encore, la prochaine fois que je tomberai en panne d'essence, je serai foutue.

En sortant des toilettes, je me dirige vers la caisse et demande à la vieille employée de me donner pour vingt dollars d'essence. Je prends aussi un hot-dog et une banane, et je dévore le sandwich pendant qu'elle compte lentement la monnaie. La banane, je la glisse dans la poche avant de mon sweat à capuche pour le petit-déjeuner de demain.

— Voilà, ma chère, me dit la caissière d'une voix rauque en me remettant la monnaie et le ticket de caisse.

Avec un sourire chaleureux, elle ajoute :

— Passez une belle journée !

À ma grande stupeur, ma gorge se noue et des larmes me piquent le fond des yeux en réaction à cette simple parole bienveillante.

— Merci. Vous aussi, dis-je d'une voix étouffée.

Rangeant la monnaie dans mon portefeuille, je me hâte vers la sortie de peur d'alarmer la gentille caissière en éclatant en sanglots sous son nez.

Je suis presque à la porte quand un journal local attire mon attention. Comme il se trouve sur un présentoir portant la mention « gratuit », j'en prends un exemplaire avant de continuer vers ma voiture.

En attendant que le réservoir se remplisse, je rassemble mes émotions éparses et déplie le journal, l'ouvrant directement à la dernière page, la section des petites annonces. Les chances sont faibles, mais peut-être embauche-t-on dans la région, pour laver des fenêtres, tailler des haies, n'importe quoi.

Même cinquante dollars pourraient améliorer mes chances de survie.

Au début, je ne vois rien qui corresponde à ce que je recherche et je suis sur le point de replier le journal, déçue, lorsqu'une annonce au bas de la page attire mon attention :

Recherche professeur particulier pour enfant de quatre ans. Doit être diplômé, avoir un bon contact avec les enfants et être prêt à s'installer dans un domaine de montagne isolé. 3000 $ /semaine en espèces. Pour postuler, envoyez votre CV par e-mail à tutorcandidates459@gmail.com.

Trois mille dollars par semaine en espèces ? C'est quoi cette histoire ?

Incapable d'en croire mes yeux, je relis l'annonce.

Pourtant, je ne me suis pas trompée. Les mots sont toujours les mêmes, mais c'est insensé. Trois mille dollars par semaine pour un prof particulier ? En espèces ?

C'est un canular, je ne vois pas d'autre explication.

Le cœur battant, je termine mon plein et je remonte en voiture. Mon esprit est en ébullition. Je suis la candidate idéale pour ce poste. Non seulement je viens d'obtenir mon diplôme en sciences de l'éducation, mais j'ai aussi fait du baby-sitting et assuré des cours de soutien scolaire tout au long du lycée et de l'université. Quant au domaine de montagne isolé ? Inscrivez-moi tout de suite ! Plus c'est reculé, mieux c'est.

On dirait que cette annonce a été conçue juste pour moi.

Une minute... Serait-ce un piège ?

Non, je suis trop paranoïaque. Depuis que j'ai frôlé la catastrophe ce matin, je conduis sans but uniquement pour m'éloigner le plus possible de Boise, tout en restant à l'écart des routes et autoroutes principales afin d'éviter les caméras de circulation. Il aurait fallu que mes poursuivants aient une boule de cristal pour deviner que j'allais me retrouver ici, loin de tout, et que je m'intéresserais à ce journal régional. Je pourrais craindre un traquenard si des annonces similaires avaient été publiées dans tous les journaux du pays, ainsi que sur les principaux sites de recherche d'emploi en ligne, et encore, ce serait peu probable.

Non, il y a peu de risques qu'il s'agisse d'un piège tendu spécifiquement pour moi, mais cela pourrait bien être tout aussi douteux.

J'hésite un instant, puis je sors de la voiture et retourne dans le magasin.

— Excusez-moi, madame, dis-je en m'approchant de la caissière. Vous habitez dans le coin ?

— Oui, ma belle, répond-elle, un sourire éclairant son visage ridé. Je suis née et j'ai grandi à Elkwood Creek.

— Formidable. Dans ce cas...

Je déplie le journal et le pose sur le comptoir.

— Savez-vous quelque chose à ce sujet ? demandé-je en montrant l'annonce.

Elle sort une paire de lunettes de lecture et louche sur le texte aux caractères minuscules.

— Hmm. 3000 $ par semaine pour un professeur particulier, il doit être encore plus riche qu'on le dit.

Mon pouls s'emballe avec excitation.

— Vous savez qui a publié cette annonce ?

Elle lève vers moi ses yeux chassieux, clignant des paupières derrière les verres épais de ses lunettes.

— Je ne peux pas en être certaine, ma belle, mais d'après la rumeur, un riche Russe a racheté la vieille propriété des Jamieson, dans les montagnes, et a tout rénové. Il a embauché des gamins du coin pour de petits travaux par-ci par-là, en les payant toujours en liquide. Je n'ai jamais entendu parler d'un enfant, cela dit, alors ce n'est peut-être pas lui, mais je ne vois personne d'autre dans cette région qui soit aussi riche, et encore moins qui possède un domaine.

Oh, bon sang. Alors, c'est peut-être vrai. Un riche étranger, voilà qui expliquerait à la fois le salaire trop élevé et le paiement en espèces. L'homme, ou plus probablement le couple, puisqu'il y a un enfant, ne connaît peut-être pas les tarifs en vigueur pour les professeurs particuliers dans ce pays, à moins qu'il s'en fiche éperdument. Quand on est plein aux as, on n'est pas à quelques milliers de dollars près. Pour moi, cependant, une seule semaine de ce salaire pourrait faire la différence entre la vie et la mort, et si je gagnais cette somme pendant un mois, je serais en mesure de m'acheter une autre voiture d'occasion, et peut-être même de faux papiers, avant de quitter le pays et disparaître pour de bon.

Mieux encore, si le domaine est suffisamment éloigné, il faudra peut-être un certain temps avant que mes poursuivants ne me trouvent là, s'ils y arrivent un jour. Avec un salaire en espèces, il n'y aurait aucune trace écrite, rien qui me relie au couple russe.

Ce travail pourrait être la réponse à toutes mes prières... si je le décroche, bien sûr.

— Y a-t-il une bibliothèque publique dans les environs ? demandé-je en essayant de modérer mon enthousiasme.

Je ne veux pas me faire d'illusions. Même si mon CV est le meilleur qu'ils reçoivent, le processus d'embauche pourrait prendre des semaines ou des mois, et je ne suis pas certaine de rester ici aussi longtemps.

S'ils m'ont trouvée à Boise, ils me retrouveront ici aussi.

Ce n'est qu'une question de temps.

La caissière me regarde en souriant.

— Oui, ma belle. Roulez vers le nord sur une quinzaine de kilomètres. Quand vous verrez les premiers bâtiments, tournez à gauche, passez deux intersections, et ce sera sur votre gauche, juste à côté du bureau du shérif.

— Formidable, merci beaucoup. Vous avez un stylo ?

Elle m'en tend un et je griffonne ses indications sur la une du journal.

Sans smartphone ni GPS, je ne suis pas aidée !

— Bonne journée, lui dis-je.

Quand je ressors, cette fois-ci, j'ai le pas plus léger, presque sautillant.

La petite bibliothèque ferme à dix-sept heures. Je m'empresse de rédiger un CV et une lettre de motivation sur l'un des ordinateurs publics, puis je les envoie par e-mail à l'adresse indiquée dans l'annonce. Sans numéro de téléphone, je n'ai qu'une adresse électronique à mettre sur mon CV, en espérant que ce sera suffisant.

Le temps que je termine, c'est l'heure de la fermeture. Je remonte dans ma voiture et quitte la petite ville, empruntant au hasard des routes étroites et sinueuses jusqu'à trouver ce que je cherche.

Une clairière, dans les bois, où je puisse garer ma Toyota derrière les arbres, à l'écart de la route.

Une fois la voiture en lieu sûr, j'ouvre le coffre et sors un pull supplémentaire de la valise que j'ai eu la chance d'avoir avec moi au moment où ma vie s'est effondrée. J'enroule le pull et m'allonge sur la banquette arrière, l'oreiller de fortune sous ma tête. Là, je ferme les yeux.

Ma dernière pensée avant de m'endormir est l'espoir de rester en vie suffisamment longtemps pour avoir des nouvelles de ce fameux poste vacant.

2

NIKOLAI

*U*n coup contre la porte détourne mon attention du message que je suis en train de lire. Au moment où je lève les yeux de mon ordinateur portable, Alina ouvre la porte et entre gracieusement.

— On a reçu une candidature prometteuse ce soir, dit-elle en s'approchant de mon bureau. Tiens, regarde.

Elle me tend un épais dossier.

Je l'ouvre. La photo de permis de conduire d'une jeune femme à la beauté saisissante me renvoie mon regard sur la première page. Ses yeux bruns sont si grands qu'ils attirent l'attention sur son petit visage fin. En dépit de l'impression de mauvaise qualité, sa peau bronzée semble irradier, comme éclairée de l'intérieur par une bougie invisible. Mais c'est sa bouche qui me subjugue. Petite et parfaitement ronde, elle est à mi-chemin entre la moue boudeuse d'une poupée et ce que l'on pourrait trouver chez une star du porno.

Elle ne sourit pas sur cette photo, son expression est

grave, ses cheveux ramenés strictement en arrière, coiffés en queue de cheval ou en chignon. La page suivante, en revanche, présente une photo d'elle tout sourire, la tête rejetée en arrière et le visage encadré de vagues d'un brun doré qui disparaissent sous ses fines épaules. Elle est belle sur cette photo, si radieuse que quelque chose s'immobilise dangereusement en moi, même si mon pouls accélère, une réaction masculine primitive et irrépressible.

Ravalant cet étrange sentiment, je retourne la page et lis les informations qui figurent sur le permis de conduire.

Chloé Emmons a vingt-trois ans, elle mesure un mètre quatre-vingts et habite à Boston, dans le Massachusetts – ce qui signifie qu'elle est très loin de chez elle.

— Comment a-t-elle entendu parler de ce poste ? demandé-je en jetant un coup d'œil à Alina. Je pensais que nous n'avions publié l'annonce que dans les journaux locaux.

Elle écarte les papiers avec les photos et tapote son ongle verni de rouge sur la page du dessous.

— Lis la lettre de motivation.

Je reporte mon attention vers la feuille. Il semblerait que Chloé Emmons soit en voyage de fin d'études et qu'elle soit de passage à Elkwood Creek, où elle a vu notre annonce et a décidé de postuler. La lettre de motivation est bien écrite et mise en page, tout comme le CV qui l'accompagne. Je comprends pourquoi Alina l'a trouvée prometteuse. Même si la jeune femme vient d'obtenir sa licence en sciences de l'éducation au Middlebury College, elle a effectué plus de stages dans l'enseignement et elle a plus d'expérience en baby-sitting que les trois candidats précédents réunis.

En dessous figure le rapport de Konstantin. Comme toujours, il a demandé à son équipe de faire un examen approfondi de ses réseaux sociaux, son casier judiciaire et ses infractions routières, ses finances, ses relevés de notes, son dossier médical et tout ce qui a été numérisé à son sujet à un moment ou à un autre de sa vie. Comme c'est une lecture plus longue, je regarde Alina.

— Des sujets d'inquiétude ?

Elle hésite.

— Peut-être. Sa mère est décédée il y a un mois, un suicide apparemment. Depuis, Chloé a été pratiquement absente de la circulation : pas de messages sur les réseaux sociaux, pas de transactions par carte de crédit, pas d'appels sur son portable.

— Soit elle a du mal à faire face, soit il se passe autre chose.

Alina hoche la tête.

— J'opterais pour la première raison. Sa mère était sa seule famille.

Je ferme le dossier et le repousse.

— Cela n'explique pas l'absence de transactions bancaires. Il y a quelque chose qui cloche. Enfin, même si c'est ce que tu penses, une femme émotionnellement perturbée est bien la dernière chose dont nous avons besoin.

Un sourire dénué d'humour atteint les yeux couleur vert de jade d'Alina.

— Tu en es sûr, Kolya ? Parce que je sens qu'elle pourrait avoir sa place ici.

Avant que je puisse répondre, ma sœur tourne les talons et s'en va.

Je ne sais pas ce qui me pousse à reprendre le dossier une heure plus tard – curiosité malsaine, très probablement. Feuilletant l'épaisse liasse de documents, je parcours le rapport de police sur le suicide de la mère. Apparemment, Marianna Emmons, une serveuse de quarante ans, a été retrouvée sur le sol de sa cuisine, les poignets fendus. C'est un voisin qui a donné l'alerte. La fille, Chloé, n'était nulle part et elle ne s'est jamais présentée pour identifier ni inhumer le corps.

Intéressant. La jolie Chloé aurait-elle pu tuer sa mère ? C'est pour ça qu'elle se serait lancée dans un petit voyage et qu'elle ferait profil bas ?

Selon le rapport de police, la piste du crime n'est pas retenue. Marianna avait des antécédents de dépression et elle avait déjà tenté de se suicider une fois, à l'âge de seize ans. Mais je sais combien il est facile de déguiser un meurtre, pour peu que l'on sache s'y prendre.

Il suffit d'un peu de préparation et de solides compétences.

C'est tiré par les cheveux, peut-être, mais je ne suis pas arrivé là où j'en suis en présumant de la bonté des gens. Même si Chloé Emmons n'est pas coupable du meurtre de sa mère, elle est coupable de quelque chose. Mon instinct me dit que son histoire est louche, et mon instinct se trompe rarement.

Cette fille est synonyme de problèmes. Sans l'ombre d'un doute.

Pourtant, un pressentiment m'empêche de fermer le dossier. Je lis le rapport de Konstantin dans son intégralité, puis je passe en revue les captures d'écran de ses profils en ligne. Curieusement, il n'y a pas beaucoup de selfies. Pour une fille aussi jolie, Chloé ne semble pas très focalisée sur son physique. La majorité de ses posts sont des vidéos de bébés animaux et des photos de lieux pittoresques, ainsi que des liens vers des articles de blog, notamment sur le développement de l'enfant et les méthodes d'enseignement.

Sans ce rapport de police et le mois qui vient de s'écouler sans qu'elle ne donne le moindre signe de vie, Chloé Emmons semblerait être exactement ce qu'elle prétend être : une jeune diplômée passionnée par l'enseignement.

En revenant au début du dossier, j'examine la photo sur laquelle elle rit aux éclats. J'essaie de comprendre ce qui m'intrigue chez cette fille. Son joli visage, c'est sûr, mais ce n'est pas tout. J'ai déjà vu – et je me suis déjà tapé – des femmes bien plus belles, objectivement parlant. Même sa bouche de poupée porno n'est pas exceptionnelle dans l'absolu, quoiqu'aucun homme sain d'esprit ne laisserait passer l'occasion de sentir ces lèvres douces et pulpeuses autour de son membre.

Non, c'est autre chose qui exerce sur moi cette attraction magnétique, en rapport avec l'éclat de son sourire. J'ai l'impression de voir un rayon de soleil traverser les nuages par un jour d'hiver. J'ai envie de le toucher, de sentir sa chaleur... de le capturer, le garder rien que pour moi.

Mon corps durcit à cette pensée et des images sombres, classées X, s'insinuent dans mon esprit. Un homme meilleur – et surtout un meilleur père – fermerait ce dossier immédiatement, ne serait-ce qu'à cause de la tentation qu'il représente, mais je ne suis pas cet homme-là.

Je suis un Molotov, et dans la famille, on ne s'abaisse jamais à simplement « faire ce qu'il faut ».

Tout en tambourinant des doigts sur mon bureau, je prends une décision.

Chloé Emmons est peut-être trop perturbée pour que je la laisse approcher mon fils, mais je tiens quand même à la rencontrer.

Je veux sentir ce rayon de soleil sur ma peau.

3

CHLOÉ

*L*e portail métallique de trois mètres de haut coulisse lorsque j'arrive, le moteur de ma Toyota gémissant dans la pente raide de la route de gravier qui mène au domaine, en haut de la montagne. Le volant fermement agrippé dans mes mains, je franchis la grille ouverte, ma nervosité plus forte à chaque seconde.

Je n'en reviens toujours pas d'être ici. J'étais presque certaine que je n'aurais rien dans ma boîte de réception quand je suis retournée à la bibliothèque, ce matin. Il était bien trop tôt pour attendre une réponse. Mais juste au cas où, je voulais vérifier mes e-mails et passer quelques heures à chercher d'autres petits boulots sur internet, à un demi-réservoir à la ronde. Pourtant, le message était déjà là quand je me suis connectée. Il était arrivé hier à vingt-deux heures.

Ils veulent me recevoir en entretien.

À midi, aujourd'hui.

Mes paumes sont moites de sueur, alors je m'essuie d'abord une main, puis l'autre sur mon jean. Je n'ai rien qui ressemble à une tenue adaptée pour l'entretien, rien que mon unique jean propre et un t-shirt uni à manches longues – j'ai besoin de ces manches pour couvrir les éraflures et les croûtes laissées par les éclats de verre sur mon bras. J'espère que mes employeurs potentiels ne m'en voudront pas pour cette tenue décontractée. Après tout, je passe un entretien pour un poste de professeur particulier en pleine cambrousse.

Pitié, faites que j'obtienne le poste. Pitié, faites que je l'obtienne.

L'élégant portail métallique que je viens de franchir fait partie d'un mur d'enceinte, en métal lui aussi et de la même hauteur, qui s'étend de chaque côté de la route, dans la forêt montagneuse au relief accidenté. Je me demande si ce mur fait une boucle tout autour du domaine. C'est difficile à imaginer. D'après la bibliothécaire qui m'a expliqué comment m'y rendre, la propriété comprend plus de quatre cents hectares de terrain escarpé en pleine nature. Le mur semble pourtant s'étendre à perte de vue, alors c'est possible. Comme la porte s'est ouverte toute seule à mon approche, il doit y avoir des caméras de surveillance. Je suis à la fois sur le qui-vive et un peu rassurée.

Je ne sais pas pourquoi ces gens ont besoin d'un tel arsenal, mais si je décroche ce poste, je serai en sécurité chez eux.

La route de terre serpente. Elle paraît interminable, mais finalement, après un kilomètre environ, la forêt sur les côtés commence à s'éclaircir et le terrain devient plus plat. Je dois approcher du sommet.

En effet, au prochain virage, j'aperçois la belle demeure à étage.

Bijou ultra-moderne de verre et d'acier, elle devrait jurer comme un bouton sur le nez dans ce paysage naturel, mais au contraire, elle est habilement intégrée à son environnement, avec une partie de la maison construite à même l'affleurement rocheux. En me garant juste devant, je découvre une terrasse entièrement vitrée qui fait le tour de la maison jusqu'à l'arrière et je me rends compte qu'elle est perchée sur une falaise surplombant un profond ravin.

La vue de l'intérieur doit être splendide.

Respire profondément, Chloé. Tu peux le faire.

Avant de quitter la voiture, je passe mes paumes en sueur sur mon jean, ajuste mon t-shirt, vérifie que mes cheveux sont toujours bien coiffés et récupère le CV que j'ai imprimé à la bibliothèque. J'ai l'habitude d'assurer en entretien, mais les enjeux n'ont jamais été aussi élevés auparavant. Tous les nerfs de mon corps sont à vif, mon cœur bat si fort que j'en ai le vertige. Bien sûr, je pourrais aussi avoir des vertiges parce que tout ce que j'ai mangé aujourd'hui, c'est la banane du petit-déjeuner, mais je ne veux pas y penser, pas plus qu'au fait que, si je n'obtiens pas le poste, la faim sera bientôt le dernier de mes soucis.

Après m'être ressaisie, je sors de la voiture. J'ai une demi-heure d'avance. C'est toujours mieux que d'être en retard, mais tout de même pas idéal. J'avais peur de me perdre sans GPS, alors j'ai quitté la bibliothèque et je suis venue ici dès que la femme m'a expliqué où aller et m'a donné une carte routière. Mais je ne me suis pas perdue. Maintenant, il ne me reste plus qu'à me diriger vers cette porte d'entrée impressionnante aux allures futuristes et sonner.

C'est ce que je m'apprête à faire lorsque la porte s'ouvre, révélant un homme grand aux épaules larges, en jean foncé et chemise blanche, les manches retroussées jusqu'aux coudes.

— Bonjour, dis-je avec un sourire éclatant en m'approchant de lui. Je suis Chloé Emmons, j'ai un entretien pour le...

Je m'arrête, le souffle coupé, lorsqu'il s'avance à la lumière et que ses yeux noisette magnétiques croisent les miens.

Et encore, « noisette » est un terme trop banal pour les décrire. Je n'ai jamais vu des yeux comme ça. Ambrés et sombres, avec une pointe de vert sapin, ils sont soulignés par d'épais cils noirs et brillent d'une vivacité toute particulière, une intensité qui ne semblerait pas déplacée sur un prédateur en pleine jungle. Des yeux de tigre, sur un homme qui incarne la puissance et le danger, un homme si cruellement beau que mon rythme cardiaque déjà élevé monte encore dans les tours.

Des pommettes hautes et larges, l'arête du nez bien droite, une mâchoire qui semble taillée dans le marbre... la symétrie parfaite de ses traits saisissants aurait suffi pour l'envoyer en couverture de magazines, mais combinée avec sa bouche rebondie et incurvée en un rictus, elle produit un effet absolument dévastateur. Comme ses cils, ses sourcils sont épais et noirs, de même que ses cheveux, assez longs pour couvrir ses oreilles et si raides qu'ils ressemblent à des ailes de corbeau.

Il franchit la distance qui nous sépare à grandes enjambées, puis il tend la main.

— Nikolai Molotov, me dit-il, prononçant son nom à la russe, bien qu'il n'y ait aucune trace d'accent dans sa voix grave et éraillée. C'est un plaisir de faire votre connaissance.

4

CHLOÉ

*É*tourdie, je lui serre la main. Elle est grande et énergique. Sa peau légèrement bronzée est chaude tandis que ses longs doigts s'enroulent autour des miens pour les serrer avec une puissance soigneusement contenue. Un frisson se propage dans ma colonne vertébrale à cette sensation, tout mon corps réchauffé. Je dois faire appel à toute ma retenue pour ne pas me laisser attirer vers lui tant mes genoux semblent s'être changés en gélatine.

Reprends-toi, Chloé. C'est peut-être ton futur employeur. Ressaisis-toi, bordel.

Au prix d'un effort herculéen, je retire ma main et puise en moi ce qu'il me reste de contenance.

— Tout le plaisir est pour moi, Monsieur Molotov.

À mon grand soulagement, ma voix est posée, mon intonation calme et amicale, comme il convient à une personne qui passe un entretien d'embauche. Reculant de quelques pas, je souris à mon hôte.

— Excusez-moi d'être un peu en avance.

Ses yeux de tigre étincellent plus vivement encore.

— Aucun problème. J'avais hâte de vous rencontrer, Chloé. Et je vous en prie, appelez-moi Nikolai.

— Nikolai, répété-je, mon abruti de cœur s'emballant un peu plus à ces mots.

Je ne comprends pas ce qui m'arrive, pourquoi j'ai cette réaction en présence de cet homme. Je n'ai jamais été du genre à perdre la tête pour un beau menton ciselé et des abdominaux en béton, pas même quand j'étais une adolescente aux hormones inconstantes. Pendant que mes copines craquaient sur les joueurs de foot et les stars de ciné, je sortais avec des garçons dont la personnalité me plaisait, dont l'esprit m'attirait plus que le corps. Pour moi, l'alchimie sexuelle s'est toujours développée au fil du temps, ça n'a jamais été quelque chose qui s'est imposé dès le départ.

Cela dit, je n'ai jamais rencontré d'homme qui dégage un magnétisme animal aussi brut.

Pour tout dire, j'ignorais que les hommes comme ça existaient.

Concentre-toi, Chloé. Il est très certainement marié.

Cette pensée me fait l'effet d'un jet d'eau froide sur le visage et je suis brutalement ramenée à la réalité de ma situation. Qu'est-ce que je fiche, à baver sur le père d'un futur élève ? J'ai besoin de ce travail pour *survivre*. Le trajet de cinquante kilomètres jusqu'ici a consommé plus d'un quart de mon réservoir, et si je ne gagne pas de l'argent au plus vite, je serai immobilisée, une proie facile pour les tueurs qui me poursuivent.

La chaleur qui m'a envahie retombe immédiatement à cette idée, et lorsque Nikolai me demande de le suivre à l'intérieur, c'est l'anxiété qui joue avec mes nerfs, cette fois, et non plus ce sentiment qui m'a engourdie à sa vue.

Dedans, la maison est aussi moderne qu'à l'extérieur. Tout autour de moi s'ouvrent d'immenses baies vitrées offrant une vue imprenable, avec des décorations dignes d'un musée d'art moderne et des meubles élégants qui semblent tout droit sortis de la salle d'exposition d'un architecte designer. Tout est dans des tons de gris et de blanc, adoucis çà et là par des touches de bois naturel et de pierre. C'est somptueux et franchement intimidant, tout comme l'homme devant moi. Alors qu'il me conduit à travers un vaste salon en direction d'un escalier en colimaçon à l'arrière, à la fois chic et rustique, j'ai la désagréable impression d'être un pigeon galeux entré par mégarde dans une salle d'opéra tout en dorures.

Ravalant cette sensation étrange, je prends la parole :

— Vous avez une belle maison. Ça fait longtemps que vous habitez ici ?

— Quelques mois, répond-il en gravissant les marches.

Il me lance un regard et ajoute :

— Et vous ? Vous avez dit dans votre lettre de motivation que vous étiez en voyage ?

— C'est exact.

Ramenée sur un terrain plus familier, je lui explique

posément que j'ai obtenu mon diplôme du Middlebury College en juin et que j'ai décidé de voir du pays avant de me lancer dans le monde du travail.

— Et puis, j'ai vu votre annonce. Elle était trop parfaite pour que je la laisse passer, alors me voilà.

— Oui, en effet, dit-il à voix basse alors que nous nous arrêtons devant une porte fermée. Ça y est, nous y sommes.

Une fois de plus, ma respiration devient frénétique et mon pouls s'accélère de manière incontrôlable. Il y a quelque chose de troublant dans la courbe sensuelle de sa bouche, quelque chose de presque *dangereux* dans l'intensité de son regard. Peut-être est-ce la teinte inhabituelle de ses yeux, toujours est-il que je me sens très mal à l'aise quand il appuie sa paume sur un panneau discret du mur et que la porte s'ouvre devant nous, comme dans un film d'espionnage.

— Je vous en prie, murmure-t-il en me faisant signe d'entrer.

Je m'exécute, m'efforçant de chasser cette désagréable impression de pénétrer dans l'antre d'un prédateur.

L'antre s'avère être un vaste bureau ensoleillé. Deux murs sont entièrement vitrés, offrant une vue sublime sur les montagnes, tandis qu'un bureau en forme de L, au milieu, est occupé par plusieurs écrans d'ordinateur. Sur le côté se trouve une petite table ronde avec deux chaises. C'est là que Nikolai me conduit.

Réprimant un soupir de soulagement, je m'assieds et pose mon CV sur la table devant lui. Il est clair que je suis sur les nerfs, tellement tendue après ce dernier mois chaotique que j'ai tendance à voir le mal partout. C'est un entretien pour un poste de professeur particulier, rien de plus. Je dois vraiment me ressaisir avant de tout foutre en l'air.

En dépit de mon petit sermon, mon cœur bat la chamade lorsque Nikolai se penche en avant sur sa chaise et darde sur moi ses yeux à la beauté troublante. Je sens mes paumes de plus en plus moites et je me retiens péniblement de les essuyer à nouveau sur mon jean. Aussi ridicule que cela puisse être, je me sens mise à nu par ce regard, tous mes secrets et mes peurs dévoilés.

Arrête, Chloé. Il ne sait rien. C'est un entretien pour devenir prof particulier, rien de plus.

— Alors, dis-je joyeusement pour masquer mon émoi... Je peux vous poser des questions sur l'enfant auquel je donnerai des cours ? S'agit-il de votre fils ou de votre fille ?

Son expression devient indéchiffrable.

— Mon fils. Miroslav. Nous l'appelons Slava.

— C'est un très beau prénom. Est-ce qu'il...

— Parlez-moi de vous, Chloé.

Il prend mon CV sur la table, mais ne le regarde pas. Ses yeux restent rivés sur mon visage et je me sens comme un papillon épinglé sous un microscope.

— Qu'est-ce qui vous intéresse dans ce poste ?

— Oh, absolument tout.

Après une longue inspiration pour stabiliser ma voix, je lui décris tout le baby-sitting et le tutorat que j'ai déjà fait au fil des ans, puis je passe en revue mes stages, y compris mon dernier emploi d'été dans un camp pour jeunes en difficulté, où j'ai travaillé avec des enfants de tous âges.

— C'était une expérience formidable, conclus-je. À la fois stimulante et enrichissante. Mais ce que j'ai préféré, c'est enseigner les mathématiques et faire la lecture aux plus jeunes. Voilà pourquoi je pense que je serais parfaite à ce poste. L'enseignement est ma passion, et j'aimerais avoir la chance de travailler avec un enfant en tête-à-tête, d'adapter le programme à ses intérêts et à ses capacités.

Il repose le CV sans y avoir accordé le moindre coup d'œil.

— Et la perspective de vivre dans un endroit aussi éloigné de la civilisation ? Où il n'y a rien d'autre que des étendues sauvages sur des dizaines de kilomètres à la ronde et un contact minimal avec le monde extérieur ?

— Eh bien, c'est vraiment...

Un refuge inespéré.

— ... incroyable.

Je souris à belles dents. Pour le coup, mon enthousiasme est authentique.

— J'adore les grands espaces et la nature en général. D'ailleurs, j'ai en partie choisi ma fac, Middlebury College, parce qu'elle était à la campagne. J'aime la randonnée et la pêche, et je me débrouille pour allumer un feu de camp. Vivre ici serait un rêve éveillé.

Surtout si l'on tient compte de toutes les mesures de

sécurité que j'ai repérées en arrivant, mais bien sûr, je me garde bien de le lui dire.

Je dois passer pour une jeune diplômée en quête d'aventure, rien de plus.

Il arque les sourcils.

— Vos amis ne vont pas vous manquer ? Ou votre famille ?

— Non, je...

À ma grande consternation, ma gorge se noue dans un brusque élan de chagrin. Je déglutis et recommence :

— Je suis très indépendante. Je voyage seule dans le pays depuis un mois. Et puis, il y a toujours des téléphones, la visio et les réseaux sociaux.

Il penche la tête.

— Pourtant, vous n'avez rien publié sur vos profils en ligne depuis un mois. Pourquoi cela ?

Je le regarde, le cœur battant. Il a consulté mes réseaux sociaux ? Comment ? Quand ? J'ai mis en place les paramètres de confidentialité les plus élevés. Il devrait seulement savoir que je suis présente en ligne comme une personne normale, rien d'autre. A-t-il mené une enquête sur moi ? A-t-il piraté mes comptes d'une manière ou d'une autre ?

Qui est cet homme ?

— En fait, je n'ai pas de téléphone en ce moment.

Une goutte de sueur coule le long de mon dos, mais je parviens à garder mon calme.

— Je m'en suis débarrassée parce que j'avais envie de faire une pause dans toute cette technologie à l'occasion de mon voyage. Une sorte de défi personnel.

— Je vois.

Dans la lumière, ses yeux sont plus verts qu'ambrés.

— Alors, comment faites-vous pour rester en contact avec votre famille et vos amis ?

— Par e-mails essentiellement.

C'est un mensonge, mais je ne peux pas admettre que je n'ai gardé contact avec personne et que je n'ai pas l'intention de le faire.

— Je fréquente les bibliothèques publiques où j'utilise les ordinateurs, de temps en temps.

Je prends conscience que mes doigts sont crispés et je desserre les mains tout en me forçant à sourire.

— C'est assez libérateur de ne pas être attaché à un téléphone, vous savez. Être constamment connecté, c'est à la fois un bienfait et un malheur. Je profite de la liberté de voyager à travers le pays comme les gens le faisaient autrefois, avec seulement une bonne vieille carte routière pour me guider.

— Une technophobe de la génération Z, comme c'est original.

Je rougis à l'intonation doucement ironique de sa voix. Je sais très bien que mon explication paraît bancale, mais c'est la seule que je puisse trouver pour justifier mon récent manque d'activités sur les réseaux sociaux et, au cas où il examinerait mon CV de près, l'absence de numéro de téléphone. C'est même une excellente excuse pour à peu près toutes mes bizarreries, alors autant jouer le jeu.

— Vous avez raison. Je suis un peu technophobe. C'est certainement pour ça que la vie en ville m'attire si peu et que j'ai trouvé votre offre d'emploi si intrigante. Vivre ici, dis-je en désignant le somptueux paysage de l'autre côté de la vitre, et donner des cours à votre fils, c'est le genre de travail dont j'ai toujours rêvé. Si vous m'engagez, je m'y consacrerai entièrement.

Un sourire insaisissable recourbe ses lèvres.

— Est-ce bien vrai ?

— Oui.

Je soutiens son regard, même si je sens mon souffle s'accélérer et la chaleur se propager furieusement sur ma peau. Je ne comprends vraiment pas ma réaction en présence de cet homme, ni comment je peux le trouver aussi magnétique alors qu'il déclenche toutes sortes d'alarmes dans mon esprit. Paranoïa ou pas, mon instinct me dit qu'il est dangereux, et pourtant les doigts me démangent d'effleurer ses lèvres bien dessinées et d'apparence si douce. Déglutissant, je détourne mes pensées de ce terrain traître et ajoute avec autant de sérieux que possible :

— Je serai le prof particulier idéal.

Il me regarde sans sourciller. Le silence s'étend sur plusieurs longues secondes, et alors que j'ai l'impression que mes nerfs risquent de claquer comme un élastique trop tendu, il se lève et déclare :

— Suivez-moi.

Il m'emmène hors du bureau, dans un long couloir terminé par une autre porte fermée. Celle-ci ne doit pas avoir de sécurité biométrique, puisqu'il frappe simplement et, sans attendre de réponse, il entre.

À l'intérieur, une autre baie vitrée et une autre vue à couper le souffler. Cependant, cette pièce n'a rien d'élégant et de moderne. On dirait plutôt qu'une usine de jouets vient d'y exploser. Le chaos bariolé est partout où je porte le regard, avec des piles de jouets, de livres pour enfants et des Lego épars. Il y a un lit recouvert d'un drap sur le thème de Superman, dans le coin. Les oreillers et la couverture aux mêmes motifs sont entassés dans le coin opposé. Ce n'est que lorsque mon hôte lance d'un ton sévère : « Slava ! » que j'aperçois le petit garçon qui construit un château en Lego juste à côté.

En l'entendant, le garçon lève brusquement la tête, révélant une paire de grands yeux d'un vert ambré, tout aussi hypnotiques que ceux de son père. Le garçon est Nikolai en miniature, ses cheveux noirs tombant autour de ses oreilles en un rideau lisse et brillant. Même son visage poupin annonce déjà les mêmes pommettes marquées. Sa bouche aussi est identique, à l'exception du rictus cynique et de la courbe assurée des lèvres de son père.

— Slava, *idi syuda*, ordonne Nikolai.

Le garçon se lève alors et s'approche prudemment de nous. Lorsqu'il s'arrête, je constate qu'il porte un jean et un t-shirt avec Spiderman sur le devant.

Nikolai commence à lui parler en russe, dans un

débit rapide. Je n'ai aucune idée de ce qu'il dit, mais cela doit avoir un rapport avec moi, car l'enfant ne cesse de me regarder d'un air à la fois curieux et craintif.

Dès que Nikolai a fini de parler, je souris à l'enfant et m'agenouille, me plaçant au même niveau que ses yeux.

— Salut, Slava, dis-je avec chaleur. Je m'appelle Chloé. Ravie de te rencontrer.

Le garçon me regarde sans rien dire.

— Il ne parle pas anglais, m'explique Nikolai un peu sèchement. Alina et moi avons essayé de le lui enseigner, mais il sait que nous parlons russe et il refuse de l'apprendre avec nous. Ce serait donc votre travail : lui apprendre l'anglais, ainsi que tout ce qu'un enfant de son âge devrait savoir.

— Je vois.

Je ne quitte pas le garçon des yeux, mon sourire toujours avenant même si d'autres alarmes se déclenchent dans mon esprit. Il y a quelque chose d'étrange dans la façon dont Nikolai s'adresse à l'enfant, comme si son fils était un inconnu. Et si Alina – sans doute sa femme, la mère du garçon – connaît l'anglais aussi bien que mon hôte, alors pourquoi Slava ne parle-t-il pas au moins quelques mots ? Pourquoi refuserait-il d'apprendre la langue de ses parents ?

Et d'abord, pourquoi Nikolai ne prend-il pas le garçon dans ses bras pour l'embrasser ? Ou lui ébouriffer les cheveux avec cette tendresse propre aux pères ?

Où est l'aisance habituelle avec laquelle les parents communiquent généralement avec leurs enfants ?

— Slava, dis-je lentement. Je m'appelle Chloé.

J'assortis ma phrase d'un geste me désignant.

— Chloé.

Il darde sur moi le même regard fixe que son père pendant un long moment. Puis sa bouche bouge enfin et il reproduit les syllabes :

— Klo-ee.

J'affiche un grand sourire.

— C'est ça. Chloé, répété-je, une main sur ma poitrine. Et toi, tu es Slava.

Je le montre du doigt.

— Miroslav, c'est ça ?

Il acquiesce gravement.

— Slava.

— Tu aimes les bandes dessinées, Slava ?

Je touche délicatement l'image sur son t-shirt.

— C'est Spiderman, n'est-ce pas ?

Ses yeux s'illuminent.

— *Da*, Spiderman, répond-il avec un accent russe prononcé. *Ti znayesh o nyom ?*

Je regarde Nikolai, mais son visage demeure impassible. Un sentiment de gêne descend le long de ma colonne vertébrale et mon souffle reste suspendu. Soudain, je me sens vulnérable. Je ne tiens pas à rester à genoux en présence de cet homme.

J'ai l'impression de dévoiler ma gorge devant un loup, aussi beau que sauvage.

— Mon fils vous demande si vous connaissez

Spiderman, dit-il après un moment de tension. Je suppose que la réponse est oui.

Au prix d'un gros effort, je détache mon regard de lui pour me concentrer sur le garçon.

— Oui, je connais Spiderman, dis-je en souriant. J'aimais Spiderman quand j'avais ton âge. Et aussi Superman, Batman, Wonder Woman et Aquaman.

Le visage de l'enfant s'illumine un peu plus à chaque super-héros que je nomme. Lorsque j'arrive au dernier, un sourire malicieux apparaît sur son visage.

— Aquaman ? demande-t-il en fronçant son petit nez. *Nyet, nye Aquaman.*

— Pas Aquaman ?

J'écarquille les yeux en feignant la stupeur.

— Pourquoi pas ? Qu'est-ce qui ne va pas avec Aquaman ?

Ma réaction le fait rire.

— *Nye* Aquaman.

— D'accord, tu as gagné. Pas Aquaman.

Je laisse échapper un soupir triste.

— Pauvre Aquaman, le mal-aimé.

Le garçon rit à nouveau et détale vers une pile de bandes dessinées à côté du lit. Il en attrape une, la ramène et me montre la couverture.

— Superman *samiy sil'niy*, déclare-t-il.

— Superman est le meilleur ? tenté-je de deviner. C'est ton préféré ?

— Il dit que c'est le plus fort, explique froidement Nikolai avant de passer au russe sur la même intonation autoritaire.

Le visage du garçon se ferme et il baisse le livre, visiblement déçu.

— Retournons dans mon bureau, me dit Nikolai.

Sans un mot de plus à son fils, il se dirige vers la porte.

5

NIKOLAI

*E*n sortant de la chambre, je l'entends dire au revoir à mon fils. Sa voix est douce et cristalline. La douleur sourde dans ma poitrine s'intensifie, la colère se mêlant à l'envie la plus forte que j'aie jamais ressentie.

Six mois.

Six mois, et je n'ai pas obtenu le moindre sourire de ce garçon. Mais Alina y a eu droit, et maintenant, cette fille, une parfaite inconnue.

Slava a ri avec elle.

Il lui a montré son livre préféré.

Il l'a laissée toucher sa chemise.

Tout en la regardant avec mon fils, je n'ai pas pu m'empêcher de penser comment elle serait, nue et étendue sous mon corps, ses cheveux éclaircis par le soleil libérés de l'élastique strict qui les confine et ses grands yeux bruns rivés sur moi alors que je m'enfouirais dans sa moiteur soyeuse.

Si j'avais besoin d'une preuve supplémentaire que je suis inapte à devenir père, la voici, et non la moindre.

— Asseyez-vous, s'il vous plaît, dis-je à Chloé une fois de retour dans mon bureau.

Malgré tous mes efforts, ma voix est blanche, le tourbillon de mes émotions trop puissant pour être contenu. J'aimerais me saisir de cette fille et la baiser sur-le-champ, et en même temps, je voudrais la secouer en lui ordonnant de me dire comment elle a opéré sa magie sur Slava si rapidement... pourquoi mon fils lui a répondu en trois minutes, alors que je n'ai pu obtenir que quelques mots de lui depuis des mois.

Elle s'assied sur la même chaise qu'avant, tout au bord, avec la délicatesse d'un papillon sur une fleur. Ses yeux sont sur mon visage, son expression parfaitement maîtrisée. Si elle ne se tordait pas nerveusement les mains sur la table, j'aurais pu la croire aussi détendue qu'elle en a l'air. Mais elle est anxieuse, cette jolie fille mystérieuse. Sur les nerfs et aux abois.

J'ignore pourquoi, mais je compte bien le découvrir.

— Qu'avez-vous pensé de mon fils ? demandé-je sur un ton plus affable, penché en arrière dans ma chaise.

Maintenant que nous ne sommes plus avec Slava, l'étrange oppression au thorax que je ressens souvent en sa présence s'atténue. La colère et la jalousie irrationnelles s'estompent jusqu'à ne plus être qu'une faible palpitation au fond de mon esprit.

Et quand bien même il apprécierait cette inconnue ?

Au moins, cela signifie qu'elle est apte pour le travail que je compte lui confier.

Je ne sais pas exactement quand j'ai pris cette décision, à quel moment j'ai décrété que ma fascination pour Chloé Emmons justifiait le danger qu'elle pourrait représenter pour ma famille. Peut-être est-ce lorsqu'elle mentait avec désinvolture sur son désintérêt pour les réseaux sociaux, ou lorsqu'elle me dévisageait sans crainte après avoir juré de se consacrer à ce travail. Ou peut-être est-ce encore plus tôt, quand je suis sorti de la maison et que ses beaux yeux bruns se sont posés sur moi pour la première fois, si intenses que tous les poils de mon corps se sont dressés.

L'attirance est un mot trop faible pour décrire l'effet qu'elle opère sur moi. Mes mains frémissent d'envie à l'idée de la toucher, de passer mes doigts sur son menton fin et de découvrir si sa peau hâlée est aussi douce que celle d'un bébé. Sur les photos, elle m'a paru jolie et pétillante, d'un éclat qui irradiait presque sur la page. En personne, elle est tout cela et plus encore, son sourire exsudant une chaleur dont elle n'a même pas conscience, son regard franc à la fois fort et vulnérable.

En dessous, cependant, je perçois le désespoir. Je peux le voir, le sentir... le ressentir. La peur, l'affliction... ces sentiments ont une odeur, comme le sang. Et tout comme le sang, ils éveillent les parties les plus sombres de mon corps, la bête que je garde soigneusement en laisse. Pire encore, cette attirance troublante n'est pas à sens unique.

Chloé Emmons est séduite.

Derrière son sourire éclatant et amical, je perçois un intérêt purement féminin, une réaction aussi viscérale que la mienne. Quand je lui ai serré la main, la sienne tremblait. J'ai vu ses lèvres s'entrouvrir lorsqu'elle prenait une légère inspiration, alors que ses doigts délicats me rendaient ma poignée de main.

Non, je ne laisse pas cette fille indifférente, ce qui en fait une proie facile.

— J'ai trouvé Slava très agréable, répond-elle.

Une fois de plus, mes yeux sont attirés par sa bouche si tentante. Sa lèvre supérieure est un peu plus rebondie que l'autre, ce qui donne la très discrète impression que ses dents sont un peu en avant quand elle ne sourit pas.

— Je ne sais pas pourquoi il refuse de se mettre à l'anglais avec vous, mais je suis sûre que je pourrai lui apprendre, poursuit-elle alors que je me demande encore si cette petite imperfection la rend plus séduisante ou moins.

Plus, décidé-je à mesure qu'elle m'explique les méthodes d'enseignement qu'elle a l'intention d'employer. C'est évident, parce que je n'ai qu'une idée en tête, goûter la douceur de ses lèvres et les sentir sur mon corps.

Je m'efforce néanmoins de me recentrer sur ses paroles.

— ... et donc nous commencerons par le...

— Que pensez-vous des châtiments corporels sur les enfants ? la coupé-je, penché en avant.

J'en ai assez entendu pour savoir qu'elle fait parfaitement l'affaire.

— Pratiquez-vous la fessée, par exemple ?

Elle me lance un regard consterné.

— Bien sûr que non ! C'est la dernière chose que...
Non, je désapprouve totalement.

Ses yeux s'étrécissent avec horreur et elle se penche
vers moi, ses poings serrés machinalement sur la table.

— Et *vous* ?

— Non. Pas du tout.

Elle se détend visiblement et je dissimule un sourire
satisfait. Pendant une seconde, on aurait dit qu'elle
allait me frapper avec ses petits poings. Cette réaction
n'était pas feinte, tous les muscles de son corps se sont
tendus en même temps, comme si elle était sur le point
de se lancer dans la bataille. La simple possibilité que
mon fils reçoive des fessées lui a fait oublier les raisons
de son désespoir. Elle était prête à me massacrer
comme une oursonne protégeant ses petits.

Ce n'est pas la réaction d'une femme capable de
faire du mal à un enfant. Quel que soit le danger que
représente Chloé Emmons, elle n'a aucune tendance à
la violence, du moins pas une tendance susceptible
d'être dirigée contre Slava.

Je ne sais toujours pas quoi penser de la mort de sa
mère, en revanche.

Sans doute est-ce un autre signe de mon incapacité
à être un bon parent, toujours est-il que j'attends avec
curiosité de découvrir les ennuis qu'elle pourrait
causer. C'est calme ici, dans ce coin reculé de l'Idaho –
beau, mais bien trop calme, putain ! La vie que j'ai
laissée derrière moi n'a rien à voir avec celle que je
mène depuis six mois, et je ne peux pas nier que

l'adrénaline d'être à la tête de l'une des familles les plus influentes de Russie me manque terriblement.

Cette fille, avec ses mensonges intrigants et sa bouche de poupée star du porno, ne remplacera pas le frisson de la toute-puissance, mais disons qu'elle pourra me divertir un peu.

Je m'adosse dans ma chaise et croise les doigts sur mon buste en demandant :

— Alors, Chloé... quand pouvez-vous commencer ?

6

CHLOÉ

*J*e me retiens de bondir en criant :

— Maintenant ! Là, tout de suite.

Bien sûr, je risquerais de trahir mon désespoir et tout gâcher, alors je reste à ma place et réponds avec un semblant de calme :

— Comme ça vous arrange. Je suis disponible.

Les yeux dorés de Nikolai brillent sombrement.

— Excellent. J'aimerais que vous commenciez dès aujourd'hui. Je suppose que le salaire indiqué dans l'annonce vous convient ?

— Oui, merci. C'est suffisant.

Je veux dire par là que c'est plus d'argent que je n'aurais pu espérer en gagner ailleurs, mais on conseille toujours de ne pas paraître trop empressé et de chercher à négocier. Je n'ai pas le cran de suivre la seconde recommandation, mais je peux toujours essayer la première. M'efforçant d'adopter un ton décontracté, je demande :

— À quelle fréquence serai-je payée ?

— Toutes les semaines. Aujourd'hui sera votre premier jour, donc vous recevrez le premier chèque de paie mardi prochain. Cela vous convient ?

Je hoche la tête, trop fébrile pour parler. Dans une semaine, ou plutôt six jours et demi, j'aurai de l'argent. De l'argent bien réel et concret, une somme qui me permettra de me nourrir et de faire le plein d'essence pendant des mois si je dois m'enfuir à nouveau.

— Excellent, dit-il en se levant. Venez, je vais vous montrer votre chambre.

Je le suis, détournant sagement le regard de son jean de marque, parfaitement ajusté à ses cuisses musclées, et de sa chemise tendue sur ses épaules puissantes. La dernière chose dont j'ai besoin, c'est de fantasmer sur mon employeur, un homme très probablement marié à une femme que je n'ai pas encore rencontrée. Tiens, d'ailleurs, c'est étrange.

Pourquoi la mère de Slava n'a-t-elle pas été impliquée dans cette décision d'embauche ?

Je rattrape Nikolai et me racle la gorge pour attirer son attention.

— Vais-je bientôt rencontrer Alina ? demandé-je quand son regard se pose sur moi. À moins qu'elle soit absente ?

Il hausse les sourcils.

— Elle est...

— Juste ici.

Une jeune femme magnifique sort de la pièce dans laquelle nous nous apprêtions à entrer. Grande et

mince, elle porte une robe rouge qui semble tout droit
venue des podiums parisiens et, à ses pieds, une
élégante paire de talons couleur chair. De longs
cheveux raides d'un noir de jais encadrent son visage à
la beauté saisissante. Ses lèvres charnues sont du même
rouge que sa robe, et un joli trait à l'eye-liner noir
souligne la forme féline de ses yeux verts comme le
jade.

Tendant vers moi une main parfaitement
manucurée, elle dit d'une voix charmante :

— Alina Molotova. Je suppose que l'entretien s'est
bien passé ?

Comme son mari, elle parle un américain
impeccable. Seule la prononciation de son nom trahit
ses origines étrangères.

Une fois remise de la stupeur de son apparition, je
lui serre la main.

— C'est un plaisir de vous rencontrer, Madame
Molotova.

Je prononce son nom comme elle l'a fait, avec un
« a » à la fin. D'après mon cours de littérature russe, je
me rappelle que les noms de famille russes sont
genrés.

— Je suis...

— Chloé Emmons, je sais. Et s'il vous plaît, appelez-
moi Alina.

Elle sourit, révélant un espace discret entre ses
dents de devant – une originalité qui ne fait
qu'accentuer sa beauté.

— Merci, Alina.

Je lui rends son sourire, même si une douleur désagréable me comprime la poitrine.

La femme de Nikolai est sublime, et pour une raison quelconque, cela me déplaît fortement.

Curieusement, Nikolai non plus n'a pas l'air ravi.

— Qu'est-ce que tu fais ici ?

Son intonation est sèche et ses sourcils sombres se rejoignent sur son front.

Le sourire d'Alina devient presque félin.

— Je préparais la chambre de Chloé, bien sûr. À ton avis ?

Il lui répond par une rafale de mots russes, mais elle se contente de rire – un joli son de cloche – et me dit :

— Bienvenue à la maison, Chloé.

Sur ce, elle s'éloigne d'un pas aussi gracieux que celui d'un mannequin dans un défilé de mode.

En expirant, je me tourne vers Nikolai pour le voir entrer dans la chambre. Je lui emboîte le pas et découvre une pièce spacieuse et ultra-moderne, avec une baie vitrée offrant des vues encore plus spectaculaires.

— Waouh.

Je me dirige vers la fenêtre et contemple les sommets enneigés des montagnes lointaines, voilés par une brume bleutée.

— C'est tellement... waouh.

— C'est beau, n'est-ce pas ? dit-il.

Mon pouls s'emballe quand je prends conscience qu'il est venu se mettre à côté de moi, les yeux tournés vers le panorama somptueux. De profil, il est encore plus impressionnant. Ses traits sont secs et parfaits comme s'ils étaient sculptés à même la falaise où nous sommes perchés, et son corps puissant est une force de la nature, au même titre que le paysage sauvage qui nous entoure.

Dangereux.

Le mot me traverse l'esprit, et cette fois, je ne peux pas me convaincre qu'il s'agit simplement de la paranoïa. Il est dangereux, mon mystérieux employeur. Je ne sais pas comment, je ne sais pas pourquoi, mais je le sens. Il y a un mois, les œillères que j'avais portées toute ma vie – celles que conservent tous les gens normaux – m'ont été violemment arrachées, et je ne peux plus faire abstraction de l'obscurité du monde, faire comme si elle n'existait pas. En tout cas, je vois l'obscurité en Nikolai.

Sous cette beauté virile à se damner et ses manières affables se cache quelque chose de débridé... de terrifiant.

Il se tourne alors vers moi et il me faut tout mon courage pour rester immobile et rencontrer son regard de tigre. Mon cœur bat à tout rompre dans ma poitrine, mais un courant chaud semble s'interposer entre nous, les particules dans l'air chargées d'électricité. Mes terminaisons nerveuses sont à vif, embrasant ma peau et me faisant presque haleter.

Enfuis-toi, Chloé.

En déglutissant péniblement, je recule, la voix de maman résonnant dans ma tête aussi clairement que si elle était là. J'aurais désespérément envie de l'écouter, mais il ne me reste plus que quelques dollars dans mon portefeuille et un quart de réservoir d'essence. Cet homme, qui m'attire et me terrifie à la fois, est mon seul espoir de survie, et quel que soit le danger auquel je suis confrontée ici, il ne peut pas être pire que celui qui m'attend si je pars.

Ses yeux brillent d'un amusement sinistre alors que je fais un pas en arrière, puis un autre. J'ai de nouveau la sensation troublante qu'il voit clair en moi, qu'il ressent en même temps ma peur et mon attirance honteuse.

Me forçant à me détourner, je regarde autour de moi, feignant de m'intéresser à mon environnement – comme si tout ce qui se trouve ici pouvait être aussi fascinant que lui.

— Alors, ce sera ma chambre ?

— Oui. Ça vous plaît ?

— Beaucoup. Et ça, aussi !

Je désigne une grande télévision, suspendue au plafond au-dessus du lit. Puis je me dirige vers une porte, en face de celle qui donne sur le couloir. C'est une salle de bains toute blanche et moderne, avec une cabine de douche en verre assez grande pour accueillir cinq personnes. Une autre porte donne sur un dressing presque aussi vaste que mon ancienne chambre d'étudiante. Il est vide, attendant mes maigres possessions.

Tout est d'un luxe comme je n'en ai vu que dans les films, ce qui ajoute à mon malaise.

Qui sont ces gens ? D'où viennent leurs richesses ?

Comment Nikolai a-t-il su que je n'étais pas active sur les réseaux sociaux alors que tous mes profils sont privés ?

Pourquoi ont-ils besoin d'un tel niveau de sécurité dans un endroit aussi reculé ?

Je n'ai pas voulu réfléchir trop intensément à tout cela jusqu'à présent, trop concentrée sur l'obtention du poste, mais maintenant que je suis ici, maintenant que c'est bien réel, je ne peux pas m'empêcher de me demander dans quoi je me suis embarquée. Parce qu'il y a une réponse facile à toutes mes questions, un mot qui, à cause d'Hollywood, me vient à l'esprit dès que je pense aux riches Russes.

Mafia.

Est-ce le cas de mes nouveaux employeurs ?

7

CHLOÉ

*L*e cœur battant, je me tourne vers Nikolai. Il me regarde avec le même amusement troublant, et j'ai soudain l'impression d'être une souris entre les griffes joueuses d'un grand et beau chat.

Qui fait potentiellement partie de la mafia.

— Bon... dis-je, mal à l'aise. Je devrais sans doute...

— Donnez-moi vos clés de voiture, m'interrompt-il. Il s'approche de moi.

— Je vais faire monter vos affaires.

— C'est bon. Je peux le faire moi-même. Je vais juste...

Je me tais, parce qu'il tend la main d'un air intransigeant.

Je fouille dans ma poche et en extrais les clés, que je dépose sur sa grande paume.

— Voilà.

— Merci, dit-il en les glissant dans sa poche.

Installez-vous et mettez-vous à l'aise. Pavel va vous apporter vos bagages dans une minute.

— Il n'y a qu'une seule petite valise dans le coffre... expliqué-je.

Mais il est déjà sorti.

M'autorisant enfin à expirer sans avoir conscience que je retenais mon souffle, je m'affale sur le lit. Maintenant que l'entretien est terminé, l'adrénaline qui m'a soutenue retombe tout à coup et je me sens hors d'haleine, si vidée que tout ce que je peux faire, c'est m'allonger et fixer le haut plafond. Au bout d'un moment, je me ressaisis suffisamment pour me rendre compte que la couverture blanche qui se trouve dans mon dos est faite d'un tissu doux et soyeux, que je caresse machinalement comme un animal de compagnie.

Un coup sur la porte me tire de ma torpeur. Je me redresse en lançant :

— Entrez !

Un homme entre, au physique d'ours des cavernes. Entre ses gros doigts, ma valise ressemble presque à un sac à main. Des tatouages courent dans son cou épais, et son visage marqué évoque une brique à l'état brut, rougeaude et carrée. Ses cheveux en brosse de type militaire sont d'une nuance indéterminée de brun grisonnant, et ses yeux d'un gris froid sont comme deux balles de plomb.

— Bonjour, dis-je en me levant, un sourire aux lèvres. Vous devez être Pavel.

Il hoche la tête, impassible.

— Où je mets ça ? demande-t-il dans un grognement grave au fort accent.

— Ici, c'est très bien, merci. Je m'en occupe.

Je m'approche pour lui prendre la valise. Ce faisant, je me rends compte qu'il doit être l'homme le plus massif que j'aie jamais rencontré, tant en hauteur qu'en largeur. D'autres tatouages ornent le dos de ses mains et dépassent du col en V du pull tendu sur ses pectoraux proéminents.

M'efforçant de ne pas déglutir nerveusement, je m'arrête devant lui et prends la poignée de la valise qu'il vient de poser par terre.

— Merci.

Je souris un peu plus en levant les yeux... très haut. J'ai mal au cou tant je dois le pencher en arrière.

Il hoche à nouveau la tête, sa mâchoire carrée toujours crispée, puis se retourne et sort.

Bon, d'accord. Si je comptais me lier d'amitié avec d'autres membres du personnel, c'est raté. Quel est le rôle de cet ours, d'ailleurs ? Garde du corps ?

Un second couteau, peut-être ?

Je repousse cette idée. Même s'il correspond parfaitement au stéréotype, je refuse de m'attarder sur cette éventualité. À quoi bon ? Même si mes nouveaux employeurs font partie de la mafia, je suis plus en sécurité ici qu'à l'extérieur.

Je l'espère.

Après avoir fermé la porte derrière Pavel, je défais

mes valises – une opération qui me prend dix minutes – et regarde avec nostalgie le lit, avec sa couverture blanche si douce. Je suis épuisée, et pas seulement à cause de l'entretien. Entre les cauchemars qui me taraudent la nuit et l'inquiétude constante pendant la journée, je n'ai pas dormi plus de quatre heures d'affilée depuis des semaines. Mais je ne peux pas me coucher en plein après-midi.

J'ai été engagée pour faire un travail, et j'ai bien l'intention de l'honorer.

Pour me remonter le moral, je prends une douche rapide dans l'immense salle de bains et je me change, enfilant un nouveau t-shirt – mon dernier. Il faudra que je me renseigne sur la buanderie, mais chaque chose en son temps.

Il est temps que je fasse connaissance avec mon jeune élève.

La chambre de Slava est ouverte quand j'approche. Je vois Alina à l'intérieur, qui discute avec le garçon dans un russe mélodieux. En entendant mes pas, elle me regarde et hausse les sourcils à la manière de son mari.

— Impatiente de commencer ?

Je lui souris.

— Si ça ne vous dérange pas, je me disais que Slava et moi, nous pourrions faire plus ample connaissance cet après-midi.

Je croise le regard de l'enfant et lui fais un clin d'œil, ce qui me vaut un immense sourire.

Le visage d'Alina s'illumine à la réaction de son fils.

— Bien sûr que ça ne me dérange pas. Je lui expliquais justement que vous alliez vivre ici et que vous alliez lui donner des cours. Il est très enthousiaste à cette idée.

— Moi aussi.

Je m'accroupis devant le garçon.

— On va bien s'amuser, n'est-ce pas, Slava ?

Il ne comprend pas ce que je dis, naturellement, mais il sourit quand même et me répond en russe.

— Il vous demande si vous aimez les châteaux forts, explique Alina.

— Oh oui, beaucoup, dis-je à Slava. Montre-moi ce que tu as là. C'est ton château ?

Je désigne la construction en Lego à moitié achevée.

Le garçon glousse et s'assied parmi les pièces éparses. Il en ramasse deux, qu'il joint aux murs du château, et je l'aide en fixant deux autres briques. Apparemment, j'ai mal fait les choses, car il secoue la tête et retire mes pièces pour les placer juste à côté.

— Oh, je vois. Tu laisses de la place pour les fenêtres. Des fenêtres, c'est ça ?

Je lui montre l'immense baie vitrée de sa chambre.

Il remue la tête.

— *Da, okna. Bol'shiye okna.*

Saisissant mon poignet, il place un autre morceau dans ma paume et guide ma main à l'endroit approprié, sur le mur.

— *Nado syuda.*

— Je comprends.

En souriant, je fixe le morceau suivant.

— Comme ça, hein ?

— *Da*, répond-il avec excitation avant de prendre d'autres briques de plastique.

Nous continuons ainsi un moment. Il me guide dans l'assemblage du château jusqu'à ce qu'Alina se racle la gorge.

— On dirait que vous êtes sur la même longueur d'onde, tous les deux, alors je vous laisse, annonce-t-elle quand je lève les yeux. Vous avez une demi-heure avant le goûter de Slava. Auriez-vous faim, Chloé ?

Mon estomac réagit avant moi, émettant un gargouillis retentissant qui fait rire Alina et pétiller ses yeux verts.

— Je prends ça pour un oui. Des préférences alimentaires ou des allergies ?

— Tout me va, dis-je, reconnaissante que mon teint plutôt bronzé dissimule le rouge qui me monte aux joues.

Je n'imagine pas le corps élégant et longiligne d'Alina émettre un bruit aussi indiscret – bien que, si elle est humaine, cela doive arriver à l'occasion. Enfin, pour ce qui est de sa nature humaine, je ne suis pas encore convaincue.

Avec ses talons hauts et cette robe éblouissante, la femme de Nikolai a l'air trop glamour pour être vraie.

Une partie de ma gêne doit se manifester, parce qu'elle semble encore plus amusée, tout à coup, ses lèvres esquissant un sourire qui me rappelle à nouveau son mari de manière déconcertante.

— C'est très accommodant. Je le ferai savoir à Pavel.

Pavel ? L'ours est-il aussi leur cuisinier ? Avant que je puisse l'interroger, Alina se tourne vers son fils et dit quelque chose en russe, puis elle sort, me laissant seule avec mon élève.

8

NIKOLAI

— *A*lors, dis-moi, frangin... C'est pour Slava que tu l'as prise ou pour toi ?

Je m'arrête en plein boutonnage de mes manchettes et me retourne pour rencontrer le regard sarcastique d'Alina.

— Quelle importance ?

J'ignore comment elle a perçu mon intérêt pour notre nouvelle recrue, mais je ne suis pas étonné.

Mieux que quiconque, ma sœur a toujours su lire en moi.

Elle s'appuie sur le cadre de la porte de mon dressing, où je me change avant le dîner.

— J'aurais dû m'y attendre, reprend-elle. Elle est jolie, n'est-ce pas ?

— Très.

Je lui tourne délibérément le dos. Le but d'Alina, dans l'existence, c'est de jouer avec mes nerfs, mais elle ne va pas réussir ce soir. Elle ne va pas non plus m'intimider pour me tenir à l'écart de Chloé.

Cette fille m'intrigue trop pour cela.

— Tu sais qu'elle a passé tout l'après-midi avec Slava ?

Alina entre dans mon dressing et prend ma fine cravate noire, celle que je m'apprêtais à passer.

Résistant à l'envie d'en choisir une autre juste pour la contrarier, je lui prends la cravate des mains et la mets en place avec des gestes précis.

— Oui, je sais.

Il y a des caméras dans la chambre de mon fils et j'ai passé *mon* après-midi à le regarder jouer avec sa nouvelle préceptrice. Ils ont terminé la construction du château sur lequel Slava travaillait, puis ils ont grignoté les fruits et le fromage que Pavel leur avait apportés sur un plateau. Enfin, ils ont joué à un jeu de chat, Chloé le poursuivant dans sa chambre et dans le couloir, le faisant rire aux éclats. Ensuite, elle lui a lu des extraits de ses bandes dessinées préférées – en anglais au lieu des traductions russes qu'Alina lui a obtenues en douce pour s'attirer ses bonnes grâces. Pendant qu'elle parlait, Slava avait l'air fasciné par sa belle et jeune enseignante, réaction que je ne peux pas lui reprocher.

Je tuerais pour qu'elle s'assoie à côté de moi et me fasse la lecture de sa voix douce et légèrement éraillée, pour sentir sa main jouer avec mes cheveux comme elle l'a fait si souvent avec ceux de mon fils alors qu'il était blotti contre elle comme s'il la connaissait depuis toujours.

— Elle est bien avec lui, commente Alina tandis que je finis de boucler ma ceinture avant de prendre ma veste de costume. Vraiment bien.

— J'ai remarqué.

— Pourtant, tu vas quand même te la taper. Comme *il* l'aurait fait.

Je lui réponds d'une voix égale :

— Je n'ai jamais prétendu être différent.

— Mais tu peux l'être. Kolya...

Elle pose une main sur mon bras, et quand je croise son regard, elle ajoute calmement :

— Nous sommes partis. Nous sommes venus ici. C'est notre chance de repartir à zéro, de devenir qui nous voulons être. D'oublier notre père, d'oublier tout ça. Tu as fait ton temps, maintenant c'est au tour de Valery et de Konstantin.

Un rire sec m'échappe.

— Qu'est-ce qui te fait croire que je veux recommencer à zéro ? Ou même être autre chose que ce que je suis ?

— Le fait que tu sois parti, que nous soyons ici, à avoir cette discussion.

Elle a l'air franche, ouverte pour une fois.

— Laisse-la être le prof particulier de Slava et rien de plus. Va t'amuser ailleurs. Elle est trop jeune pour toi. Trop innocente.

— Elle a vingt-trois ans, pas douze. Et je viens d'en avoir trente et un. Ce n'est pas une différence d'âge insurmontable.

— Je ne parle pas de l'âge. Elle n'est pas comme nous. Elle est douce. Vulnérable.

— Exactement. Et c'est toi qui as attiré mon attention sur elle, dis-je avec un sourire cruel. Que pensais-tu qu'il arriverait, d'après toi ?

Le visage d'Alina se ferme.

— Tu vas la détruire. Mais bon...

Ses lèvres se tordent avec un sourire amer quand elle recule.

— C'est comme ça que font les Molotov, pas vrai ? Profite bien de ton nouveau jouet, Kolya. J'ai hâte de te voir jouer avec elle au dîner.

Sans un mot de plus, elle s'en va.

9

CHLOÉ

*M*ain dans la main avec Slava, je m'approche de la salle à manger, les genoux un peu faibles. Je ne sais pas pourquoi je suis si nerveuse, mais c'est plus fort que moi. Rien que l'idée de revoir Nikolai me donne l'impression qu'un animal enragé a élu domicile dans mon estomac.

C'est cette suspicion de mafia, me dis-je. Maintenant que l'idée m'est venue, je n'arrive pas à la chasser de mon esprit, en dépit de mes efforts. C'est pour cela que ma respiration s'accélère et que mes paumes sont moites chaque fois que j'imagine la courbe cynique de ses lèvres. Parce que cet homme est peut-être un criminel. En tout cas, je sens en lui un côté sombre et impitoyable. Cela n'a rien à voir avec son apparence et la chaleur qui coule dans mes veines chaque fois que son regard vert doré intense se pose sur moi.

C'est impossible, car il est marié et je ne

braconnerais jamais sur les terres d'une autre femme, surtout avec un enfant au milieu.

Pourtant, je ne peux m'empêcher de me demander depuis combien de temps Nikolai et sa femme sont ensemble... et s'il l'aime. Jusqu'à présent, je ne les ai vus que brièvement tous les deux, mais j'ai perçu un certain manque d'intimité dans leur couple. À moins que je prenne seulement mes désirs pour des réalités. Pourquoi mon employeur n'aimerait-il pas sa femme ? Alina est aussi belle que lui, au point qu'ils se ressemblent presque. Pas étonnant que Slava soit un si bel enfant. Avec des parents comme ça, il a gagné à la loterie génétique.

Je me tourne vers le garçon qui me renvoie mon regard, ses grands yeux si étrangement ressemblants à ceux de son père. Il est sérieux, à présent. Oubliée l'exubérance dont il faisait preuve quand nous jouions ensemble. Comme moi, il a l'air anxieux à la perspective de notre prochain repas, alors je lui adresse un sourire rassurant.

— Dîner, dis-je en faisant un signe de tête vers la table dont nous approchons. Nous allons dîner.

Il me regarde en clignant des yeux, sans rien dire, mais je sais qu'il emmagasine ce mot dans un coin de sa tête, comme tout ce que je lui ai dit aujourd'hui. Les jeunes enfants sont comme des éponges, ils absorbent ce que les adultes disent et font, leur cerveau formant des connexions à une vitesse fulgurante. Quand j'étais au lycée, j'ai fait du baby-sitting pour un couple de Chinois. Leur petite de cinq ans ne connaissait pas un mot d'anglais quand je l'ai rencontrée, mais après quelques semaines de maternelle et une dizaine de soirées avec moi, elle parlait presque couramment. Il en ira de même pour Slava, je n'en doute pas.

Déjà, en fin d'après-midi, il répétait quelques mots après moi.

Il n'y a encore personne dans la salle à manger, même si Pavel m'a demandé de venir à dix-huit heures lorsqu'il a apporté le plateau de fruits et de fromages dans la chambre de Slava. Pourtant, la table est déjà dressée avec toutes sortes de salades et autres délices. Mon appétit est mis à rude épreuve devant le raffinement des plats qui nous attendent. Si le goûter de l'après-midi m'a un peu apaisée, je suis toujours affamée et je dois faire un gros effort pour ne pas me jeter avidement sur les plateaux savamment agencés, composés de toasts au caviar, de poisson fumé, de légumes grillés et de salades vertes. Au lieu de quoi, j'aide Slava à s'asseoir sur une chaise munie d'un rehausseur pour enfant, puis j'entreprends de lui indiquer les noms des différents plats en anglais.

— Ça s'appelle de la *salade*, et cette chose verte à l'intérieur, c'est de la *laitue*, expliqué-je.

Au même instant, des claquements de talons hauts annoncent l'arrivée d'Alina.

Je la regarde avec un sourire.

— Bonjour. Slava et moi étions juste...

— Pourquoi ne s'est-il pas changé ?

Ses sourcils se froncent tandis qu'elle le dévisage.

— Il sait que nous nous changeons avant de dîner.

Je cligne des paupières.

— Oh, je...

Elle m'interrompt avec une salve de mots russes et je vois les épaules du garçon s'affaisser. Il se ratatine sur son siège comme s'il voulait disparaître. Comprenant visiblement qu'elle contrarie son fils, Alina se radoucit et finit par obtenir ce qui ressemble à des excuses contrites.

Après quoi, elle se tourne vers moi.

— Désolée. Slava sait qu'il ne faut pas descendre comme ça, mais il a oublié, avec toute cette agitation.

Mon visage s'empourpre quand je prends conscience que « comme ça » signifie ses habits normaux et décontractés, guère différents du jean et du t-shirt à manches longues que je porte. La femme de Nikolai, en revanche, a enfilé une robe d'un bleu argenté encore plus glamour, jusqu'aux chevilles. On dirait qu'elle se rend à une avant-première à Hollywood.

— Je suis désolée, dis-je en me sentant comme une touriste avec un sac banane autour de la taille, entrée par mégarde dans un défilé de mode parisien. Je n'avais pas réalisé qu'il y avait un code vestimentaire.

— Oh, ce n'est pas nécessaire pour vous, dit Alina en agitant une main élégante. Mais Slava est un Molotov, il est important qu'il apprenne les traditions familiales.

— Je vois.

En réalité, je ne vois pas vraiment, mais ce n'est pas

à moi de discuter des traditions familiales, aussi absurdes qu'elles puissent être.

— Ne vous inquiétez pas, ajoute Alina en prenant place en face de Slava. Si vous souhaitez également vous habiller correctement, je suis sûre que Kolya vous achètera des vêtements appropriés.

Kolya ? C'est ainsi qu'elle appelle son mari ?

— Ce n'est pas nécessaire, merci... commencé-je.

L'instant d'après, je sombre dans le mutisme en voyant Nikolai s'approcher de la table. Comme sa femme, il s'est changé pour le dîner. Son jean de créateur et sa chemise ont été remplacés par un costume noir bien taillé, une chemise blanche impeccable et une cravate noire – une tenue qui aurait eu toute sa place dans un mariage mondain, ou pour l'avant-première du film à laquelle Alina semble elle-même assister. Un homme au physique quelconque pourrait aisément passer pour charmant avec un tel costume, alors inutile de préciser que la beauté sombre et virile de Nikolai s'en trouve renforcée à un degré presque insoutenable. Quand je le contemple, mon pouls bat à tout rompre et mes poumons se compriment, ainsi que les régions inférieures de mon...

Marié, Chloé. Il est marié.

Ce rappel me fait l'effet d'une gifle et me tire de mon hébétude. Je m'efforce de faire entrer de l'air dans mes poumons privés d'oxygène avant d'adresser à mon employeur un sourire soigneusement retenu, qui ne trahit rien de ce que je ressens – par exemple, que je souhaite ardemment qu'Alina n'existe pas. D'autant que son regard saisissant est braqué sur moi plutôt que sur sa superbe épouse.

— Tu es en retard, dit-elle alors qu'il tire une chaise et s'assoit à côté d'elle. Il est déjà...

— Je sais quelle heure il est.

Il ne me quitte pas des yeux tout en lui répondant, d'un ton froid et dédaigneux. Puis son regard se tourne vers le garçon à mes côtés et ses traits se ferment encore plus lorsqu'il aperçoit son style vestimentaire désinvolte.

— Je suis désolée, c'est ma faute, dis-je avant qu'il ne puisse lui aussi réprimander l'enfant. Je ne savais pas qu'il fallait s'habiller pour le dîner.

L'attention de Nikolai revient vers moi.

— Non, c'est normal.

Son regard passe sur mes épaules et ma poitrine, me donnant une conscience aiguë de mon t-shirt à manches longues et du soutien-gorge en coton fin, en dessous, qui ne cache pas mes tétons dressés sans raison.

— Alina a raison. Je dois vous acheter des vêtements plus corrects.

— Non, vraiment, c'est...

Il lève une main pour couper court à mes protestations.

— Règles de la maison.

Sa voix est douce, mais son visage aurait pu être gravé dans le marbre.

— Maintenant que vous êtes membre de cette maison, vous devez les respecter.

— Je... d'accord.

Si sa femme et lui tiennent à me voir dans des vêtements de luxe au dîner et sont prêts à dépenser de l'argent pour cela, libre à eux.

Comme il l'a dit, leur maison, leurs règles.

— Bien, reprend-il, ses lèvres sensuelles esquissant un sourire. Je suis ravi que cela vous convienne.

Ma respiration s'accélère, mon visage se réchauffe à nouveau et je détourne le regard pour cacher ma réaction. Bon sang, ce type n'a fait que sourire et voilà que je rougis comme une vierge de quinze ans. Et devant sa femme, qui plus est.

Si je ne me ressaisis pas tout de suite, je risque de me faire virer avant la fin du repas.

— Voulez-vous de la salade ? me demande Alina, comme pour me rappeler son existence.

Je reporte mon attention sur elle, reconnaissante de la diversion qu'elle m'offre.

— Oui, avec plaisir.

Elle dépose gracieusement une portion de salade verte dans mon assiette, puis en fait de même pour son mari et son fils. Pendant ce temps, Nikolai me tend le plateau de toasts au caviar et j'en prends un, à la fois parce que j'ai assez faim pour manger tout ce qu'on me propose et parce que je suis curieuse de goûter cette fameuse spécialité russe. J'ai déjà mangé ce type d'œufs de poisson à plusieurs reprises, ces gros œufs orange dans des restaurants de sushis, mais j'imagine que c'est différent comme ça, servi sur une tranche de baguette à la française avec une épaisse couche de beurre en dessous.

Quand j'y mords, la saveur riche et salée explose sur ma langue. Contrairement aux œufs de poisson que j'ai déjà goûtés, le caviar russe semble être conservé dans une généreuse quantité de sel. Presque un peu trop, mais le pain blanc croustillant et le beurre moelleux l'équilibrent parfaitement et je dévore le reste de la petite tartine en deux bouchées.

Les yeux pétillants devant ma réaction, Nikolai me tend à nouveau le plateau.

— Encore ?

— Ça ira, merci.

J'aimerais bien un autre toast au caviar, ou même vingt, mais je ne veux pas paraître gourmande. Je me contente de manger ma salade, tout aussi délicieuse avec sa vinaigrette sucrée et piquante qui me fait frémir les papilles. Ensuite, je goûte à tout ce qui se trouve sur la table, depuis le poisson fumé jusqu'à la salade de pommes de terre, en passant par des aubergines grillées arrosées d'une sauce au yaourt, au concombre et à l'aneth.

Tout en me délectant, je garde un œil sur mon élève qui mange tranquillement à côté de moi. Alina a servi à Slava la même chose qu'aux adultes, bien qu'en proportions moindres, y compris le caviar, et le garçon semble n'avoir aucun problème avec cela. Il ne réclame pas des nuggets de poulet ou des frites, dans ces caprices communs chez les bambins de quatre ans. Sa conduite à table est celle d'un enfant beaucoup plus âgé. C'est tout juste s'il a pris un morceau avec les doigts au lieu de sa fourchette, de temps à autre.

— Votre fils est très bien élevé, dis-je à Alina et Nikolai.

Ce dernier hausse les sourcils, comme si c'était la première fois qu'il entendait ce compliment.

— Bien élevé ? Slava ?

— Bien sûr, dis-je en me renfrognant. Vous ne trouvez pas ?

— Je n'y ai pas beaucoup réfléchi, répond-il en jetant un coup d'œil au garçon, qui s'applique à piquer un morceau de laitue au bout de sa fourchette d'adulte. Oui, on peut dire qu'il se conduit de manière raisonnable.

De manière raisonnable ? Un enfant de quatre ans qui reste assis dans le calme et mange tout ce qu'on lui sert sans pleurnicher ni interrompre les adultes ? Qui manie les couverts comme un pro ? C'est peut-être commun en Europe, mais je n'ai jamais vu ça en Amérique.

Et d'abord, pourquoi mon employeur n'a-t-il jamais réfléchi au comportement de son fils ? Les parents ne sont-ils pas censés s'inquiéter de ce genre de choses ?

— Avez-vous côtoyé beaucoup d'autres enfants de son âge ? demandé-je à Nikolai sur une intuition.

Pendant une seconde, il pince les lèvres.

— Non, répond-il enfin. Jamais.

Alina lui lance un regard indéchiffrable, puis se tourne vers moi.

— Je ne sais pas si mon frère vous l'a dit,

commente-t-elle prudemment, mais nous n'avons appris l'existence de Slava qu'il y a huit mois.

Je m'étouffe avec une tomate marinée que je viens de mordre et commence à tousser en sentant le jus vinaigré et épicé couler dans le mauvais tuyau.

— Attendez, quoi ? bredouillé-je en retrouvant l'usage de la parole.

Il y a huit mois ?

Et vient-elle d'appeler Nikolai son *frère* ?

— Je vois que je vous l'apprends, dit Alina en me tendant un verre d'eau que j'avale avec gratitude. Apparemment, Kolya...

Elle jette un coup d'œil à Nikolai, dont le visage s'est refermé.

— ... ne vous a pas dit grand-chose à notre sujet, n'est-ce pas ?

— Eh bien, non.

Je pose le verre et toussote à nouveau pour retrouver une voix moins enrouée.

— Pas vraiment.

Mon nouvel employeur n'a pas dit grand-chose, en effet, mais j'ai fait toutes sortes de suppositions, erronées pour certaines.

Alina est donc la sœur de Nikolai, pas sa femme. Ce qui signifie que le garçon n'est pas son fils à elle.

Ils ne connaissaient pas son existence jusqu'à il y a huit mois.

Mon Dieu, voilà qui explique beaucoup de choses. Pas étonnant que le père et le fils se comportent comme s'ils étaient des étrangers l'un pour l'autre.

C'est bel et bien le cas. Et j'avais raison en notant un manque d'intimité amoureuse entre Nikolai et Alina.

Ils ne sont pas en couple.

C'est un frère et sa sœur.

En les regardant tous les deux à présent, je me demande comment j'ai pu manquer leur ressemblance – ou plutôt, pourquoi la ressemblance que j'ai remarquée ne m'a pas éclairée sur leur relation familiale. Les traits d'Alina sont une version plus douce et plus délicate de l'homme assis juste devant moi, et bien que ses yeux verts n'aient pas les nuances ambrées si intenses du regard éblouissant de Nikolai, la forme de ses paupières et de ses sourcils est exactement la même.

Ils sont clairement frère et sœur, c'est indéniable.

Ce qui signifie que Nikolai n'est pas marié.

Ou du moins, pas avec Alina.

— Où est la mère de Slava ? demandé-je en m'efforçant d'adopter un ton désinvolte. Est-elle...

— Elle est morte.

La voix de Nikolai est assez glaciale pour provoquer des engelures, tout comme son coup d'œil à Alina. Se tournant ensuite pour me regarder, il ajoute sans émotion :

— Nous avons eu une aventure d'un soir qui remonte à cinq ans, et elle ne m'a pas dit qu'elle était enceinte. Je ne savais pas que j'avais un fils jusqu'à ce qu'elle soit tuée dans un accident de voiture, il y a huit mois, et qu'une de ses amies trouve un journal intime me désignant comme le père.

— Oh, c'est...

Je déglutis avant de poursuivre :

— Ça a dû être très difficile. Pour vous, et surtout pour Slava.

Je regarde le garçon à mes côtés, qui mange encore calmement comme si de rien n'était. Pourtant, je sais maintenant qu'il a souffert. Le fils de Nikolai a survécu à l'une des plus grandes tragédies qui puissent arriver à un enfant, et même s'il semble équilibré, je ne doute pas que la mort de sa mère ait laissé de graves séquelles sur son psychisme.

Moi-même, je suis une adulte et j'ai du mal à faire face au chagrin. Je n'imagine pas ce que doit vivre ce petit garçon.

— Oui, convient Alina d'une voix douce. En fait, mon frère...

— Ça suffit.

L'intonation de Nikolai est toujours aussi monocorde, mais je vois bien la tension dans sa mâchoire et ses épaules. Le sujet est désagréable pour lui, et ce n'est pas étonnant. J'imagine à peine le choc que cela doit être de découvrir que l'on a un enfant dont on ne soupçonnait pas l'existence et de savoir que l'on a manqué les premières années de sa vie.

J'ai un million de questions à poser, mais je comprends que ce n'est pas le moment d'assouvir ma curiosité. Au lieu de quoi, je termine mon assiette et passe les minutes suivantes à complimenter le chef qui, comme on me le confirme, n'est autre que le Russe bourru aux allures d'ours.

— Pavel et sa femme, Lyudmila, sont venus avec nous de Moscou, m'explique Alina alors que le colosse sort de la cuisine avec un grand plat garni de côtelettes d'agneau entouré de pommes de terre et de champignons rôtis.

En grognant, il pose la viande sur la table et emporte quelques plats vides dans la cuisine tandis qu'Alina continue :

— Lyudmila ne se sentait pas bien aujourd'hui, alors Pavel fait tout le travail à sa place. En temps normal, il assure une majeure partie de la cuisine et du ménage. Elle nous sert à table, mais son travail principal consiste à s'occuper de Slava.

— Sont-ils les seuls à vivre ici en dehors de votre famille ? demandé-je en acceptant une côtelette d'agneau et des morceaux de pommes de terre aux champignons quand elle me tend le plat après avoir servi copieusement Slava, qui se penche sur son assiette sans rechigner.

— Ce sont les seuls qui habitent avec nous dans la maison, répond Nikolai. Les gardes ont des baraquements séparés, au nord du domaine.

Mon cœur rate un battement.

— Des gardes ?

— Nous avons quelques hommes qui assurent la sécurité, explique Alina. Parce qu'ici, nous sommes isolés du reste du monde.

Je m'efforce de dissimuler ma réaction.

— Oui, bien sûr, c'est logique.

En réalité, cela n'a aucun sens. Au contraire,

l'éloignement devrait rendre l'endroit plus sûr. D'après ce que j'ai pu voir sur la carte, une seule route mène à la montagne, et il y a déjà un portail impénétrable, sans parler de ce mur d'enceinte en métal à la hauteur vertigineuse.

Il faut avoir des ennemis puissants et dangereux pour juger nécessaire d'engager des gardes de sécurité en plus de toutes ces mesures.

La mafia russe.

Ces mots reviennent dans mon esprit et mon rythme cardiaque s'intensifie. Les yeux baissés sur mon assiette, je découpe ma côtelette en faisant de mon mieux pour garder ma main stable en dépit de mes pensées en ébullition.

Suis-je en danger ici ? Ai-je esquivé un danger pour en courir un autre ? Devrais-je...

— Parlez-nous un peu plus de vous, Chloé.

La voix grave de Nikolai perce le brouillard de ma contemplation nerveuse et je lève la tête pour croiser ses yeux de tigre si vifs. Il sourit légèrement, et une fois de plus, j'ai la sensation déconcertante qu'il voit clair dans ma tête, qu'il sait exactement ce que je pense et ce que je redoute.

Ravalant ma gêne, je lui renvoie son sourire.

— Que voulez-vous savoir ?

— Votre permis de conduire indique que vous résidez à Boston. C'est là que vous avez grandi ?

Je hoche la tête en piquant un morceau de côtelette.

— Ma mère et moi avons quitté la Californie quand

j'étais bébé et j'ai grandi dans la région de Boston et ses environs.

Je mords dans la viande tendre et parfaitement assaisonnée. Décidément, Pavel a du talent, car c'est la meilleure côtelette d'agneau que j'aie jamais mangée. Les pommes de terre aux champignons sont délicieuses, elles aussi, à l'ail et au beurre. Je pourrais en manger un kilo entier si je ne me retenais pas.

— Et votre père ? me demande Alina alors que j'en suis à la moitié de la côtelette. Où est-il ?

— Je ne sais pas, dis-je en me tapotant les lèvres avec une serviette. Ma mère ne m'en a jamais parlé.

— Pourquoi cela ?

La voix de Nikolai est affûtée, tout à coup.

— Pourquoi ne vous a-t-elle rien dit ?

Je cligne des yeux, stupéfaite, avant de comprendre ce qu'il doit penser.

— Oh, elle ne lui a pas caché la grossesse. Il savait qu'elle était enceinte, mais il a choisi de s'en aller.

Ou du moins, c'est ce que j'ai compris d'après les quelques indices que ma mère m'a accordés au fil des ans. Elle avait horreur de ce sujet et chaque fois que j'insistais pour obtenir des réponses, elle prétextait une migraine pour aller se coucher.

Le ton de Nikolai s'adoucit un peu.

— Je vois.

— Je pense qu'il n'était pas prêt pour ce genre de responsabilité, dis-je comme si j'éprouvais le besoin de m'expliquer. Ma mère n'avait que dix-sept ans quand elle m'a eue, alors il devait être très jeune, lui aussi.

— Vous n'en êtes pas sûre ? fait Alina en haussant ses sourcils parfaitement dessinés. Votre mère ne vous a même pas dit son âge ?

— Elle n'aimait pas en parler. C'était une période difficile de sa vie.

Ma voix se brise alors qu'une autre vague de chagrin me submerge, ma poitrine en proie à une douleur si intense que j'ai du mal à respirer.

Ma mère me manque. Elle me manque tant que ça me fait mal. Même si j'ai vu son corps de mes propres yeux, j'ai encore du mal à croire qu'elle est morte. Je ne peux pas accepter qu'une femme si belle et si dynamique ait disparu à jamais de ce monde.

— Tout va bien, Chloé ? demande doucement Alina.

Je hoche la tête, clignant frénétiquement des paupières pour retenir les larmes qui me piquent les yeux.

— Vous êtes sûre ? insiste-t-elle, ses yeux verts empreints de pitié.

Dans un élan de lucidité, je me rends compte qu'elle sait... et Nikolai aussi, en dépit de son regard impassible.

J'ignore comment, mais ils savent tous les deux que ma mère est morte.

Une bouffée d'adrénaline succède à la détresse et mon esprit s'emballe. Il n'y a plus de doute, maintenant. Ils ont mené une enquête sur moi avant notre entretien. C'est comme ça que Nikolai a su que je ne publiais rien sur les réseaux sociaux, et c'est pour ça qu'Alina me regarde de cette façon.

Ils savent beaucoup de choses à mon sujet, y compris que je leur ai menti par omission.

En réfléchissant vite, je déglutis ostensiblement, les yeux sur mon assiette.

— Ma mère...

Je laisse ma voix se briser tout naturellement.

— Elle est morte il y a un mois.

Les larmes me montent aux yeux et je croise le regard de Nikolai.

— C'est aussi pour ça que j'ai décidé de faire ce voyage. J'avais besoin de temps pour digérer les choses.

Je remarque dans ses yeux un nouvel éclat doré.

— Toutes mes condoléances, me dit-il.

— Merci.

J'essuie mes joues humides.

— Excusez-moi de ne pas l'avoir mentionné plus tôt. Ce n'est pas quelque chose que je me sentais à l'aise d'évoquer dans un entretien d'embauche.

D'autant plus que ma mère a été tuée et que les coupables sont à mes trousses. J'espère vraiment que Nikolai n'est pas au courant.

Non, s'il le savait, il ne m'aurait pas engagée. C'est le genre d'histoires que l'on cherche à éviter à sa famille.

— Je suis vraiment navrée, me dit Alina avec une compassion qui paraît sincère. Ça n'a pas dû être facile de perdre votre seul parent. Avez-vous de la famille ? Des grands-parents, des oncles et tantes, des cousins ?

— Non. Ma mère a été adoptée dans un orphelinat au Cambodge par un couple de missionnaires américains. Ils sont morts dans un accident de voiture quand elle avait dix ans et aucun membre de leur famille ne voulait d'elle. Elle a vécu son adolescence dans un foyer d'accueil.

— Alors, vous êtes toute seule maintenant, murmure Nikolai.

Je hoche la tête, le cœur lourd.

Jusqu'à présent, l'absence de famille étendue ne m'avait jamais dérangée. Maman m'a donné tout l'amour et le soutien dont j'avais besoin. Mais maintenant qu'elle est partie, maintenant que nous ne sommes plus toutes les deux contre le reste du monde, je suis douloureusement consciente que je n'ai plus personne sur qui compter.

Les quelques amis que je me suis faits, à l'école et à la fac, mènent leurs propres vies à présent, des vies infiniment moins mouvementées.

Redoutant de trop m'apitoyer sur mon sort, je me détourne du regard inquisiteur de Nikolai et reporte mon attention vers le garçon à côté de moi. Il a fini ses pommes de terre et s'acharne à présent sur sa côtelette d'agneau, son petit visage reflétant une intense concentration alors qu'il essaie de couper un morceau de viande à l'aide d'une fourchette et d'un couteau, que quelqu'un a laissé dans son assiette. Je prends conscience avec stupeur qu'il ne s'agit pas d'un couteau lisse au bout arrondi.

C'est un vrai couteau à steak bien aiguisé.

— Attends, mon chéri, laisse-moi faire, dis-je en le lui prenant des mains avant qu'il ne se coupe les doigts. C'est...

— Il doit apprendre à s'en servir, réplique Nikolai en tendant le bras par-dessus la table pour me prendre le couteau.

Ses doigts effleurent les miens alors qu'il serre le manche et je le ressens comme un choc électrique, comme si la chaleur de sa peau déclenchait quelque chose en moi. Mon ventre se noue, ma respiration s'accélère, et je me retiens de retirer ma main comme si elle était chauffée à blanc.

Au moins, il n'est pas marié, souffle une petite voix insidieuse dans ma tête, que je fais taire avec empressement.

Marié ou non, il n'en est pas moins mon employeur et donc strictement interdit.

En me mordant la lèvre, je le regarde remettre le couteau à l'enfant, qui reprend sa tâche périlleuse.

— Vous n'avez pas peur qu'il se taille ?

J'ai du mal à cacher le jugement dans ma voix en regardant les petits doigts enroulés autour de cette arme potentiellement mortelle. Slava manie le couteau avec une habileté et une dextérité admirables, mais il est encore trop jeune pour tenir un objet aussi tranchant.

— S'il se taille, il fera plus attention la prochaine fois, observe Nikolai. La vie n'est pas toujours enveloppée de papier bulle.

— Mais il n'a que *quatre ans*.

— Quatre ans et huit mois, précise Alina alors que le garçon réussit à couper un morceau de côtelette d'agneau et, visiblement content de lui, le fourre dans sa bouche. Son anniversaire est en novembre.

Je suis tentée de continuer à soutenir mon point de vue, mais c'est mon premier jour et j'ai déjà repoussé les limites. J'opte donc pour le silence et me concentre sur mon repas afin d'éviter de regarder le garçon et le couteau qu'il brandit juste à côté de moi... ainsi que son père, impitoyable, mais redoutablement attirant.

Malheureusement, le père en question continue de me regarder. Chaque fois que je lève les yeux de mon assiette, je croise les siens, hypnotiques, et mon rythme cardiaque s'emballe. Ma main picote encore au souvenir de ce que j'ai ressenti lorsque ses doigts ont frôlé les miens.

Ce n'est pas bon signe.

Pas bon du tout.

Pourquoi me regarde-t-il comme ça ?

L'attirance ne peut tout de même pas être réciproque... si ?

10

NIKOLAI

S'il subsistait le moindre doute dans mon esprit sur le plaisir que je vais prendre à percer le mystère de Chloé, il s'est envolé lorsque Pavel apporte le dessert. Tout en elle me fascine, depuis le mélange de vérité et de mensonge qui franchit si facilement ses lèvres jusqu'à la façon dont elle dévore, non sans délicatesse, une quantité de nourriture qui suffirait à rassasier deux joueurs de football américain. En plus de ma fascination, il y a aussi une attirance primaire plus puissante que tout ce que j'ai connu. Je n'ai jamais autant désiré une femme, avec si peu de provocation. Elle ne minaude pas, ne fait rien pour attirer mon attention, et pourtant, depuis le moment où j'ai pris place en face d'elle, je suis dur sous la table. La vue de ses lèvres sculpturales refermées autour de sa fourchette m'a fait le même effet que le spectacle de strip-tease le plus érotique de tout Moscou.

Même notre discussion sur Ksenia et la façon dont

elle m'a baisée en me cachant l'existence de Slava n'a pas réussi à refroidir le feu qui brûle en moi.

— Je crois que je n'ai jamais rien mangé d'aussi délicieux, dit Chloé après avoir goûté un gâteau Napoléon.

J'approuve à mi-voix, même si j'ai à peine touché au mille-feuilles. Mon esprit est obnubilé par son goût et la sensation de son corps tels que je les imagine lorsque je l'emmènerai dans mon lit.

J'ai le sentiment que la nouvelle préceptrice de mon fils sera la chose la plus délicieuse que *j'aie* jamais goûtée.

— Ne fais pas ça, Kolya, dit Alina en russe lorsque Chloé se tourne vers Slava et essaie de lui apprendre le mot anglais pour *gâteau*. S'il te plaît, je t'en supplie, laisse-la tranquille.

Je regarde ma sœur avec irritation.

— Je ne vais pas la forcer.

Ce n'est pas mon mode opératoire, et d'ailleurs, après avoir vu les coups d'œil furtifs qu'elle me lance depuis une heure, je suis encore plus certain que cette attirance est réciproque.

Elle sera à moi. Ce n'est qu'une question de temps.

— Je commence à penser que tu es peut-être pire que lui, commente Alina à voix basse. Au moins, il a essayé de le justifier avec des excuses bidon. Mais toi, tu n'essaies même pas, je me trompe ? Tu fais ce qui te chante, et peu importe qui souffre en cours de route.

— C'est exact, rétorqué-je avec un grand sourire. Tu ferais bien de t'en souvenir.

Si ma sœur pense que me comparer à notre père va changer quelque chose, elle se met le doigt dans l'œil. Je suis comme lui et je le sais. Je l'ai toujours été, voilà pourquoi je n'avais pas l'intention d'avoir des enfants.

Notre petit échange en russe attire l'attention de Chloé et ses yeux rencontrent les miens. Immédiatement, elle détourne le regard, mais j'ai le temps de voir sa gorge souple tressauter nerveusement, puis sa langue venir humecter sa lèvre inférieure.

Oh, oui, je lui plais. Je lui plais et ça l'inquiète.

Je repousse mon dessert à moitié consommé et prends ma tasse de thé pour en boire une longue gorgée. Croisant à nouveau son regard, je pose la tasse et lui adresse un petit sourire équivoque.

— Alors, qu'avez-vous pensé de votre premier repas russe, Chloé ?

— C'était incroyable, répond-elle, légèrement essoufflée. Pavel est un cuisinier hors pair.

Je souris de plus belle.

— N'est-ce pas ?

Il a bien d'autres talents, comme le maniement du couteau, mais je ne vais pas le lui dire. Elle commence déjà à faire certains calculs dans sa tête. J'ai bien vu sa réaction quand j'ai parlé des gardes armés. Elle se doute que nous ne sommes pas seulement une famille riche, et cela la rend presque aussi nerveuse que son attirance pour moi.

Je me demande si c'est la méfiance naturelle d'un civil à la vie plutôt choyée, ou s'il y a autre chose... comme les secrets qu'elle essaie de cacher, par exemple.

Il aurait été plus malin et prudent de découvrir ces secrets avant de l'engager, mais cela aurait pris du temps et je ne voulais pas risquer qu'elle s'échappe et disparaisse. Maintenant, après l'avoir observée tout au long du repas, je suis encore plus convaincu qu'elle ne représente pas une menace physique pour ma famille. La façon dont elle a arraché le couteau de Slava trahit non seulement son réflexe protecteur envers le garçon, mais aussi son manque d'habileté avec une lame. Elle tenait le couteau comme quelqu'un qui ne l'a jamais utilisé à des fins de violence, qu'elle soit offensive ou défensive, et je doute qu'elle fasse semblant. Après tout, sa crainte pour Slava était bien réelle.

Elle pense que mon fils, un Molotov, a besoin d'être protégé contre une chose pourtant aussi inoffensive qu'une lame tranchante.

L'inexplicable contraction revient dans ma poitrine et je dois éviter de regarder le garçon. Sinon, ça ne fera qu'empirer. Je reste concentré sur Chloé et le frémissement subtil de ses cils en réaction à mon sourire, sa poitrine qui se soulève et s'abaisse plus rapidement. Je constate avec une satisfaction brute que ses tétons sont à nouveau tendus et que le soutien-gorge qu'elle porte sous son t-shirt, s'il y en a un, est plutôt révélateur.

J'ai hâte de la voir dans une belle robe de créateur, ses épaules fines dénudées. Un vêtement moulant, de couleur crème, qui mettra en valeur son teint chaud. Elle l'enfilera avant le dîner et je passerai tout le repas à m'imaginer l'arracher plus tard dans la soirée, même si je n'ai absolument pas besoin de la voir élégante pour que ces fantasmes se manifestent dans mon esprit.

Le t-shirt et le jean bas de gamme qu'elle porte fonctionnent très bien.

— Sentez-vous libre d'aller au lit, Chloé, propose Alina lorsque Pavel apporte un chariot de digestifs avant d'aider Slava à se lever de sa chaise et l'emmener à l'étage pour le préparer à se coucher. Vous n'êtes pas obligée de rester ici avec nous. Vous devez être fatiguée après une si longue journée.

— Mais non, je suis sûr qu'elle peut rester boire un verre, dis-je alors que Chloé adresse un sourire reconnaissant à Alina.

Il n'est pas question que je la laisse s'échapper aussi vite.

— D'ailleurs, continué-je en regardant ma sœur de haut, tu n'as pas dit que tu étais fatiguée, toi ? Tu devrais peut-être te joindre à Pavel pour lire à Slava une histoire avant d'aller te coucher tôt.

Alina aimerait protester, je le vois bien, mais elle sait que ce n'est pas une bonne idée de me pousser dans mes retranchements en ce moment. Elle est devenue plus audacieuse depuis que nous avons quitté Moscou, plus libre dans l'usage de sa langue. Elle pense que je me suis adouci parce que j'ai temporairement cédé les rênes à nos frères, mais elle se trompe lourdement.

La bête en moi est bien vivante... concentrée sur une nouvelle proie.

— Très bien, dit-elle après un moment de tension. Dans ce cas, bonne nuit. Profitez de votre verre.

Elle se lève et Chloé suit son exemple.

— Je pense que je vais...

— Asseyez-vous, dis-je avec un geste autoritaire.

Aussitôt, elle s'exécute comme un faon effarouché tandis qu'Alina s'éloigne avec un dernier coup d'œil dans ma direction.

J'attends qu'elle soit partie pour honorer ma proie d'un sourire.

— Alors, dites-moi, Chloé...

Je désigne les carafes sur le chariot.

— Qu'est-ce que ce sera ? Cognac, brandy ou whisky ?

11

CHLOÉ

*J*e dévisage Nikolai, le cœur battant à tout rompre. Ai-je mal interprété la situation, ou a-t-il fait en sorte que nous nous retrouvions seuls après le dîner ?

— Je... je ne bois pas vraiment, dis-je, la gorge sèche.

Sous son regard riche et expressif, je me sens à nouveau comme une souris piégée par un très gros chat... si ce n'est qu'aucune souris ne ressentirait une telle attirance envers un prédateur.

J'ai envie de le toucher presque autant que de m'enfuir.

Il hausse ses sourcils noirs.

— Pas d'alcool, jamais ? J'ai du mal à le croire.

— Ce n'est pas ce que je voulais dire. Mais, vous savez, à part de la bière ou du vin en soirée...

C'est inutile, car il soulève déjà l'une des carafes en cristal et verse deux doigts de liquide ambré dans un verre à whisky, qu'il fait glisser vers moi.

— Essayez ça. C'est l'un des meilleurs cognacs au monde.

J'hésite à prendre le verre et à humer son contenu. Je n'ai jamais bu de cognac. De la vodka, c'est déjà arrivé plusieurs fois. De la tequila aussi, à quelques occasions mémorables. Mais pas de cognac, et à en juger par les fortes vapeurs d'alcool qui me montent aux narines, ce n'est pas très indiqué en présence de Nikolai ce soir – ou n'importe quand, d'ailleurs.

Je suis trop troublée par ce qu'il se passe entre nous.

Il se sert et lève son verre pour porter un toast.

— À notre nouveau partenariat.

Je n'ai pas d'autre choix que d'entrechoquer mon verre avec le sien. Puis je le porte à mes lèvres, prends une gorgée et me mets aussitôt à tousser, en larmes, la gorge et la poitrine en feu.

Bon sang, ce truc est *fort*.

Nikolai m'observe, visiblement amusé.

— Vous n'avez vraiment pas l'habitude de boire, dit-il quand je reprends enfin mon souffle. Essayez encore, mais plus lentement cette fois. Laissez-le reposer dans votre bouche pendant quelques secondes avant de l'avaler. Absorbez le goût, la texture... la brûlure.

C'est une mauvaise idée, je le sais, mais je suis ses instructions et prends une autre gorgée, que je conserve un moment dans ma bouche avant de la laisser couler. Elle me brûle encore l'œsophage, mais pas autant que la première fois, et dans le sillage du feu liquide, une agréable chaleur se répand dans mes membres.

— C'est mieux ? demande-t-il doucement.

Je hoche la tête, incapable de m'arracher à son regard hypnotique. C'est peut-être l'alcool qui joue déjà avec mes inhibitions, ou le fait que nous sommes seuls tous les deux, toujours est-il que cela ressemble étrangement à un tête-à-tête romantique... comme s'il y avait une certaine intimité entre nous. J'ai envie de franchir la table pour effleurer la courbe sensuelle de ses lèvres, poser ma main sur sa large paume et sentir sa force et sa chaleur.

J'aimerais qu'il m'embrasse, et si je ne me trompe pas sur la ferveur qui couve dans ses yeux, il me semble que c'est aussi ce qu'il désire.

— Pourquoi m'avez-vous demandé de rester pour un verre ?

Je voudrais reprendre les mots dès qu'ils sont sortis de ma bouche, mais il est trop tard. Un sourire sardonique se dessine sur son visage et il penche la tête d'un côté, faisant tourbillonner avec nonchalance le cognac dans son verre.

— À votre avis, pourquoi ?

— Je n'ai pas... dis-je avant de passer la langue sur mes lèvres. Je n'en sais rien.

— Mais si vous deviez vous aventurer à deviner ?

Mon cœur bat plus fort. Je ne peux pas dire ce que je pense. Si je me trompe, cela se passera très mal pour moi. En fait, je ne vois pas comment cela pourrait bien se passer dans tous les cas. Si j'ai raison et que je lui plais, c'est une énorme boîte de Pandore que j'ouvrirai. Et si j'ai tout imaginé...

— Ne réfléchissez pas trop, *zaychik*.

Sa voix est d'une douceur trompeuse.

— Ce n'est pas un de vos examens de faculté.

C'est vrai. Et je préférerais de loin que ce soit le cas, parce qu'alors la seule chose dont je devrais me soucier, ce serait d'avoir une mauvaise note. Là, les enjeux sont infiniment plus élevés. Si je commets une erreur, si je le contrarie, je pourrais perdre mon emploi, et par conséquent, tout espoir de sécurité.

Dehors, au-delà des limites de ce domaine, des monstres me traquent. Or ici, il y a un homme qui pourrait bien être tout aussi dangereux... et pas seulement parce qu'il aime jouer à ce petit jeu sadique avec moi.

— Qu'est-ce que ça veut dire ? demandé-je prudemment. Zay... machin-chose ?

— Zaychik ?

Il y a des ténèbres dans son sourire.

— Ça veut dire *petit lièvre*. Un surnom affectueux en russe.

Mon visage s'échauffe et mon pouls prend un rythme irrégulier. Les chances que je me trompe diminuent drastiquement, ce qui me rend encore plus nerveuse. Je ne suis pas vierge, mais je ne suis jamais sortie avec quelqu'un comme cet homme. Les mecs avec qui je suis sortie à la fac ont d'abord été mes amis, avec plus si affinités, et j'ignore comment gérer cet inconnu dangereusement magnétique qui n'est autre que mon patron.

Et qui fait peut-être partie de la mafia.

C'est la dernière pensée qui apporte une clarté bienvenue à l'enchevêtrement d'émotions contradictoires dans ma tête.

Je me lève et le salue.

— Merci pour le dîner et le verre. Si ça ne vous dérange pas, je vais me coucher maintenant. Alina a raison, la journée a été longue.

Pendant deux fractions de seconde, il ne dit rien, me regardant simplement avec ce sourire railleur. Mon angoisse monte en flèche, mon estomac se noue. Mais ensuite, il pose son verre et me dit doucement :

— Dormez bien, Chloé. À demain matin.

L'instant d'après, je suis libre, aussi soulagée que déçue.

12

NIKOLAI

Je me retourne pendant deux heures en essayant de m'endormir, mais rien n'y fait.

Enfin, j'abandonne et je reste allongé, les yeux vers le plafond dans l'obscurité, les muscles tendus et le sexe douloureusement dur malgré le soulagement que je me suis offert.

Qu'a donc cette fille de si particulier ? Son physique ? Le mystère qu'elle représente ? J'ai eu toutes les peines du monde à la laisser partir ce soir, à prendre du recul pour lui permettre d'aller se coucher au lieu de bondir par-dessus la table et l'attirer vers moi.

Qu'aurait-elle fait si j'avais cédé à cette impulsion ?

Se serait-elle crispée, aurait-elle crié... ou aurait-elle fondu contre moi, ses yeux bruns doux et voilés, ses lèvres entrouvertes pour mon baiser ?

Pestant tout bas, je me lève, enfile une robe de chambre et me dirige vers mon ordinateur. C'est la fin de matinée à Moscou, alors autant en profiter pour travailler un peu.

Tout vaudra mieux que de m'attarder sur Chloé et la douleur frustrante qu'elle provoque entre mes jambes.

Comme Konstantin ne répond pas à mon appel vidéo, j'essaie Valery. Mon frère cadet décroche immédiatement, son visage toujours aussi impassible, dénué d'expression. Malgré les quatre ans qui nous séparent, nous nous ressemblons tant que l'on nous prend souvent pour des jumeaux... avec notre frère aîné, Konstantin, et notre cousin, Roman.

Les gènes Molotov ont un effet très puissant et plutôt toxique.

— On te manque déjà ?

Le ton de Valery ne trahit en rien ses émotions, si tant est qu'il en éprouve. Il est possible que mon frère en ressente aussi peu qu'il n'en montre. Je ne l'ai jamais vu perdre son sang-froid, même enfant, et je ne l'ai certainement jamais vu pleurer. Cela dit, pendant la majeure partie de l'enfance de Valery, j'étais en pensionnat, alors je ne peux pas prétendre le connaître sur le bout des doigts.

Nous ne sommes pas proches, mes frères et moi, à cause de notre père.

— Vous avez obtenu le feu vert pour l'usine ? demandé-je.

J'enchaîne sans attendre sa réponse :

— À moins que ce soit encore en suspens ?

Valery me regarde froidement.

— C'est sur le bureau du président en ce moment même. Il a promis de me le rendre demain.

— Tant mieux.

C'est un accord sur lequel j'ai travaillé pendant plusieurs mois avant de quitter Moscou, et je veux m'assurer qu'il sera respecté.

— Et le crédit d'impôt ?

— Ça progresse comme on l'espérait.

Mon frère penche la tête.

— Pourquoi cet appel tardif ? Ça aurait pu attendre demain.

Je hausse les épaules.

— J'ai juste un peu de mal à dormir.

— Rapport à Slava ? demande-t-il en plissant les yeux.

— Non.

Du moins, pas comme il le pense.

— Où est Konstantin ?

Je veux que son équipe fasse des recherches plus approfondies sur Chloé Emmons, en se concentrant tout particulièrement sur le mois dernier.

J'aimerais savoir ce qu'elle a fait et où elle est allée quand elle a disparu des radars.

— À Berlin, répond Valery. Il achète plus de serveurs.

— Encore ?

C'est son tour de hausser les épaules. En mon absence, mes frères ont réparti les responsabilités en fonction de leurs intérêts et de leurs points forts, la technologie relevant intégralement du domaine de Konstantin. Il n'en a jamais été autrement. Même quand nous étions à l'école primaire, notre frère aîné était capable de déjouer les meilleurs programmeurs du pays. La principale différence, maintenant, c'est que Valery reste en dehors des affaires de Konstantin et le laisse faire comme il veut. Lorsque je dirigeais l'entreprise familiale, je supervisais tout, y compris les activités de mon frère sur le *dark net*.

— Bon, je vais le contacter là-bas. Maintenant, raconte-moi le reste.

Valery me donne quelques informations et quand nous raccrochons, j'ai l'impression d'être de retour dans la boucle – ou du moins, autant que je puisse l'être à l'autre bout du monde. Une grande part de nos activités relèvent du dialogue et du relationnel, dans les galas, l'opéra et les restaurants huppés fréquentés par les puissants courtiers d'Europe de l'Est. On ne peut pas soudoyer subtilement un politicien par e-mail, ni intimider un fournisseur par Skype pour se voir accorder une réduction. Il s'agit de côtoyer les bonnes personnes, d'être au bon endroit au bon moment et de ne pas laisser de traces, numériques ou autres, sans quoi, pas de résultats.

J'éteins mon ordinateur portable, retire ma robe de chambre et me dirige vers la fenêtre, où le croissant de lune à demi caché derrière un nuage fournit juste assez de lumière pour me permettre de distinguer la cime des arbres à flanc de montagne. Je suis toujours tendu, chaque muscle de mon corps sur le qui-vive. Cet appel en visio m'a occupé, comme je l'espérais, mais maintenant que c'est fini, je pense à nouveau à Chloé. J'ai toujours envie d'elle.

Merde.

Je n'aurais peut-être pas dû la laisser quitter la table. Sa nervosité m'a plu, tout comme la méfiance dans ses jolis yeux marron. Elle m'a rappelé un lièvre sauvage, prêt à détaler au premier signe de danger. J'étais tout disposé à la pourchasser.

Mais je ne l'ai pas fait, bien sûr. Je l'ai laissée partir. Elle avait l'air épuisée, et cela n'avait rien à voir avec la fatigue d'une ou deux nuits sans sommeil. C'était un épuisement profond et absolu. Ses vêtements sont amples, comme si elle avait récemment perdu du poids, et ses traits délicats sont plus anguleux que sur les photos, ses yeux cernés d'ombres. Quelle que soit son histoire, elle frôle l'abattement, et à ce moment-là, quand elle s'est levée de son siège, si fragile et battante à la fois, j'ai ressenti l'étrange besoin de la réconforter... de la protéger contre les démons qui ont gravé une telle tension sur son visage.

Non, c'est ridicule. Je connais à peine cette fille. Je ne voulais pas la pousser à bout, c'est tout.

Je me dirige vers mon placard, enfile un short et des baskets et sors de la pièce. C'est peut-être aussi bien que je lui fiche la paix ce soir. Demain, je prendrai contact avec Konstantin et je verrai comment découvrir tous ses secrets. En attendant, je peux bien la laisser se reposer, prendre ses repères... s'acclimater à la réalité de mon désir.

Quoi qu'en pense ma queue, rien ne presse.

Après tout, elle est ici, maintenant, et elle n'ira nulle part.

13

CHLOÉ

— *N*on !

J'atterris à quatre pattes, pantelante et en nage, tremblant de tous mes membres. Il fait nuit, je suis nue, et je n'ai aucune idée de l'endroit où je me trouve ni de ce qui se passe. Peu à peu, cependant, je prends conscience du parquet sous mes paumes et du clair de lune qui se déverse à travers la baie vitrée. Tout se met en place.

Je suis dans ma chambre, au domaine Molotov, et rien de ce que j'ai vu n'est réel.

C'était un cauchemar de plus.

Avec une grimace, je me redresse sur mes genoux... qui protestent immédiatement. J'ai dû les écorcher en tombant du lit.

Un bras mince à la peau brune dans une mare de sang... Un pistolet dans une main gantée de noir... Un énorme pick-up qui s'élance vers moi...

Une nouvelle bouffée d'adrénaline me pousse à me

lever en dépit de la douleur. Reprenant ma respiration, je tâtonne dans l'obscurité pour trouver un interrupteur. Ma main atterrit sur le lit et je me dirige vers la table de chevet.

La lampe s'allume à mon contact, baignant la chambre d'une lueur dorée tamisée. Mes genoux faiblissent sous l'effet du soulagement et je m'enfonce sur le matelas, laissant la lumière chasser les dernières bribes du cauchemar.

Ce n'était qu'un rêve.

Je suis en sécurité.

Ils ne peuvent pas m'atteindre ici.

Au bout de quelques minutes, je me sens assez stable pour me tenir debout et je me dirige vers la salle de bain afin de rincer la sueur qui sèche déjà sur ma peau. Je prends soin d'éteindre la lampe, car je n'ai plus de vêtements propres à me mettre pour dormir et j'ignore comment faire fonctionner les stores de la fenêtre. Il y a probablement un bouton caché quelque part, mais j'étais trop fatiguée pour le trouver hier soir. Dès que je suis arrivée dans ma chambre, je me suis déshabillée, j'ai lavé mon t-shirt et mes sous-vêtements à la main dans le lavabo pour avoir quelque chose à porter le matin, et je me suis assoupie avant que ma tête ne touche l'oreiller.

Même l'inquiétude que me cause mon nouvel employeur, d'une beauté presque inquiétante, ne m'a pas empêchée de dormir.

Pourtant maintenant, alors que je suis sous la douche, mon esprit retourne vers lui et mon cœur bat la chamade, ma respiration s'accélérant avec un mélange d'anxiété et d'excitation.

Nikolai a envie de moi.

Je pense.

Peut-être.

Je pourrais me tromper.

Ou pas.

La chaleur s'accumule dans mon bas-ventre et mes seins se compriment lorsque j'imagine son regard sombre et pénétrant, passant en boucle tout ce qu'il m'a dit... et la façon dont il l'a dit. Non, je ne me trompe pas. Du moins, pas sur son attirance. Il est possible qu'il cherche juste à jouer avec moi sans réelle intention d'agir, mais je ne le pense pas.

Je pense qu'il compte me baiser, et je n'ai aucune idée de ce que je ressens à cette perspective.

Non, c'est un mensonge. Mon esprit est peut-être tiraillé, mais mon corps est très franc dans ses sentiments. La chaleur en moi s'intensifie, une tension douloureuse me saisit tout entière alors que j'imagine ce qu'il se passerait s'il montait dans ma chambre à ce moment précis et frappait à ma porte... puis l'ouvrait et entrait sans attendre de réponse.

S'il était assis sur le lit, à m'attendre, quand je ressortirais nue de la salle de bain.

Mes yeux se ferment, mes mains s'aventurent sur ma poitrine puis glissent le long de mon corps tandis que, par la pensée, je le regarde marcher vers moi, tendre la main pour me toucher. Mes doigts se glissent alors entre mes cuisses, où je suis moite d'envie, et j'imagine que c'est sa main, sa bouche si sensuelle là en bas. Je m'entends respirer lorsque la douleur sourde du manque se transforme en une pulsation chaude. Les muscles de mes jambes frémissent sous l'effet d'une tension croissante, et dans un soudain élan de plaisir, je jouis. Mes orteils se contractent sur le carrelage mouillé et je m'appuie contre la paroi vitrée de la douche, haletant pour reprendre mon souffle.

Encore ébahie, j'ouvre les yeux et retire ma main, le cœur battant à tout rompre dans ma poitrine.

Je n'arrive pas à croire ce qui vient de se produire. Je n'avais encore jamais atteint un tel orgasme rien qu'avec mes doigts. En temps normal, il me faut un minimum de quinze minutes avec mon vibro, ou qu'un mec use de sa langue entre mes cuisses pendant une demi-heure, et encore, c'est à pile ou face, selon mon état de stress ou de fatigue. Chez moi, l'excitation se joue essentiellement dans la tête. Voilà pourquoi je n'ai jamais vécu d'aventures d'un soir.

Je dois d'abord connaître un homme pour devenir intime avec lui.

Je dois l'apprécier et lui faire confiance.

En tout cas, c'est ce que j'ai toujours pensé. Je ne sais pas si j'apprécie Nikolai, et une chose est sûre, je ne lui fais certainement pas confiance.

Alors, pourquoi me suffit-il de penser à lui pour être entraînée au bord de l'orgasme ?

Pourquoi suis-je attirée par un homme qui me donne l'impression d'être une proie traquée ?

Le soleil sur mon visage me tire d'un sommeil de plomb et je gémis, me retournant pour lui échapper. Mais la lumière est partout, brillante et chaude, et je me rends compte que c'est le matin, même si je n'en ai pas l'impression.

Ouvrant péniblement mes paupières lourdes, je m'assois et me frotte le visage. J'ai beau m'être rendormie tout de suite après ma séance de masturbation improvisée, je me sens toujours fatiguée, comme si je n'avais pu fermer l'œil que pendant quelques heures au lieu des neuf ou dix que j'ai dû passer dans mon lit. Je n'ai aucune idée de l'heure qu'il est maintenant, mais je suis presque certaine de m'être couchée avant vingt-deux heures.

Ça doit être toutes ces semaines sans sommeil qui me rattrapent.

Balançant mes jambes hors du lit, j'admire la vue magnifique qui s'offre à moi de l'autre côté de la fenêtre. Même si le soleil est levé, des nappes de brouillard enveloppent les sommets éloignés dans une beauté de carte postale. Je suis tentée de rester assise et d'en profiter pendant une minute, mais je m'oblige à me lever et à me diriger vers la salle de bain pour me laver. C'est ma première matinée et je ne veux pas faire mauvaise impression en arrivant en retard. Cela dit, j'ignore ce qui pourrait être considéré comme un retard, car nous n'avons pas discuté de mes heures de travail ni des horaires de Slava.

Comme je suis déjà propre après ma douche de cette nuit, ma routine matinale est vite expédiée. Le t-shirt et les sous-vêtements que j'ai lavés à la main sont encore un peu humides, mais je les enfile quand même. Il faudra que je parle à Pavel ou à quelqu'un d'autre dès que possible pour régler la question de la lessive. Et aussi celle de mes horaires.

Je dois savoir quelles sont les attentes de Nikolai afin de pouvoir les satisfaire et même les surpasser.

Mon pouls s'emballe déjà à l'idée de le revoir et je me concentre sur mon chignon pour détourner mon attention des papillons de plus en plus turbulents dans mon estomac. Comme je me suis couchée avec les cheveux mouillés, j'ai toutes sortes de plis bizarres. De toute manière, c'est plus professionnel de ne pas garder les cheveux devant le visage.

Retournant dans la chambre, je fais le lit, enfile mes baskets et me redresse, prête à affronter la journée.

Je peux le faire.

Je *dois* le faire, quels que soient les sentiments qu'éveille en moi mon nouveau patron.

CHLOÉ

*C*omme il n'y a personne dans la salle à manger ni dans le salon, je passe mon chemin jusqu'à la cuisine. En entrant, je vois une femme tout en courbes et aux cheveux blonds décolorés coiffés au carré. Vêtue d'une robe rose et blanche à fleurs, elle est penchée sur un évier où elle récure un plat. Je m'éclaircis la voix pour l'avertir de ma présence.

— Bonjour, dis-je avec un sourire quand elle se retourne en se séchant les mains sur une serviette. Vous devez être Lyudmila.

Elle me regarde et hoche la tête.

— Lyudmila, oui. Vous êtes professeur de Slava ?

Son accent russe est encore plus prononcé que celui de son mari, et son visage rond aux joues roses m'évoque une poupée gigogne bariolée, de celles qui renferment d'autres poupées à l'intérieur comme autant de couches d'oignon. Elle doit avoir la trentaine, bien que sa peau soit si lisse qu'elle paraît avoir dix ans de moins.

— Oui, bonjour. Je suis Chloé.

Je m'approche en tendant la main.

— Ravie de vous rencontrer.

Elle me serre les doigts avec précaution, puis je demande :

— Savez-vous où se trouve Slava, et s'il a déjà pris son petit-déjeuner ?

Elle cligne des paupières sans comprendre, alors je répète la question en prenant soin d'énoncer chaque mot.

— Ah, oui, Slava.

Elle me montre la grande fenêtre à gauche, qui donne sur l'avant de la maison où je me suis garée. Seulement, la voiture n'est plus là. Je fronce les sourcils avant de comprendre que Pavel a dû la garer hier, quand il a remonté ma valise.

Je vais devoir lui demander où elle se trouve, tout comme mes clés. Je crois bien qu'il ne me les a pas rendues.

Avant que je puisse poser la question à Lyudmila, je repère mon jeune élève. Il court dans l'allée, Pavel sur ses talons. L'ours porte un énorme poisson au bout d'un hameçon et le garçon affiche un immense sourire. Ils ont dû partir à la pêche tôt ce matin.

Je jette un œil à l'heure sur le micro-ondes et je fais la grimace.

Non, pas *tôt ce matin*. Plutôt en milieu de matinée.

Il est presque dix heures.

Mon estomac gronde comme sur commande et un sourire fend le visage rond de Lyudmila. Elle me propose à manger et je hoche la tête en lui souriant.

Au moins, mon ventre parle un langage universel.

— Est-ce que je peux prendre quelque chose ? demandé-je en désignant le réfrigérateur, mais Lyudmila s'agite déjà et sort un plateau de ce qui ressemble à des crêpes déjà fourrées.

— Bon ? demande-t-elle.

J'acquiesce avec reconnaissance. Je ne suis pas difficile à table, et si ces crêpes sont à l'image des mets raffinés que j'ai goûtés hier soir, je serai au septième ciel.

Je la remercie en m'approchant pour lui prendre l'assiette des mains, mais elle la met dans le micro-ondes et désigne le plan de travail, derrière le lavabo.

— Allez. Vous asseoir. Je fais pour vous.

Une fois de plus, je la remercie et pars me percher sur l'un des tabourets de bar derrière le plan de travail. Je ne veux pas être un fardeau, mais avec la barrière de la langue, une protestation polie pourrait être interprétée comme un refus ou un rejet.

— Thé ? Café ? demande-t-elle.

— Café, s'il vous plaît. Avec du lait et du sucre si vous en avez.

Pendant qu'elle s'affaire, je regarde la cuisine. Elle est aussi moderne que le reste de la maison, avec des armoires d'un blanc rutilant, des comptoirs en quartz gris et des appareils en inox noir. Une partie du grand îlot de cuisine, au centre, est occupée par une rangée d'herbes aromatiques en pots, et un range-bouteilles est suspendu au-dessus, presque artistique avec sa collection de vin.

Une minute plus tard, le micro-ondes tinte et Lyudmila m'apporte le plat de crêpes, avec une assiette propre, des couverts et un pot de miel.

— Oh, merci, lui dis-je alors qu'elle me prépare l'une des crêpes en y versant du miel avant de me faire signe de la couper et de la manger. Ça a l'air délicieux.

Je découpe un morceau de crêpe et en examine le contenu. On dirait de la ricotta avec des raisins secs. Lorsque je la mets dans ma bouche, je la trouve à la fois sucrée et salée, plus savoureuse encore que je ne le pensais. Mon estomac grogne à nouveau, plus fort cette fois, et Lyudmila sourit.

— Vous aimez ?

— Oh, oui, merci. C'est tellement bon, marmonné-je, la bouche à nouveau pleine.

Lyudmila acquiesce, satisfaite.

— Bien. Vous mangez. Toute petite.

Elle rapproche ses mains en l'air, comme si elle mesurait mon tour de taille, et secoue la tête d'un air désapprobateur.

— Trop petite.

Je pars d'un petit rire gêné et mange avec application pendant qu'elle retourne à sa vaisselle. Sa critique de ma silhouette prête à sourire, cependant elle n'a pas tort. J'ai toujours été mince, mais après un mois de repas sporadiques, je suis devenue maigre, les muscles de mon corps fondant avec le peu de graisse que j'avais. Même les fesses que je jugeais un peu trop proéminentes ont disparu. Je vais devoir faire un million de squats pour les récupérer.

Je compte bien m'y remettre, une fois que tout sera terminé.

Si ça se termine un jour.

Non, pas *si*. Je refuse de penser de cette façon. J'ai fait tout ce chemin, échappant à mes poursuivants contre toute attente, et maintenant les choses s'améliorent. Pour la première fois depuis le début de ce cauchemar, j'ai dormi toute la nuit, j'ai le ventre plein, et là où je suis, ils ne peuvent pas me tendre d'embuscade. Dans six jours, je toucherai mon premier salaire et d'autres options s'ouvriront à moi. Si pour garantir ma sécurité, je dois partir, je le ferai.

J'entends par là, si les ténèbres que je pressens chez Nikolai ne sont pas que le produit de mon imagination.

Dans cette cuisine lumineuse et ensoleillée, mes craintes sur la mafia me semblent exagérées, irrationnelles, tout comme ma conclusion qu'il a envie de moi. Comme l'a fait remarquer Lyudmila, je ne suis pas vraiment au mieux de ma forme, et je suis sûre qu'un homme aussi riche et magnifique que mon employeur est habitué à des beautés de classe mondiale. Plus j'y pense, plus il me semble que mon attirance pour lui risque bien de m'avoir conduite à mal interpréter la situation hier soir. Ce surnom d'animal de compagnie, ces questions indiscrètes, le ton grave et séducteur de sa voix... il n'est peut-être question que de différences culturelles. Je ne sais pas grand-chose des hommes russes, mais il est possible qu'ils soient toujours comme ça avec les femmes, tout comme il est possible que les riches Russes aient l'habitude d'avoir des gardes en raison du niveau élevé de corruption et de criminalité dans leur pays.

Oui, c'est certainement ça. Avec tout le stress du mois dernier, j'ai laissé libre cours à mon imagination. Pourquoi une famille mafieuse s'installerait-elle ici, dans ce coin de pays sauvage et reculé ? À New York, je comprendrais, ou encore à Boston. Mais dans l'Idaho ? Cela n'a aucun sens.

Secouant la tête devant ma bêtise, je termine le reste des crêpes et bois le café que Lyudmila a préparé. Puis, optimiste et pleine d'espoir pour la première fois depuis des semaines, je me lève, emporte les plats à l'évier, où Lyudmila s'attelle à la vaisselle malgré mes protestations, et je pars à la recherche de mon élève.

Je peux y arriver.

J'en suis parfaitement capable.

Je suis même impatiente.

Entrant dans le salon d'un pas vif, je me heurte à un corps imposant. L'impact me coupe le souffle et je manque m'envoler en arrière. Heureusement, des mains fortes jaillissent et se referment autour de mes bras, me ramenant contre un torse ferme.

Étourdie et le souffle court, je lève les yeux vers la

personne qui m'a rattrapée et mon rythme cardiaque fuse dans la stratosphère lorsque je croise deux yeux de tigre. Nikolai.

— Bonjour, zaychik, murmure-t-il avec son éternel sourire narquois. Où courez-vous avec une telle hâte ?

15

CHLOÉ

Chaque cellule de mon corps s'enflamme et mon pouls monte instantanément dans les tours. Tout le bas de mon corps est pressé contre le sien, mes cuisses contre ses jambes fermes et mon ventre au niveau de son entrejambe. Je sens son parfum, une fragrance subtile et complexe, avec des notes de cèdre et de bergamote, et en dessous, ces effluves musqués propres à la peau masculine chaude. Et pour être chaud, il l'est. Alors même que nous sommes tous les deux habillés, je perçois sa chaleur animale et, à ma grande stupeur, la dureté qui se presse à présent contre mon ventre.

— Tout va bien ? murmure-t-il.

Soudain, je me rends compte que je le regarde fixement, étourdie comme un lapin pris dans un piège. C'est à peu près ce que je ressens. Ses longs doigts enserrent complètement le haut de mes bras dans une poigne implacable. Cet homme est un colosse. Jusqu'à cet instant, je n'avais pas réalisé combien il était grand et musclé. Je suis de taille moyenne pour une femme, mais en sa présence, je me sens minuscule à tous égards – et à en juger par le renflement épais contre mon ventre, il n'est pas grand que par la taille.

Ma peau s'embrase à plus de mille degrés et une douleur creuse se manifeste dans mes tripes.

— Je... ça va.

En réalité, c'est tout le contraire, comme en témoignent mes balbutiements. Je n'arrive pas à réfléchir, tout juste capable de penser à son érection contre moi. Pour une raison quelconque, il ne me lâche pas.

Il me tient contre lui comme s'il ne devait jamais me libérer, son regard de plus en plus déterminé à chaque seconde. Lentement, comme attirés par un aimant, ses yeux descendent jusqu'à mes lèvres et...

— Kolya, fait soudain la voix sèche d'Alina. Konstantin veut te parler.

Nikolai se raidit et relève la tête, ses doigts crispés autour de mes bras au point de la douleur. Un souffle involontaire s'échappe de ma gorge et il finit par relâcher sa prise... sans toutefois me laisser partir.

— Dis-lui que je le rappellerai, lance-t-il à sa sœur.

Son intonation est froide et posée, comme si nous étions tous assis autour d'une table à discuter au lieu de cette position compromettante, collés serrés comme si nous allions danser le tango. Mon visage, en revanche, est brûlant de honte.

Je n'imagine même pas ce que doit penser Alina en ce moment.

— Il veut te parler tout de suite, insiste-t-elle. Il part en réunion dans quelques minutes et il sera occupé ensuite.

Nikolai marmonne ce qui ressemble à un juron en russe et finit par me libérer. Secouée, je recule sur mes jambes instables et me tourne vers Alina, qui regarde son frère s'éloigner en plissant les yeux. Puis son regard se reporte sur moi et ses lèvres rouges se pincent.

— Je lui suis rentrée dedans, lâché-je avant qu'elle ne puisse m'accuser de quoi que ce soit. C'était un hasard. J'allais tomber à la renverse, mais il...

— Mon frère ne laisse rien au hasard.

Ses yeux sont comme du jade trempé dans de la glace.

— Vous feriez bien de vous en souvenir, Chloé.

Sur ce, elle s'en va, me laissant encore plus ébranlée.

Après quelques minutes, j'ai suffisamment retrouvé mes esprits pour me remettre à la recherche de Slava, cette fois à un rythme beaucoup plus calme. Mais quand j'arrive dans sa chambre, il n'est pas là. Je redescends.

Il n'y a pas plus de Slava que de Pavel dans les parties communes, alors je retourne à la cuisine en espérant y trouver Lyudmila. Mais elle aussi a disparu.

Ils sont peut-être tous dehors ?

Ouvrant la porte d'entrée, je sors dans la lumière du soleil. C'est une journée magnifique, sans nuages, et la brise aux senteurs de sous-bois rafraîchit mon visage. Il n'y a personne dans l'allée, mais je m'y avance en remplissant mes poumons d'air frais de la montagne pour me calmer les nerfs.

Il n'y a aucune raison de paniquer.

Il ne s'est rien passé.

Nikolai m'a rattrapée pour m'éviter de m'étaler de tout mon long, c'est tout.

Sauf que... il aurait pu se passer quelque chose si Alina ne nous avait pas interrompus. Je suis convaincue à 90% que Nikolai était sur le point de m'embrasser. Quant à la bosse dure qui se pressait contre moi, ce n'était clairement pas mon imagination.

Il a envie de moi.

Il n'y a plus aucun doute à ce sujet.

Je prends une autre inspiration, mais mon cœur continue de battre, mes paumes toujours moites. Les essuyant sur mon jean, je me promène sur le côté de la maison en admirant le panorama de montagne tout en m'efforçant d'apaiser mes pensées égarées.

Ça va. Tout va bien. Ce n'est pas parce que je plais à Nikolai qu'il va se passer quoi que ce soit entre nous. Je suis sûre qu'il a bien conscience que c'est tout à fait inapproprié. Peu importe ce qu'a dit Alina, *c'était* un hasard. Nous nous sommes percutés, voilà tout. Je ne sais pas pourquoi elle insinue le contraire. Peut-être croit-elle que je lui fais du rentre-dedans, au sens propre du terme ? Mais non. On aurait plutôt dit qu'elle me mettait en garde, comme si...

Des éclats de voix attirent mon attention, et en tournant au coin du mur, je découvre Pavel et Slava. Ils se tiennent près d'une souche d'arbre, à une cinquantaine de mètres de là, de gros poissons posés dessus. En m'approchant, je vois l'homme ouvrir le premier de moitié, puis tendre le couteau tranchant à Slava.

Mais à quoi joue-t-il ? Il attend que le garçon finisse le travail ?

Oui, j'en ai bien l'impression. Et Slava s'exécute. Le temps que j'arrive, il est en train de retirer les entrailles des poissons avec ses petites mains et de les jeter dans un sac en plastique que Pavel tient ouvert à côté de lui.

Bon, d'accord. Ils doivent savoir ce qu'ils font. J'ai moi-même vidé du poisson à plusieurs reprises – ma coloc en première année, une passionnée de pêche et de chasse, me l'a appris – alors je ne suis pas dégoûtée, mais c'est troublant de voir faire un bambin de quatre ans.

Personne n'a l'air de voir le moindre inconvénient à le laisser manier des couteaux.

Je m'arrête devant la souche avec mon plus beau sourire.

— Bonjour. Je peux me joindre à vous ?

Le garçon me sourit et me raconte quelque chose en russe. Pavel, cependant, n'a pas l'air très content de me voir.

— Nous avons presque fini, grogne-t-il avec son

fort accent. Vous pouvez attendre à l'intérieur si vous voulez.

— Oh, non, je suis bien ici. Avez-vous besoin d'aide ? demandé-je en désignant le poisson.

Pavel me regarde.

— Vous savez enlever les écailles ?

— Oui.

Bien sûr, je préférerais ne pas le faire, de peur de salir mes seuls vêtements propres, mais je veux continuer à travailler avec Slava, et la meilleure façon d'y parvenir est de passer du temps avec lui, quelles que soient les activités qu'il pratique.

D'après mon expérience, les enfants apprennent mieux hors d'une salle de classe, tout comme la plupart des adultes.

— Voilà, déclare Pavel en me tendant un couteau à écailler. Montrez au petit comment faire.

D'après le sourire sur son visage de brique, il doit penser que je bluffe. C'est donc avec grand plaisir que je lui prends le couteau et réponds aimablement :

— D'accord.

Prenant soin de ne pas éclabousser mon t-shirt, je me mets au travail, expliquant au garçon le processus dans ma langue. Je lui dis comment s'appelle chaque partie du poisson et je lui fais répéter les mots, puis je le laisse essayer à son tour. Il est aussi doué pour écailler que pour vider le poisson et je me rends compte que ce n'est pas sa première fois.

Quand Pavel m'a demandé de lui montrer, il ne faisait que me tester.

Réprimant mon agacement, je laisse Slava finir le travail et je remets le poisson ainsi nettoyé dans le seau. Pavel l'emporte dans la maison, et Slava et moi le suivons. L'ours se rend directement à la cuisine – probablement pour préparer le poisson avant le déjeuner – et je lui annonce que j'emmène Slava à l'étage pour qu'il se change. Contrairement à moi, il a des éclaboussures de poisson partout sur sa chemise.

Pavel approuve dans un grognement bougon avant de disparaître dans la cuisine et je conduis Slava dans les toilettes les plus proches. Nous nous lavons tous les deux soigneusement les mains, puis je l'emmène dans sa chambre.

À ma grande surprise, Lyudmila est là quand nous entrons. Elle dépose une chemise propre et un jean pour Slava sur le lit.

— Merci, dis-je en souriant. Il a besoin de se changer.

Elle sourit en retour et dit quelque chose à Slava en russe. Le garçon s'approche et elle l'aide à se débarrasser de ses vêtements sales. Je me détourne pour respecter sa pudeur, car le garçon est assez grand pour être timide devant des inconnus. Quand il me semble qu'ils ont terminé, je me tourne pour voir Lyudmila l'aider à attacher sa boucle de ceinture.

— C'est bon, annonce-t-elle au bout d'un moment en reculant. Vous apprenez leçons maintenant.

Je lui souris.

— Merci, c'est ce que nous allons faire.

En la voyant rassembler le linge sale, je lui demande :

— Y a-t-il une machine à laver quelque part dans la maison ? J'ai besoin de faire ma lessive.

Elle fronce les sourcils sans comprendre.

— Buanderie ? demandé-je en désignant le linge dans ses mains. Vous savez, pour laver les vêtements ?

Je frotte mes poings dans un simulacre de lessive à la main.

Son visage s'éclaire.

— Ah, oui. Venez.

— Je reviens tout de suite, dis-je à Slava avant d'emboîter le pas à Lyudmila jusqu'en bas.

Elle me fait passer devant la cuisine et descendre un couloir vers une pièce sans fenêtre de la taille de ma chambre. Il y a deux machines à laver et sèche-linge haut de gamme – pour faire tourner plusieurs machines en même temps, je suppose – ainsi qu'une planche à repasser, un étendoir, des paniers à linge et autres commodités.

— Bien, oui ?

Elle montre les machines et je la remercie d'un signe de tête. En retournant dans ma chambre, je rassemble tous mes vêtements et les emporte en bas. Lyudmila est déjà partie, alors j'entreprends de charger les machines. Dans une demi-heure, je reviendrai tout enfourner dans les sèche-linge, et à l'heure du repas, tout sera propre.

Décidément, la situation s'améliore en dépit du flou avec mon patron.

Mon rythme cardiaque s'accélère à cette pensée et les papillons dans mon estomac reviennent à la vie. Slava et Pavel m'ont offert une distraction bienvenue, mais maintenant que je suis loin d'eux, je ne peux m'empêcher de penser à ce qu'il s'est passé ce matin. Mon esprit rejoue la scène en boucle, sans relâche, jusqu'à ce que les papillons se transforment en guêpes.

J'ai senti l'érection de Nikolai contre moi.

On aurait dit qu'il allait m'embrasser.

Il ne m'a pas lâchée quand sa sœur était là.

C'est cette dernière partie qui me fait le plus peur, car cela signifie que j'avais tort. Il a bien des intentions concrètes envers moi. Si Alina n'avait pas insisté pour qu'il réponde au téléphone, il m'aurait embrassée, et peut-être plus. Peut-être qu'en ce moment même, nous serions au lit ensemble, son corps puissant en moi comme...

Je mets un terme au fantasme avant qu'il ne puisse progresser davantage. Déjà, j'ai trop chaud, mes seins sont lourds et gonflés, mon sexe palpite d'une douleur sourde. Ce doit être une conséquence bizarre de ma séance de masturbation impromptue d'hier soir, je ne vois pas d'autre explication à ma soudaine libido d'adolescente.

Avec de lentes et profondes inspirations pour me calmer, je termine de fourrer le linge dans la machine. La situation est sans doute délicate. Une liaison avec mon employeur serait imprudente à bien des égards, et pourtant je ne suis pas certaine de pouvoir lui résister.

Si je m'enflamme simplement en pensant à lui, que se passerait-il s'il me touchait ? S'il m'embrassait ?

Mon sang-froid s'évaporerait-il comme de l'eau dans une poêle à frire ?

Je n'entrevois qu'une seule solution, une seule chose que je puisse faire pour esquiver cette catastrophe.

Je dois l'éviter – ou du moins, éviter de me retrouver seule avec lui – pendant les six prochains jours.

Ainsi résolue, je mets les machines en marche et je me retourne... pour rester figée sur place.

Debout sur le seuil, ses yeux dorés brillants et un sourire dévastateur aux lèvres, se tient le diable qui occupe mes pensées.

— Vous voilà, dit-il à mi-voix.

Sous mon regard interdit, il s'avance un peu plus dans la pièce et referme la porte derrière lui.

16

CHLOÉ

— Je vous cherchais, poursuit Nikolai, s'approchant d'un pas mesuré comme une panthère. Pavel a dit que vous étiez à l'étage avec Slava.

Je déglutis péniblement quand il s'arrête devant moi.

— Oui, je suis juste descendue ici un instant pour laver mon linge. J'espère que ça ne vous dérange pas.

Malgré tous mes efforts, ma voix vacille et je dois me retenir de reculer pour tenter de mettre plus d'espace entre nous. Non qu'il soit trop proche – au moins un mètre nous sépare –, mais maintenant que je connais le parfum qu'il porte, je peux capter les subtiles notes de cèdre et de bergamote dans l'air, et ma mémoire remplit le reste, depuis la chaleur qui se dégage de sa peau jusqu'aux contours fermes de son corps pressé contre moi. Et ce gros renflement épais... Mes genoux vacillent et je suis presque attirée par lui, mais je me ressaisis au dernier moment, raidissant mes jambes et ma colonne vertébrale.

Une chaleur sombre envahit son regard et je sais qu'il a remarqué ma réaction. Mes joues sont brûlantes et mon cœur bat plus vite, des piqûres glacées courant sur ma peau.

Pourquoi est-il ici ?

Pourquoi me cherchait-il ?

Pourquoi a-t-il fermé cette porte ?

— Oui, bien sûr, ce n'est pas un problème.

Sa voix est douce et suave, cette chaleur troublante encore présente dans son regard.

— Vous vivez ici maintenant, alors considérez que c'est votre maison.

— J'y penserai, merci.

Bon sang, maintenant je parais enrouée, comme essoufflée. Me ressaisissant au prix d'un gros effort, je lui offre mon plus beau sourire d'employée modèle.

— En fait, j'allais vous demander quelque chose. Ai-je un horaire de travail ? Je veux dire, y a-t-il des heures particulières auxquelles vous aimeriez me voir travailler avec Slava ? Idéalement, j'aimerais favoriser un apprentissage tout au long de la journée, plutôt que des leçons formelles, mais si vous préférez, je suis flexible.

Voilà, c'est mieux. J'ai réussi à stabiliser ma voix, et mon intonation était presque professionnelle. J'espère lui rappeler que je suis ici pour enseigner à son fils, et pas pour fondre devant son regard ténébreux comme... eh bien, comme toutes les femmes hétéros qui ont déjà croisé son chemin, sans doute.

Un autre sourire terriblement sensuel lui vient aux lèvres.

— C'est à vous de décider, zaychik. Votre élève, vos méthodes. Tout ce que je veux, moi, ce sont des résultats. La seule chose que je demande, c'est que vous vous joigniez à notre famille pour les repas, pour que Pavel et Lyudmila n'aient pas besoin de cuisiner et de nettoyer deux fois.

— Oui, bien sûr. À quelle heure sont le petit-déjeuner et le déjeuner, habituellement ?

Maintenant, je me sens mal de m'être fait préparer des crêpes par Lyudmila ce matin. En me réveillant aussi tard, j'aurais pu attendre le prochain repas prévu.

— Nous prenons le petit-déjeuner à huit heures et le déjeuner à douze heures trente, en temps normal. Est-ce que ça vous convient ?

— Absolument.

J'ai appris une chose au cours du mois qui vient de s'écouler : ce qui compte, c'est de manger. Le reste – quoi, quand, où et comment – importe peu.

Avoir l'estomac plein, c'est un état que je ne prendrai plus jamais pour acquis.

— Bien. Alors je vous verrai au déjeuner tout à l'heure.

Il se retourne pour s'éloigner et je laisse échapper une expiration tremblante, soulagée et à la fois en proie à une déception perverse. L'instant d'après, mon cœur rate un battement, parce qu'il s'est à nouveau arrêté pour se tourner vers moi.

— J'ai failli oublier, dit-il, le regard étincelant. Vos nouveaux vêtements seront livrés cet après-midi. Pavel les montera dans votre chambre. J'apprécierais que vous portiez l'une des robes pour le dîner.

— Oh, bien sûr. Merci. Je n'y manquerai pas.

L'une des robes ? Mais combien en a-t-il achetées ? Et comment a-t-il fait pour qu'elles soient livrées si vite ? Je meurs d'envie de le demander, mais je ne veux pas prolonger cette rencontre éprouvante pour mes nerfs.

Je suis toujours consciente de cette porte résolument fermée.

— Bon, faites-moi savoir si quelque chose ne va pas.

Son regard descend sur mon corps et les pointes de glace reviennent à la charge. Mon souffle reste suspendu dans ma gorge alors que mes tétons se tendent dans mon soutien-gorge. *Encore un soutien-gorge en coton fin qui ne suffit pas à cacher ma réaction.* Mon visage brûle sous la chaleur de mille soleils, et alors que ses yeux rencontrent les miens, je perçois un changement dans l'atmosphère, l'air dangereusement chargé d'électricité.

La bouche sèche, je recule encore un peu, en dépit de mon attirance presque irrépressible, si forte qu'elle me semble physique, magnétique. À en juger par la contraction de sa mâchoire lorsqu'il me regarde reculer, je ne suis pas la seule à en faire l'expérience.

Cours, Chloé. Sors-toi de là.

Cette fois, la voix de maman dans ma tête est plus calme, moins urgente, mais elle dissipe une partie de la brume qui nappe mon cerveau. Rassemblant les bribes de ma volonté qui s'effiloche, je recule à nouveau et réponds d'une voix aussi nette que possible :

— Merci beaucoup.

Ses narines s'évasent et, une fois de plus, j'ai le sentiment d'être en présence d'un être dangereux... quelque chose de sombre et de sauvage tapi sous le vernis policé de Nikolai.

— Bon, très bien, répond-il d'une voix douce. Bonne chance avec votre linge, zaychik. À tout à l'heure.

Sur ce, il ouvre la porte et s'en va.

NIKOLAI

Je me retiens pendant les quinze minutes qui suivent mon arrivée au bureau. Je consulte ma messagerie électronique, je paie quelques factures, je réponds à l'un de mes comptables. Enfin, je capitule avec un juron et j'augmente le son de mon ordinateur tout en affichant la vidéo filmée en temps réel par la caméra dans la chambre de mon fils.

Comme prévu, Chloé est là. Elle semble avoir terminé sa lessive. Je la regarde avec intérêt jouer aux petites voitures et aux camions avec Slava, tout en lui parlant comme s'il pouvait la comprendre. De temps en temps, elle désigne quelque chose, par exemple une roue, et fait répéter à Slava le mot anglais. La plupart du temps, elle se contente de parler et Slava l'écoute avec ferveur, aussi fasciné que moi par les expressions de son visage et par ses gestes.

À un moment donné, il rit en voyant son camion

dépasser sa voiture, et elle lui fait un sourire en lui ébouriffant les cheveux, ses doigts fins glissant négligemment sur ses mèches soyeuses. Ma poitrine se serre douloureusement, mon désir pour elle soudain mêlé à une intense jalousie. Je ne sais même pas lequel d'entre eux j'envie le plus – Slava, pour avoir senti sa main sur lui, ou Chloé, pour avoir gagné l'affection de mon fils. Tout ce que je sais, c'est que j'aimerais être là, me prélasser dans son sourire ensoleillé, entendre le rire de mon fils en personne plutôt qu'à travers mon écran.

Bon Dieu.

C'est pathétique.

Mais qu'est-ce que je fais ?

Je décide de couper la vidéo, mais je m'arrête à la dernière seconde, le curseur sur la croix dans le coin supérieur droit de la fenêtre. Elle a ouvert un livre et elle en fait la lecture à Slava. Sa voix est semblable à un chant, doux et légèrement rauque, qui me donne envie de faire irruption dans la chambre de mon fils, de la saisir à bras-le-corps et de l'emmener dans mon lit. J'aimerais entendre cette voix gémir mon prénom alors que je me loverais dans sa chaleur moite. Elle me supplierait, m'implorerait sans relâche de l'entraîner au bord du précipice, et je m'exécuterais avant de lui accorder enfin la douce délivrance de l'extase.

J'ai envie de la tourmenter presque autant que de la baiser, la punir pour ce qu'elle me fait ressentir.

La mâchoire si crispée que j'en ai presque mal aux dents, je ferme l'écran et me lève d'un bond. Malgré la nuit blanche que j'ai passée, je déborde d'énergie. J'ai besoin d'une autre course à pied, ou peut-être d'une séance d'entraînement avec Pavel.

Je jette un coup d'œil à l'horloge au-dessus de la porte de mon bureau.

Moins d'une heure avant le déjeuner.

Pavel est sans doute occupé à la cuisine, et si je me lance dans la longue séance de jogging dont j'ai besoin, je n'aurai pas le temps de prendre une douche et de me changer avant de devoir rejoindre tout le monde à table.

Avec un soupir frustré, je m'assois et ouvre à nouveau ma boîte de réception. Il est trop tôt pour attendre quoi que ce soit de Konstantin, puisque je lui ai demandé seulement ce matin de mener une enquête approfondie sur le mois que vient de passer Chloé, mais je vérifie quand même.

Rien.

Putain de merde. J'ai vraiment besoin de me changer les idées. Les doigts me démangent d'ouvrir à nouveau la vidéo pour la regarder interagir avec mon fils. Mais si je le fais, mon agitation ne fera qu'empirer et j'aurai encore plus envie d'elle. Après l'avoir tenue dans mes bras ce matin, je connais la sensation de son corps contre le mien, son parfum de propre, de rosée et de fleurs printanières. Il m'a fallu un effort surhumain pour la lâcher, même avec la présence d'Alina, et quand je l'ai trouvée seule dans la buanderie, tous mes instincts les plus sombres et primitifs ont insisté pour que je la prenne, que je la déshabille et que je la penche sur une machine à laver, la réclamant sur-le-champ.

C'est exactement ce que j'aurais fait si elle s'était avancée vers moi.

Si elle avait fait autre chose que de reculer, je serais enfoncé en elle jusqu'aux bourses au lieu de rester assis ici, à me débattre comme un idiot.

Et puis, merde !

Je me mets debout.

J'ai besoin d'un combat acharné et sanglant, et comme Pavel n'est pas disponible, les gardes devront faire l'affaire.

Arkash et Burev patrouillent actuellement dans l'enceinte quand j'arrive au bunker des gardes, mais Ivanko, Kirilov et Gurenko sont assis autour d'un feu de camp, devant, avec quelques-uns de nos employés américains. Ce sont de vrais barbares, qui font rôtir un cerf entier à la broche et échangent leurs insultes habituelles.

Ivanko me repère en premier.

— Patron !

Il saisit son M16 et se lève d'un bond.

— Quelque chose ne va pas ?

Kirilov et Gurenko sont déjà sur pieds, leurs armes prêtes, comme à l'époque de la Crimée.

— Du calme, les gars.

Avec un sourire froid, je retire ma chemise et la jette sur une branche d'arbre voisine.

— Tout va très bien.

Ou du moins, ça ira mieux très bientôt.

À trois contre un, c'est exactement le type de combat que j'espérais.

18

CHLOÉ

À mon grand soulagement, le déjeuner avec les Molotov est beaucoup plus décontracté que le dîner. Alina est toujours vêtue comme pour un cocktail mondain, mais Nikolai porte un jean foncé avec un polo blanc, et personne ne reproche à Slava son short et son t-shirt lorsque nous nous asseyons à table. Une fois de plus, il y a là toutes sortes de salades, de charcuteries et d'accompagnements.

Est-ce que tous les Russes mangent comme des tsars, ou seulement cette famille ? Si c'est leur quotidien, je me demande pourquoi ils ne sont pas plus gros. Je suis encore repue après mon petit-déjeuner qui remonte à quelques heures, mais je compte bien me délecter de quelques tartines.

Tout a l'air si savoureux.

— Comment s'est passée votre première nuit avec nous, Chloé ? demande Alina une fois que nous avons tous rempli nos assiettes. Vous avez bien dormi ?

Je lui souris, soulagée à la fois par la question anodine et son intonation amicale. J'avais peur qu'elle soit encore fâchée contre moi après l'incident de ce matin.

— J'ai très bien dormi, je vous remercie.

C'est vrai. Le cauchemar mis à part, mon sommeil n'avait pas été d'aussi bonne qualité depuis des semaines.

— C'est bien, dit Alina en découpant ce qui ressemble à un œuf à la diable élaboré. J'ai cru entendre un bruit provenant de votre chambre vers trois heures du matin, mais ça devait être mon frère qui revenait d'un de ses footings nocturnes.

Elle jette un regard en coin à Nikolai, et je me concentre sur le contenu de mon assiette, reconnaissante pour cette explication.

J'ai dû crier fort, hier soir. Ou alors Alina m'a entendue tomber du lit.

— Je suis allé courir, précise Nikolai. Ce doit être ça.

Mais quand je lève les yeux, son regard est rivé sur moi. Il me dévisage d'un œil impassible.

Soupçonne-t-il quelque chose ?

Mon Dieu, j'espère qu'*il* ne m'a pas entendue crier ou tomber.

Réprimant l'envie de me tortiller sur mon siège, je baisse les yeux... pour les arrêter sur ses mains. Il tient un couteau dans l'une et une fourchette dans l'autre, à l'européenne, mais ce n'est pas ce qui attire mon attention.

Ce sont ses articulations. Elles sont rouges et enflées, comme s'il s'était battu à mains nues.

Mon pouls s'accélère quand je détourne le regard, avant de lui lancer un nouveau coup d'œil à la dérobée.

Non, je ne l'ai pas imaginé. Les articulations de Nikolai sont dans un sale état. En temps normal, ses grandes mains viriles semblent déjà avoir connu beaucoup d'action, avec des callosités sur le bord des pouces et des cicatrices claires par endroits. Même ses ongles courts et bien soignés ne peuvent pas cacher la vérité.

Ce ne sont pas les mains d'un riche play-boy. Elles appartiennent à un homme qui connaît intimement le travail manuel pénible, ou pire, la violence.

Les soupçons que j'avais réprimés reviennent en force, et cette fois, je ne peux pas prétendre qu'ils sont sans fondement. Quelque chose chez les Molotov me trouble. Qui sont-ils ? Pourquoi sont-ils ici ? J'imagine bien une riche famille étrangère passer quelques semaines dans un cadre tel que celui-ci, comme une cure de désintoxication, en quelque sorte, mais s'y installer sur le long terme ? Une femme aussi glamour qu'Alina devrait vivre à Paris, Milan ou New York, pas dans un coin perdu de l'Idaho, où la population d'ours est supérieure à la densité humaine. Même chose pour Nikolai, avec ses manières affables et cosmopolites, l'importance qu'il attache à l'élégance au dîner comme dans *Downton Abbey*.

Mes nouveaux employeurs sont l'incarnation même

de la jet-set. À l'exception des mains de Nikolai, plus proches du voyou des rues.

Je me force à détourner le regard de ses articulations malmenées et me concentre sur l'enfant à côté de moi, qui mange calmement et sans un bruit. C'est décidément très déconcertant. Quel enfant de quatre ou cinq ans ne joue pas avec sa nourriture, ne serait-ce qu'un peu ? Ou n'exige pas l'attention d'un adulte à l'occasion ? Je sais que ce garçon est capable de sourire, de rire et de jouer comme n'importe quel autre enfant de son âge, alors pourquoi se transforme-t-il en robot miniature à l'heure des repas ?

Sentant mon regard sur lui, Slava lève la tête. Ses grands yeux d'un vert doré expriment une solennité saisissante. Je lui souris avec chaleur, mais il ne me rend pas la politesse. Il se recentre sur son assiette et se remet à manger. Moi aussi, tout en le regardant, de plus en plus mal à l'aise à la seconde. Quelque chose manque de naturel dans le comportement de mon élève, quelque chose de profondément inquiétant. Peut-être est-il plus traumatisé par la mort de sa mère qu'il n'y paraît à première vue, à moins qu'il y ait autre chose... quelque chose de bien pire.

Je jette un nouveau coup d'œil sur les articulations de Nikolai et une pensée terrifiante s'insinue dans mon esprit.

Heureusement, constaté-je avec soulagement, les blessures semblent récentes, comme s'il venait de frapper quelque chose ou quelqu'un. Étant donné que Slava ne m'a pas quittée de la matinée, il ne peut pas être ce quelqu'un. De plus, seul un impact puissant aurait pu causer ce genre de contusions, et rien dans la posture ni les mouvements du fils de Nikolai n'indique qu'il a été battu si violemment... ni même modérément.

Quels que soient les délits dont mon patron est coupable, ce n'est pas la maltraitance d'enfants, Dieu merci. Sinon, je ne sais pas ce que je ferais. Ou plutôt, si, je le sais très bien, au contraire. J'appellerais les services de protection de l'enfance et je m'enfuirais, quitte à devoir affronter les tueurs de ma mère.

Ce qui me rappelle que je n'ai toujours pas mes clés de voiture.

Je suis sur le point d'interroger Nikolai à ce sujet quand Alina me sourit et me demande :

— Avez-vous toujours voulu être professeur, Chloé ?

Je hoche la tête en posant ma fourchette.

— En quelque sorte. J'ai toujours aimé les enfants et l'enseignement. Même petite, je jouais souvent à la maîtresse avec les plus jeunes que moi, dis-je avec un sourire. Je crois que j'aimais juste qu'ils me regardent. C'était suffisant pour mon ego.

Tout en parlant, je suis intensément consciente des yeux de Nikolai posés sur moi, scrutateurs et inébranlables. C'est un regard de prédateur, à la fois avide et d'une patience infinie. Ma peau brûle sous son attention sans faille et je dois faire appel à toute ma détermination pour garder les yeux sur Alina, maniant ma fourchette comme si de rien n'était.

Elle m'interroge ensuite sur mon choix d'université,

et je lui raconte comment j'ai eu la chance d'y obtenir une bourse d'études.

— Je n'aurais jamais rêvé de postuler dans une école aussi prestigieuse, dis-je entre deux bouchées de délicieux poisson fumé et salade de betteraves richement parfumée.

Cela m'aide de me concentrer sur le repas plutôt que sur l'homme qui ne me quitte pas des yeux.

— Ma mère était serveuse, et d'aussi loin que je m'en souvienne, l'argent a toujours manqué. Je serais allée dans une fac publique et j'aurais suivi une formation de prof en combinant les bourses, les emprunts et les petits boulots pour payer mes études, mais en entamant ma dernière année de lycée, j'ai reçu une invitation à postuler pour un programme spécial de bourses d'études à Middlebury. Elle était destinée aux enfants de parents célibataires à faible revenu et couvrait l'intégralité des frais de scolarité, de logement et de pension complète, en plus d'une allocation pour les livres et les dépenses du quotidien. Bien sûr, j'ai fait une demande, et j'ai eu la chance d'être acceptée.

— Pourquoi la chance ? demande Nikolai. N'étiez-vous pas une bonne élève ?

Cette fois, je n'ai pas d'autre choix que de rencontrer son regard pénétrant.

— Si, mais il y avait des étudiants dans ma situation qui étaient beaucoup plus qualifiés et qui ne l'ont pas eue.

Mon amie Tanisha, par exemple, qui avait obtenu un score parfait à son examen d'entrée à la fac, et même première de la classe. Je lui ai parlé de la bourse et elle a postulé au programme, elle aussi, pour se voir refusée après l'examen des résultats. Aujourd'hui encore, je me demande pourquoi ils m'ont choisie et pas elle. En matière d'adversité, Tanisha avait une « meilleure » histoire que la mienne, entre sa mère partiellement handicapée élevant seule non pas un, mais trois enfants, et son frère cadet souffrant de troubles de l'apprentissage.

— Ils ont peut-être vu quelque chose en vous, commente Nikolai, l'œil attentif. Quelque chose qui les a intrigués.

Je hausse les épaules, essayant d'ignorer la chaleur qui déferle sous ma peau.

— Peut-être, mais c'est plus certainement un coup de chance.

Forcément, car quelques mois plus tard, Tanisha a été reçue dans toutes les écoles auxquelles elle avait postulé, y compris Harvard, qu'elle a fini par choisir grâce à une généreuse aide financière. Pas aussi généreuse que la mienne – elle a terminé ses études avec soixante-dix mille dollars de prêts étudiants –, mais suffisamment pour que je cesse de me sentir coupable d'avoir pris la place qui aurait dû lui revenir.

C'est une fille pleine d'empathie et elle s'est toujours réjouie pour moi, mais je sais combien le rejet du comité des bourses l'a dévastée.

— Je ne pense pas que ce soit de la chance, insiste Nikolai. Je pense que vous sous-estimez votre attrait.

Oh, mon Dieu. Mon rythme cardiaque s'accélère et

mon visage devient brûlant. De son côté, Alina se raidit, son regard alternant entre son frère et moi. La signification de ses propos ne prêtait pas à confusion. Il ne s'agissait pas d'un simple compliment sur mes résultats scolaires, et elle le sait aussi bien que moi.

J'essaie quand même. Comme si de rien n'était, je souris aimablement.

— C'est très gentil de votre part. Et vous deux ? Où avez-vous fait vos études ?

Voilà. Changement de sujet. Je suis fière de moi jusqu'à ce que je me rende compte que si, pour une raison quelconque, l'un d'eux n'a *pas* fréquenté d'université, ma question risque de les offenser.

Heureusement, Alina répond sans sourciller :

— Je suis allée à Columbia, et Kolya à Princeton.

Elle a retrouvé son calme, son comportement avenant et poli.

— Notre père voulait qu'on fasse des études en Amérique. Il estimait que ça nous donnerait de meilleures chances.

— C'est pour ça que vous parlez si bien anglais ? demandé-je.

— Oui, sans compter que nous avons tous les deux été en pension ici.

— Oh, ça explique l'absence d'accent. Je me posais la question.

— Nous avions aussi des tuteurs américains en Russie, ajoute Nikolai, un demi-sourire aux lèvres.

De toute évidence, il sait que j'essaie de dissiper la tension et il trouve mes efforts amusants.

— Ne l'oublie pas, Alinchik.

Sa sœur se raidit à nouveau, pour une raison quelconque, et je m'attache à nettoyer scrupuleusement le reste de mon assiette. J'ignore sur quelle mine j'ai marché, mais je sais qu'il vaut mieux ne pas aborder ce sujet. Alors que je termine mon repas, je jette un coup d'œil à Slava, toujours aussi sage.

— Tu en veux encore ? lui demandé-je en souriant, désignant son assiette vide.

Il me regarde en clignant des paupières et Alina dit quelque chose en russe, traduisant certainement ma question.

Il secoue la tête et je lui souris à nouveau avant de me tourner vers les autres adultes autour de la table. À mon grand soulagement, ils semblent avoir fini, eux aussi. Nikolai recule contre le dossier de sa chaise, sans cesser de me regarder, et Alina se tapote gracieusement les lèvres avec sa serviette. Son rouge à lèvres miraculeux ne laisse aucune trace sur le tissu blanc... ce qui ne devrait pas me surprendre, étant donné que la teinte rouge vif a survécu au repas sans s'étaler ni s'estomper.

Un de ces jours, je lui demanderai de partager ses secrets de beauté avec moi. J'ai l'impression que la sœur de Nikolai en sait plus sur le maquillage et les vêtements que dix influenceuses YouTube réunies.

Je m'apprête à prendre congé avec Slava pour aller reprendre nos leçons quand Pavel et Lyudmila font leur entrée. Il porte un plateau avec de jolies petites tasses, un pot de miel et une théière en verre remplie de thé noir, qu'il pose sur la table pendant que sa femme débarrasse.

— Pas pour moi, merci, dis-je lorsqu'il place une tasse devant moi. Je ne bois pas de thé.

Il me regarde avec mépris, comme si j'étais un animal, puis il enlève la tasse et verse du thé aux autres, y compris à mon élève. La porcelaine délicate semble ridicule dans ses mains épaisses et brutes, mais il s'acquitte de cette tâche avec un certain doigté, si bien que j'en viens à me demander s'il n'a pas travaillé dans un restaurant haut de gamme avant de rejoindre la famille Molotov.

— Merci pour ce délicieux repas. C'était très bon, lui dis-je lorsqu'il passe devant moi.

Mais il se contente de répondre par un grognement, empilant soigneusement en pyramide sur son plateau tous les plats que sa femme n'a pas pu emporter. Ce n'est qu'après son départ qu'une chose importante me revient à l'esprit.

Je me tourne vers Nikolai et mon visage s'empourpre à nouveau lorsque je rencontre son regard de tigre.

— J'oublie toujours de demander... Est-ce que Pavel a garé ma voiture quelque part ? Je ne l'ai pas vue devant la maison. Et je crois que je n'ai jamais récupéré mes clés.

— Vraiment ? C'est bizarre.

Nikolai ajoute une cuillerée de miel à son thé et le remue.

— Je vais le lui demander.

Puis il tend le pot à Slava, qui ajoute plusieurs cuillerées à sa tasse. Ce garçon doit avoir le bec sucré.

— Ce serait formidable, merci, dis-je en prenant mon verre d'eau, le seul liquide que j'apprécie de boire en dehors du café. Et la voiture ? Y a-t-il un garage ou quelque chose à proximité ?

— À l'arrière de la maison, sous le balcon, répond Alina à la place de son frère. Pavel a dû la garer là-bas.

— D'accord, génial.

Je souris, en proie à un soulagement inexplicable.

— J'avais presque peur que vous ayez décidé qu'elle était trop moche et que vous l'ayez poussée dans le ravin.

Alina rit à ma plaisanterie, mais Nikolai se contente de sourire, sirotant son thé sucré au miel, son regard impénétrable toujours sur moi.

19

CHLOÉ

$\mathcal{L}$e reste de l'après-midi passe à toute allure. Dès que le déjeuner est terminé, je trouve le garage dont l'entrée se trouve à l'arrière de la maison, juste après la buanderie, et je m'assure que ma voiture s'y trouve. Elle est là, encore plus cabossée et rouillée à côté des SUV et des cabriolets rutilants de mes patrons. Puis, profitant de cette belle journée – plus de vingt degrés avec un soleil radieux –, j'emmène Slava faire une promenade dans la partie boisée du domaine au lieu de lui donner des cours dans sa chambre. Nous traversons une prairie remplie de fleurs sauvages, puis descendons vers un petit lac à moins d'un kilomètre à l'ouest. Là, nous nous amusons à poursuivre une douzaine d'écureuils entre les arbres. Slava court en riant à gorge déployée et je l'observe avec un sourire.

C'est un garçon radicalement différent de celui qui prend ses repas en famille autour de la grande table.

Alors que nous progressons dans les bois, il bavarde

en russe et je lui réponds en anglais dès que je devine ce qu'il me dit. Je m'assure également de lui apprendre les noms de tout ce que nous rencontrons et je fais de mon mieux pour retenir les mêmes mots en russe.

— *Belochka*, dit-il en montrant un écureuil du doigt, avant de s'esclaffer lorsque j'essaie de répéter le mot.

En revanche, il prononce parfaitement l'anglais, presque dès le premier essai. Je le soupçonne d'avoir regardé des dessins animés dans cette langue, à moins qu'il n'ait l'oreille absolue.

J'ai constaté que les enfants qui ont un penchant pour la musique ont tendance à maîtriser les accents plus rapidement que leurs camarades.

— Tu aimes la musique ? demandé-je alors que nous prenons le chemin du retour.

Je fredonne quelques notes pour lui montrer de quoi je parle.

— Ou chanter ?

Je me lance dans ma meilleure interprétation de *Baby Shark*, ce qui le fait hurler de rire.

Que les choses soient claires, je n'ai *pas* l'oreille musicale.

Alors que nous approchons de la maison, Pavel vient à notre rencontre, la mine renfrognée.

— Où étiez-vous ? Il est presque cinq heures, et il n'a pas pris son goûter.

— Oh, nous...

— Vos vêtements ont été livrés. Ils sont dans votre chambre.

Jetant un œil désapprobateur aux chaussures sales

de Slava, il prend le garçon et l'entraîne à l'intérieur tout en maugréant dans sa barbe.

Un peu agacée, j'enlève mes baskets boueuses et je les suis. J'aurais sans doute dû organiser notre randonnée avec les gardiens de Slava, ou du moins respecter les horaires. J'ai pourtant pris soin d'emporter des pommes que j'ai trouvées dans la cuisine, au cas où il aurait un petit creux pendant notre excursion, mais il faut croire que ce n'est pas un repas aussi complet que le plateau de fromages et de fruits que Pavel lui a apporté hier.

Quand j'arrive dans ma chambre, je me lave les mains et ajuste mon chignon, dont plusieurs mèches se sont échappées et encadrent mon visage dans un halo désordonné. Puis je me dirige vers mon placard pour voir ce que l'on m'a livré.

Oh, ça alors !

Le placard, dont le contenu de ma valise n'occupait que cinq petits pour cent, est maintenant plein à craquer. Et il n'y a pas que des robes élégantes pour le dîner. Je découvre également des jeans et des pantalons de yoga, des débardeurs, des t-shirts et des pulls, des robes d'intérieur décontractées et des jupes fourreaux, des chaussettes, des pyjamas et même des chapeaux. Sans compter les sous-vêtements de toutes sortes, allant des strings jusqu'aux culottes confortables en coton, en passant par les brassières de sport et les soutien-gorge push-up en dentelle. Aussi improbable que ce soit, tout est parfaitement à ma taille. Il y a même des tenues d'extérieur, imperméables légers, manteaux de laine chics et parkas bouffantes qui résisteraient aux climats les plus arctiques.

C'est une garde-robe intégrale, pour toutes les saisons et toutes les occasions. D'après les étiquettes, tout est flambant neuf.

Stupéfaite, je jette un œil aux prix. Par exemple, ce pull blanc tout doux est à...

395 $

Non, mais je rêve ?

Je retourne l'étiquette de la parka la plus proche, un joli manteau bleu avec une capuche doublée de fourrure.

3 499 €. Fabriqué en Italie.

— Ça vous plaît ?

Je me retourne dans un sursaut pour découvrir Alina sur le seuil de la chambre.

— Désolée, je ne voulais pas vous faire peur, dit-elle en rejetant ses cheveux noirs brillants par-dessus son épaule.

Elle s'est déjà changée et porte à présent une autre robe somptueuse, qui lui descend à la cheville avec une fente tout le long de la jambe, révélant le galbe d'une cuisse élancée et tonique. Elle a aussi retouché son maquillage, allongeant le trait d'eye-liner pour souligner l'aspect félin de ses yeux en amande.

— J'ai frappé, mais personne n'a répondu, poursuit-elle. Alors, je me suis dit que vous exploriez vos nouvelles affaires.

— Oui, c'est ça.

Je jette un œil derrière moi, vers les cintres et les étagères pleins à craquer.

— Est-ce que... tout ça, c'est pour moi ?

— Bien sûr. Pour qui d'autre ? En tout cas, moi, je n'ai besoin de rien, c'est sûr.

S'avançant à côté de moi, elle prend une longue robe jaune qu'elle approche de mon corps avant de la raccrocher sur le portant pour en choisir une autre, rose clair.

— Mais c'est beaucoup trop, protesté-je alors qu'elle teste la robe rose devant ma silhouette pour la rejeter à son tour. Je n'ai pas besoin de tout ça. Quelques robes pour le dîner, bien sûr, mais le reste...

— C'est un cadeau de mon frère pour vous. Nikolai ne fait pas dans la demi-mesure.

Elle passe en revue le reste des tenues avec un œil expert. Enfin, elle jette son dévolu sur une robe couleur pêche chatoyante. *Versace*, d'après l'étiquette, et il n'y a pas de prix en vue – le montant doit être mirobolant. Alina me la présente et hoche la tête avec satisfaction.

— Essayez ça, dit-elle en déposant la tenue dans mes bras.

— Là, maintenant ?

Elle hausse les sourcils.

— Je peux me détourner si vous êtes timide.

Joignant le geste à la parole, elle me tourne le dos.

Réprimant un soupir exaspéré, je m'empresse de me déshabiller et d'enfiler la robe. Elle me va comme un gant ! La mousseline de soie couleur pêche à paillettes dorées m'habille avec une élégance étonnante. La jupe évasée tombe gracieusement à mes pieds, et le corsage à décolleté carré comporte un soutien intégré qui rehausse mes modestes bonnets B, donnant l'illusion d'une poitrine plus généreuse. Les bretelles larges dissimulent mes épaules, mais mes bras et la partie supérieure de mon dos sont nus, révélant les vilaines croûtes aux endroits où les éclats de verre ont entaillé ma peau.

Bon sang. J'espérais éviter de les montrer avant la guérison complète.

— Prête ? demande Alina, visiblement impatiente.

— Juste une seconde.

Je me tords le bras dans le dos pour essayer de remonter la fermeture éclair au maximum.

— Euh, vous croyez que vous pourriez... ?

— Bien sûr.

Elle remonte ma fermeture éclair et recule avant de marquer un temps d'arrêt. Instantanément, son regard se pose sur les croûtes.

— Qu'est-il arrivé ? s'enquiert-elle en fronçant légèrement les sourcils.

— Ce n'est rien.

Je grimace, comme si j'étais gênée par ma maladresse.

— J'ai trébuché et je suis tombée sur des éclats de verre.

L'explication semble la satisfaire, car elle change de sujet pour reprendre son examen minutieux.

— Bien, déclare-t-elle enfin. Mais il faut détacher ce chignon.

— Oh, non, c'est bon...

— Venez.

Elle me prend par la main et m'entraîne jusqu'à la salle de bain, où elle me place devant le miroir.

— Vous voyez ? Vous devez avoir les cheveux lâchés avec ce type de robe. Et puis, le maquillage est indispensable.

Je me dévisage dans le miroir – mon chignon de travers, mes cernes et le reste... Elle a raison. Une robe aussi glamour mérite que l'on fasse un effort. Malheureusement, je n'ai qu'un gloss sur moi, après avoir jeté tout ce que contenait ma trousse de maquillage en vidant ma chambre d'étudiante après la remise des diplômes. Je me disais que j'irais faire du shopping avec maman en rentrant à la maison. Elle adorait cette activité et nous avons toujours...

Je chasse immédiatement ces pensées et prends une inspiration pour détendre le nœud douloureux qui s'est formé dans ma poitrine.

— Je peux me lâcher les cheveux, mais je n'ai pas ce que...

— Si, vous avez tout ce qu'il faut.

Elle ouvre l'un des tiroirs à côté du lavabo, révélant une sélection de tubes et de flacons qui feraient la fierté d'une maquilleuse professionnelle.

— Je me suis assurée que Nikolai vous fasse livrer tout le nécessaire, explique-t-elle.

— Vous l'avez aidé à choisir tout ça ?

— Évidemment.

Elle sourit, révélant ce petit écart délicieusement imparfait entre ses dents blanches régulières.

— Mes frères ne sauraient pas distinguer le mascara du crayon à lèvres.

À ces mots, mes oreilles se dressent.

— Frères au pluriel ?

Elle acquiesce et tend la main vers le tiroir.

— Nous sommes quatre. Je suis la plus jeune et la seule fille.

Elle ouvre un flacon de fond de teint et me prend la main, paume vers le haut. Elle m'enduit l'intérieur du poignet d'une trace de couleur bronze, l'examine d'un œil critique, puis ouvre une teinte légèrement plus dorée et la teste.

— Où sont vos autres frères ? demandé-je, la regardant travailler avec fascination.

Moi qui avais envie qu'elle me donne une leçon un jour, me voilà servie. J'ai toujours eu du mal à trouver le bon fond de teint. La plupart des marques courantes proposent des teintes trop claires, trop sombres ou trop terreuses. Mais la deuxième couleur qu'Alina essaie se fond parfaitement à ma peau. Cette fille sait exactement ce qu'elle fait.

— Ils sont tous les deux à Moscou, répond-elle en rebouchant le flacon. Enfin, en ce moment, Konstantin est en voyage d'affaires à Berlin, mais vous avez compris.

Elle repose la bouteille sur le meuble devant moi, avec du mascara, de l'eye-liner et un tas d'autres accessoires, dont une éponge en forme d'œuf qu'elle mouille sous le robinet. Rencontrant mon regard dans le miroir, elle me demande :

— Ça vous dérange si je fais votre visage ? Ou préférez-vous le faire vous-même ?

— Non, allez-y. Je vous en prie.

Je suis impatiente qu'elle continue. La leçon de beauté mise à part, c'est l'occasion pour moi d'en apprendre plus sur mes mystérieux employeurs sans que la présence sombre et magnétique de Nikolai ne me brouille le cerveau.

— Très bien. Lavez-vous d'abord le visage et suivez-moi.

Je fais ce qu'elle me demande tandis qu'elle range dans un petit étui en argent le maquillage qu'elle avait sorti. Après m'être essuyé le visage et hydraté la peau avec une crème haut de gamme que j'ai trouvée dans un autre tiroir, je la rejoins dans la chambre, où elle me place devant la baie vitrée – la lumière naturelle est la meilleure, m'explique-t-elle. Posant la trousse à maquillage sur la table de chevet à proximité, elle se campe devant moi et penche la tête avec une intense concentration, puis elle commence à appliquer le fond de teint avec l'éponge humide.

— Il faut toujours tapoter, pas frotter, explique-t-elle en me tamponnant légèrement les joues. La teinte se fond mieux comme ça.

— Bon à savoir, merci.

J'attends qu'elle en ait terminé avec mon menton avant de lui demander :

— Alors, qu'est-ce qui vous a décidé de venir ici,

Nikolai et vous ? Ce doit être un grand changement par rapport à Moscou.

Elle s'arrête et croise mon regard.

— Oh, ça oui. Moscou est... un tout autre monde.

Ses lèvres rouges se pincent avec sérieux.

— Ce n'est pas toujours un monde agréable.

— Ah bon ?

Elle reprend son étalage minutieux.

— C'est calme ici. Silencieux. Et la nature est belle. C'est ce que Nikolai voulait pour son fils.

— Alors, c'est pour Slava que vous êtes ici ?

— Mon frère, oui.

Elle fronce les sourcils en me dévisageant, utilisant le bout pointu de l'éponge pour ajouter un peu de fond de teint sous mes yeux. Mes cernes doivent lui donner du fil à retordre.

— Moi, j'avais juste besoin d'une pause, poursuit-elle en s'attaquant à l'arête de mon nez. Un petit temps mort, si vous préférez.

— Un break avec la vie de Moscou ?

— Oui, en quelque sorte. Fermez les yeux.

J'obéis, digérant en silence ce que j'ai appris alors qu'elle balaie l'ombre à paupières, puis m'applique du mascara sur les cils. Il est logique qu'ils soient ici pour le garçon. Après tout, leur arrivée sur ce domaine coïncide avec le moment où Nikolai a appris l'existence de son fils. Et si on cherche le calme et la tranquillité de la nature, on ne fait pas mieux que cet endroit.

Pourtant, quelque chose me semble louche. Je suis sûr qu'il y a des recoins sauvages à l'écart de la civilisation en Russie ou dans d'autres pays voisins. Pourquoi traverser la moitié du globe uniquement pour la beauté de la nature ? Rien que le décalage horaire doit entraver le maintien des contacts avec la famille ou le travail à distance... à supposer qu'il y ait une activité professionnelle.

J'attends qu'Alina finisse de souligner mes lèvres avec un crayon avant d'ouvrir les yeux pour lui demander :

— Que font vos frères dans la vie ?

— Oh, des choses et d'autres.

Elle applique soigneusement le rouge à lèvres, me demande de fermer les lèvres sur un mouchoir pour atténuer une partie de la couleur et répète le processus à deux reprises. Enfin satisfaite, elle range le tube et prend une petite boîte de fard à joues avec un pinceau à long manche.

— Notre famille possède plusieurs entreprises dans divers secteurs, énergie, technologie, immobilier, produits pharmaceutiques, me dit-elle en passant le pinceau sur mes pommettes d'un geste preste. Nikolai supervise tout ça... enfin, il le faisait jusqu'à tout récemment. Quand on a appris l'existence de Slava, il a transféré la plupart de ses responsabilités à Valery et Konstantin pour pouvoir venir s'installer ici et passer du temps avec lui.

Je la regarde avec incrédulité. Parle-t-elle du même Nikolai ? Le père froid et distant qui interagit à peine avec son fils ? Je ne l'imagine même pas quitter un rendez-vous professionnel avant la fin pour rejoindre

Slava plus tôt, alors renoncer à la direction d'une multinationale...

Il doit me manquer un élément. Ou alors, Slava n'est qu'une excuse bien commode pour une activité louche.

— Et vous ? demandé-je quand elle s'écarte pour contempler son œuvre d'un œil critique. Êtes-vous également impliquée dans l'entreprise familiale ?

Elle part d'un petit rire léger et musical.

— Oh, ce n'est pas pour moi, dit-elle en s'avançant pour lisser mon sourcil gauche avec son pouce. Pas mal, déclare-t-elle. Maintenant, il ne nous reste plus qu'à vous coiffer. Venez.

Me prenant par la main, elle me raccompagne dans la salle de bain, où elle déballe toute une gamme de produits capillaires pendant que je regarde mon reflet dans le miroir.

Je n'ai jamais, au grand jamais, été aussi jolie, pas même quand maman a déboursé cinquante dollars pour me faire maquiller par un professionnel à l'occasion du bal de fin d'année de mon lycée.

La fille dans le miroir est franchement belle, sa peau est lisse et brillante, ses yeux bruns grands et mystérieux, ses pommettes sont délicatement dessinées et ses lèvres douces et pulpeuses évoquent une rose pourpre.

Je ne ressemble pas à Alina, cependant, avec ses lèvres rouge vif et ses yeux de chat spectaculaires. En fait, on dirait presque que je ne suis pas maquillée.

C'est comme si j'avais été photoshoppée, toutes mes imperfections gommées et estompées.

— Waouh.

Je lève la main pour toucher mon visage.

— C'est...

Aussitôt, Alina me tape sur les doigts.

— Ne touchez pas, vous allez tout gâcher. Moins on touche à son visage, mieux c'est. Vous avez une belle peau claire, mais elle sera encore plus éclatante si vous n'y touchez pas. La graisse et la saleté naturelle de nos doigts obstruent les pores, ce qui les fait paraître plus larges avec le temps.

— Ah, d'accord.

Je garde mes mains le long de mon corps pendant qu'elle s'occupe de mes cheveux, d'abord en les libérant du chignon, puis en les vaporisant avec de l'eau avant d'y appliquer divers produits coiffants pour dompter mes mèches récalcitrantes.

— Voilà, c'est fait, déclare-t-elle après quelques minutes. Maintenant il ne vous manque que les chaussures et tout sera prêt.

Oh, zut.

— Je crois que je n'ai pas de... commencé-je, mais elle sort déjà de la salle de bain.

Je la suis en direction de mon placard. Une seconde plus tard, elle émerge avec une boîte à chaussures. Le logo annonce *Jimmy Choo*. Elle la pose sur le sol et en sort une paire de talons dorés à lanières, qu'elle me tend.

— Essayez celles-ci.

Quoi ? On m'a aussi acheté des chaussures ? Évitant de trop réfléchir aux fortunes dépensées pour ma garde-robe, je chausse les talons – comme la robe, ils me vont parfaitement – et je m'approche du miroir à côté de la penderie.

— Comment vous sentez-vous ? demande Alina en venant se placer à côté de moi.

À ma grande surprise, elle ne mesure plus que quelques centimètres de plus que moi. Avec les talons vertigineux qu'elle porte en permanence, je croyais qu'elle avait une taille de mannequin.

Je bascule mon poids sur un pied, puis l'autre.

— Étonnamment, c'est très confortable.

Pas autant que mes baskets, évidemment, mais c'est moins désagréable d'être debout et de marcher avec ces chaussures qu'avec toutes les autres paires élégantes que j'ai déjà portées. De même, la robe couleur pêche ne me serre pas et ne gratte nulle part, toutes les coutures sont lisses et douces sur ma peau, la doublure intérieure soyeuse agréablement souple.

Pas étonnant qu'Alina soit capable de s'habiller comme une reine à tout moment de la journée. Si tous ses vêtements sont de cette qualité, paraître glamour est loin d'être aussi contraignant que je l'imaginais.

— Il vous manque juste quelque chose, dit-elle en souriant à mon reflet. Restez ici. Je reviens tout de suite.

Elle s'empresse de sortir de la chambre et je reste devant le miroir, à m'émerveiller de voir la robe chatoyante épouser mon corps trop maigre, donnant l'illusion de courbes presque pulpeuses.

Je ne serai jamais aussi belle qu'Alina, mais je suis clairement une meilleure version de moi-même.

Elle revient une minute plus tard avec à la main une petite boîte à bijoux. Elle la dépose sur la table de nuit, l'ouvre et en sort une paire de boucles d'oreilles en diamants et un pendentif en forme de cœur au bout d'une fine chaîne en or.

— Merci, mais je ne peux pas accepter, dis-je alors qu'elle s'approche de moi avec les bijoux. C'est tellement précieux.

— Ne vous inquiétez pas. Ce n'est qu'une babiole.

Sourde à mes protestations, elle passe la chaîne en or autour de mon cou et l'attache sur ma nuque, puis elle insère les diamants dans mes oreilles.

— Voilà, maintenant la tenue est complète.

Elle recule et je me tourne à nouveau vers le miroir.

Elle a raison. Les bijoux ont ajouté la touche finale clinquante, le diamant en forme de cœur scintillant au-dessus du léger décolleté de la robe. Je suis à la fois élégante et sexy, comme une princesse des temps modernes sur le point d'assister à un bal.

Si maman me voyait comme ça, elle serait fière. Elle me ferait prendre un million de photos dans des dizaines de poses différentes, et elle mettrait les plus belles en fond d'écran de son téléphone, pour pouvoir les montrer à ses collègues au restaurant. Elle...

Je cligne des paupières pour retenir mes larmes et me retourne pour faire face à Alina.

— Merci, dis-je d'une voix un peu tendue. J'apprécie beaucoup.

— Tout le plaisir est pour moi.

Ses yeux verts étincellent alors qu'elle me regarde une dernière fois.

— Descendons dîner. J'ai hâte que Nikolai vous voie comme ça.

Avant que je puisse me demander ce qu'elle veut dire par là, elle sort de la chambre, ne me laissant pas d'autre choix que de la suivre.

20

NIKOLAI

— *À* quoi tu joues, putain ?

Ma voix est basse et glaciale, mon expression impassible car je m'adresse à ma sœur en russe. En face de moi, Chloé est penchée vers Slava. Elle lui parle du contenu de son assiette comme s'il pouvait la comprendre, et tout ce à quoi je pense, c'est que je meurs d'envie de contourner la table pour arracher ce pendentif de sa gorge souple et gracile... juste après avoir étranglé la personne qui le lui a donné.

— Tu m'as demandé de l'aider à s'habiller.

L'intonation d'Alina est égale à la mienne, même si une insolence froide brille dans ses yeux.

— Ça ne te plaît pas ?

— Où l'as-tu trouvé ?

Je baisse un peu plus la voix, car Slava nous regarde avec curiosité. Contrairement à sa prof américaine, il comprend exactement ce que nous disons, à l'exception du contexte.

— Je croyais qu'il était perdu.

— Le collier préféré de maman ? Bien sûr que non.

Le sourire d'Alina est aussi froid et éclatant que le diamant qui brille sur la poitrine de Chloé.

— Elle me l'a donné pour que je le garde en sécurité. Juste avant... tu sais.

Elle attend ma réponse, mais comme elle n'en obtient aucune, elle se contente de battre des cils en feignant l'innocence.

— Tu n'aimes pas le voir sur elle ? Je trouvais qu'il était parfait avec cette robe, pour ton nouveau jouet.

Je serre les dents, mais mon comportement demeure de marbre. Je comprends maintenant à quel jeu elle joue, et je n'ai pas l'intention de la laisser gagner.

— Tu as raison. C'est parfait, et elle aussi. Merci pour ton aide.

Sans attendre sa réaction, je me tourne vers Chloé, ignorant la rage brûlante qui déferle dans mes veines chaque fois que la pierre brillante attire mon regard. Je n'ai eu d'yeux que pour ce pendentif depuis l'arrivée de Chloé à la table, mais maintenant que je découvre son allure générale, la fureur torride en moi se mue en un désir débridé.

Elle est belle. Non, plus que cela. Elle est à couper le souffle, une déesse grecque incarnée. Comme sur le tableau que j'ai regardé tout à l'heure, ses cheveux tombent sur ses épaules fines en une cascade de vagues brunes dorées par le soleil, et sa peau douce rayonne d'une mystérieuse lumière intérieure. Ma sœur a simplement renforcé l'éclat qui m'a captivé dès le début chez cette fille, soulignant la beauté à la fois éblouissante et touchante de Chloé.

Le genre de beauté qui ne demande qu'à être dénudée.

Mon regard alterne entre son visage et ses clavicules fragiles, puis passe par-dessus le pendentif pour descendre dans le creux assombri entre ses seins, se heurtant alors au corsage moulant de sa robe. Avec une clarté saisissante, je m'imagine sentir ses tétons dressés sous mes doigts, lorsque je caresserai ces deux globes alléchants qui ne demandent qu'à être sucés. Alors elle gémira, la tête penchée en arrière et ses bras minces tendus vers...

Je m'interromps, le fantasme volant en éclats quand mon regard découvre les croûtes lie-de-vin sur son biceps gauche.

Qu'est-ce que c'est que ça ?

On dirait qu'elle a reçu une pluie d'éclats.

— Elle a dit qu'elle était tombée sur du verre brisé, me murmure Alina en russe, étrangement attentive. Intéressant, tu ne trouves pas ?

En effet. S'il est théoriquement possible de tomber sur du verre brisé et d'obtenir une constellation de petites plaies, il est bien plus probable d'avoir de longues entailles effilées... Or je ne vois aucune marque de ce genre sur son bras.

— Je me demande si elle a été poignardée ou si elle a

reçu des éclats d'obus, poursuit Alina, faisant écho à mes pensées. Qu'en penses-tu ? Je parierais sur une grenade.

Je m'efforce de paraître désintéressé, agacé par ce sujet.

— Non, je crois qu'elle est tombée sur du verre brisé.

Je n'ai pas parlé à ma sœur du compte-rendu complémentaire que j'ai commandé à l'équipe de Konstantin, et je n'ai pas l'intention de le faire.

Chloé est mon mystère à élucider, mon énigme à résoudre.

Le joli jouet avec lequel moi seul peux jouer.

Ses yeux rencontrent les miens et elle détourne rapidement le regard, les doigts serrés autour de sa fourchette alors que sa petite poitrine palpite à un rythme plus rapide. Je souris froidement en la regardant. Je la perturbe, ça se voit. Je la mets sur les nerfs, et ce n'est pas seulement la tension sexuelle qui réchauffe l'air entre nous. J'ai bien vu lorsqu'elle a regardé mes poings écorchés pendant le déjeuner, j'ai deviné les questions dans ses yeux.

Ma *zaychik* a l'intelligence assez fine pour se méfier de moi.

En un sens, elle sait quel genre d'homme je suis.

Je l'observe en douce pendant le repas, alors qu'elle savoure la cuisine de Pavel. Elle reste discrète et subtile, mais trois généreuses portions de *plov*, la spécialité géorgienne de Pavel à base de riz pilaf, se succèdent dans son assiette, suivies d'un peu de chaque salade et autres accompagnements, puis plusieurs brochettes d'agneau, le plat principal de ce soir.

Son appétit d'ogre m'amuse et me dérange à la fois, parce qu'il révèle quelque chose d'important.

J'en déduis qu'elle a connu une véritable faim dans un passé récent, de celle qui vous prend aux tripes.

Cette révélation ajoute à ma frustration, tout comme les traces sur son bras. Konstantin n'a toujours pas terminé le rapport, et cela me rend fou. Je veux savoir ce qui lui est arrivé. J'ai *besoin* de savoir. C'est en train de virer à l'obsession, et elle aussi. Cet après-midi, quand elle est partie marcher dans la forêt avec Slava, ça m'a rendu dingue de ne pas pouvoir l'épier par les caméras de surveillance. J'aimerais savoir ce qu'elle fait à chaque instant de la journée. J'ai beau faire mon possible pour me changer les idées, je ne pense qu'à elle.

Alors que le repas touche à sa fin, j'envisage de lui demander de rester un peu avec moi pour boire un digestif, mais je surprends son bâillement étouffé et je me ravise. Les talents de maquilleuse d'Alina ont dissimulé tous les signes extérieurs d'épuisement, mais Chloé est encore fragile, presque cassable... bien trop pour toutes les activités douteuses que je lui réserve. En plus, je ne suis pas certain de pouvoir garder mon self-control ce soir.

Le désir qui coule dans mes veines me paraît trop puissant, trop fougueux pour une séduction tout en douceur.

Bientôt... Je m'en fais la promesse alors qu'elle sort

de la salle à manger et disparaît dans les escaliers.

Bientôt, je découvrirai ce qui fait vibrer Chloé Emmons, et j'apaiserai cette faim.

Il est presque deux heures du matin quand je m'avoue vaincu et me lève pour aller courir. Avec mon manque de sommeil de la nuit précédente et l'énergie dépensée en m'entraînant avec les gardes, j'aurais dû m'écrouler dans mon lit. Au lieu de quoi, je suis resté éveillé pendant des heures, le corps brûlant d'un désir inassouvi et l'esprit agité par mille pensées. Chaque fois que j'étais sur le point de dériver, je voyais ce foutu pendentif sous mes yeux et la rage inondait mes veines, me réveillant en sursaut.

Ma sœur savait ce qu'elle faisait quand elle a accroché ce bijou autour du joli cou de Chloé.

La nuit est claire quand je sors de la maison et m'élance sur le chemin. La demi-lune brille, mais ce n'est pas nécessaire, j'ai une excellente vision nocturne. Alors que la forêt s'épaissit autour de moi, j'accélère le pas, dévalant la route jusqu'au portail. À mi-chemin, je tourne brusquement à droite et m'engage dans la forêt, mes baskets faisant crisser les feuilles et les brindilles comme je file à travers les arbres. Il fait plus sombre ici. C'est plus dangereux, avec le sol accidenté jonché de branches, mais c'est le défi que je recherche. Courir ainsi me force à me concentrer, à m'exercer mentalement et physiquement. En même temps, quelque chose m'apaise dans cette forêt la nuit. Le bruissement silencieux des créatures sauvages dans les buissons, le hululement d'une chouette au-dessus de ma tête, l'odeur d'humus en décomposition du sous-bois... tout cela fait partie de l'expérience, c'est ce qui m'attire tant dans cet endroit.

Je cours jusqu'à ce que mes poumons brûlent, que mes muscles me semblent lestés de plomb, jusqu'à ce que la sueur ruisselle sur mon visage. Quand mes jambes menacent de lâcher, je fais demi-tour et remonte la côte au pas de course, poussant mon corps au-delà de l'épuisement, au-delà de ses limites et des souvenirs qui planent dans mon esprit. Je cours jusqu'à ne plus penser à rien, pas même au pendentif en forme de cœur sur la poitrine de Chloé.

Enfin, je m'arrête et je termine en marchant, laissant mes muscles refroidir. Lorsque j'entre dans la maison obscure et silencieuse, ma respiration s'est calmée et je retrouve des sensations dans les jambes. Retirant mes chaussures sales, je ferme la porte d'entrée et monte l'escalier, le poids de la fatigue s'abattant sur moi comme un mur de briques. J'ai hâte de tomber dans mon lit et...

Un cri étouffé m'arrête net.

Je me fige en haut des marches, tous les sens en alerte, les yeux tournés vers le couloir sombre.

Un instant plus tard, je l'entends à nouveau.

Un gémissement, dans la chambre de Chloé.

L'adrénaline me traverse le corps. Sans prendre le temps de réfléchir, je passe à l'action. En silence, je m'avance dans le couloir, chaque muscle de mon corps tendu comme un ressort, prêt pour le combat. Si quelqu'un est entré par effraction, si on lui fait du mal... Rien que d'y penser, je vois rouge. Je dois faire appel à toute une vie d'entraînement pour me retenir de défoncer la porte et me précipiter à l'intérieur. Au lieu de ça, je m'arrête à un mètre de sa chambre et pose ma paume contre le mur à la recherche d'une encoche. Quand je la trouve, je l'enfonce, et d'un seul coup, un petit carré du mur se détache, révélant l'un des arsenaux secrets que j'ai cachés dans la maison.

En silence, je m'approche du renfoncement et prends un Glock 17 chargé, puis je m'approche de la porte de Chloé.

Même si tout est redevenu calme, je ne me laisse pas berner.

Quelque chose ne va pas. Je le sais, je le sens.

J'appuie sur la sécurité avec mon pouce droit et tourne soigneusement le bouton de la main gauche avant d'ouvrir la porte d'un coup sec.

Un autre cri retentit, suivi d'un sanglot étouffé.

Putain !

Je pousse la porte en grand et me rue à l'intérieur, prêt à en découdre.

Seulement, personne ne m'attaque.

Il n'y a pas de balles qui volent, aucun mouvement d'aucune sorte.

Le faible clair de lune ne révèle personne dans la chambre obscure, à l'exception d'une silhouette sous la couverture, qui émet un autre cri étouffé.

Mais oui, c'est vrai.

Je baisse le pistolet et le plus fort de la tension s'évacue de mes muscles. Ce doit être ce qu'Alina a entendu hier soir. Pas étonnant que Chloé ait paru si mal à l'aise quand ma sœur a abordé le sujet.

Elle fait des cauchemars. De terribles cauchemars.

Je devrais partir, maintenant que je sais qu'elle est en sécurité, mais je reste figé sur place, les yeux rivés sur la forme sous les couvertures alors que mon cœur bat la chamade. *Elle est là, assoupie à quelques mètres seulement.* L'adrénaline dans mes veines se transforme en un besoin urgent et brûlant, une voracité si farouche et puissante que je tremble rien qu'à l'effort de la contenir. J'ai envie de passer les mains sur sa peau douce et chaude, sentir son parfum de fleurs des champs fraîches et sucrées, m'enfoncer dans sa moiteur... Mon pouls gronde à mes oreilles, mon corps si dur qu'il en est douloureux, et contre ma volonté, mes jambes se déplacent de leur propre initiative, me portant en avant.

Non. Putain, non !

Je m'arrête à quelques pas du lit, la mâchoire serrée.

Recule, bordel. Tout de suite.

Par un quelconque miracle, mes pieds obéissent.

Un pas.

Puis un autre.

Et un troisième.

Je suis à mi-chemin de la porte lorsque la silhouette sur le lit se met à remuer, puis à se débattre violemment, poussant des cris bruts et déchirants.

21

CHLOÉ

— *N on !* Mes pieds dérapent dans le sang quand je m'élance et trébuche pour tomber à genoux près du corps de maman. Son beau visage expressif est détendu, ses yeux bruns et si doux sont vitreux, aveugles. Sa robe rose, mon cadeau de Noël de l'année dernière, est déchirée en haut, révélant son sein gauche, et son bras droit est tendu sur le côté. Le sang de la profonde entaille dans son avant-bras s'accumule sur les carreaux blancs et propres, s'infiltrant dans les joints immaculés. Son bras gauche est pressé contre ses flancs, mais elle a du sang, là aussi. Trop de sang...

— Maman !

Je pose mes doigts glacés sur son cou. Je ne sens pas de pouls, à moins que je ne sache pas où le trouver. *Parce qu'il y a forcément un pouls. Il doit y en avoir un. Elle ne ferait pas ça. Pas maintenant. Pas encore.* Je suis à la fois fébrile et engourdie, mes pensées se bousculent à la vitesse de l'éclair alors que je suis agenouillée, raide et figée. *Du sang. Tant de sang sur le sol de la cuisine.* Je tourne la tête en pilote automatique, cherchant du regard un rouleau d'essuie-tout sur le plan de travail. Maman sera bouleversée par les taches sur les joints. Je dois nettoyer ce bazar, je dois...

Il faut appeler les secours ! Voilà ce que je dois faire.

Je me mets debout en tapotant frénétiquement mes poches alors que mon regard tourne en rond dans la cuisine.

Mon téléphone. Où est mon putain de téléphone ?

Ah oui, mon sac à main.

Merde, je l'ai laissé dans la voiture ?

Je me tourne vers la porte d'entrée, le souffle court. *Les clés.* Il me faut des clés pour ouvrir la voiture. *Où ai-je mis mes putains de clés ?* Mon regard se pose sur un guéridon dans l'entrée et je m'y précipite, le cœur battant si fort que ça me donne la nausée.

Les clés. La voiture. Le sac à main. Le téléphone.

Je peux le faire.

Un pas après l'autre.

Mes doigts se ferment autour de mon porte-clés en fourrure et je suis sur le point d'attraper la poignée quand je les entends.

Des éclats de voix masculins, graves et profonds, dans la chambre de maman.

Je suis pétrifiée, chaque muscle de mon corps se bloque.

Les hommes. Ici, dans l'appartement. Où maman est étendue dans une mare de sang.

— ... devait être ici, fait l'un d'entre eux, sa voix plus forte à la seconde.

Sans réfléchir, je me glisse dans le placard de l'entrée. Mon pied gauche se pose sur une pile de bottes et ma cheville se tord douloureusement, mais je ravale mon cri et accumule les manteaux d'hiver autour de moi comme un bouclier.

— Vérifiez encore le téléphone. Il y a peut-être du monde sur la route.

La voix de l'autre semble plus proche, tout comme ses pas pesants.

Oh mon Dieu, oh mon Dieu, oh mon Dieu !

Je plaque les deux mains sur ma bouche. Les clés que j'agrippe s'enfoncent péniblement dans mon menton alors que je reste immobile, sans même oser respirer.

Les pas s'arrêtent à côté de ma cachette, et à travers les couches de manteaux encombrants, je les vois.

Grands.

Massifs.

Avec des masques noirs.

Un pistolet dans une main gantée.

Des pointes de terreur montent et descendent le long de ma colonne vertébrale, des taches sombres explosant devant mes yeux à cause du manque d'air.

Ne t'évanouis pas. Reste silencieuse et ne t'évanouis pas.

Comme s'il avait entendu mes pensées, l'homme le plus proche pivote vers ma cachette et retire son masque, révélant une tête de requin. Avec un sourire macabre qui dévoile ses dents acérées, il pointe son arme vers moi.

— *Non !*

Je recule vivement et me retrouve empêtrée dans les manteaux. Il y en a partout sur moi, ils m'étouffent, me retiennent prisonnière. Je m'agite, en proie à un intense désespoir, des supplications rauques et des sanglots paniqués montant de ma gorge alors que le doigt ganté de noir s'enfonce sur la détente et...

— Là, là, tout va bien, zaychik. Tout va bien.

Les manteaux se resserrent autour de moi, mais cette fois-ci, leur poids est réconfortant, comme s'ils m'enveloppaient dans une étreinte. Ils sentent bon aussi, un mélange intriguant de cèdre, bergamote et sueur masculine aux accents de terre. J'inspire profondément et ma terreur s'apaise. La tête de requin et l'arme à feu disparaissent dans un brouillard vaporeux et la conscience d'autres sensations s'installe.

La chaleur. Des muscles lisses et fermes sous mes paumes. Une voix chaleureuse et éraillée qui murmure des mots apaisants à mon oreille, tandis que des bras puissants m'enserrent, me protègent, me mettent à l'abri des horreurs qui planent au-delà de la brume.

Mes sanglots se taisent, ma respiration saccadée ralentit alors que le cauchemar relâche son emprise. Parce que *c'était* un cauchemar. Maintenant que mon cerveau recommence à fonctionner, je sais qu'une tête de requin sur un corps humain, ça n'existe pas. C'est mon esprit endormi qui l'a évoqué, réécrivant le souvenir, tout comme il réécrit en ce moment même...

Un instant, cela ne ressemble pas du tout à un rêve.

Je me raidis et une bouffée d'adrénaline balaie la brume persistante. Je réalise soudain qu'un homme grand, chaud et torse nu, un homme *très réel* me berce sur ses genoux. Mon visage est enfoui au creux de son cou, mes mains crispées sur les muscles durs de ses épaules tandis que ses grandes paumes calleuses me caressent tout doucement le dos. Il murmure des mots de réconfort dans un mélange d'anglais et de russe. Sa voix douce et grave est terriblement familière, tout comme son parfum viril envoûtant.

Ce n'est pas vrai.

Pas possible.

Et pourtant...

— Nikolai ? chuchoté-je, prête à imploser.

Alors que je soulève la tête de son épaule et ouvre les yeux, le faible clair de lune qui passe par la fenêtre illumine les lignes nettes de son visage, me donnant la réponse.

22

CHLOÉ

*U*ne grande main chaude se pose sur ma nuque, massant la tension qui imprègne chaque muscle de mon corps.

— Ça va, zaychik ? murmure-t-il, le clair de lune se reflétant dans ses yeux tandis que son autre main me frictionne le bras de haut en bas. Le mauvais rêve est passé ?

Je ne trouve pas les mots pour répondre. Le choc me fait le même effet qu'un million de petites aiguilles sur ma peau, et ma température oscille entre le chaud et le froid.

Nikolai et moi sommes au lit.

Ensemble.

Il me tient sur ses genoux.

La température remonte jusqu'à brûler, ce qui augmente mon pouls et envoie une chaleur étourdissante directement dans mon cœur. Nous ne sommes pas nus, bien sûr, mais mon débardeur et mon short de pyjama sont extrêmement fins, et il ne doit porter qu'un short ou un caleçon, lui aussi, car je peux sentir ses cuisses nues contre les miennes. Sa peau est rugueuse et poilue, les muscles de ses jambes si fermes qu'on dirait de la pierre.

Et ce n'est pas la seule fermeté que je ressens.

Le monde entier semble s'évanouir, remplacé par la conscience aiguë de notre position intime et cette force sombre et magnétique qui nous attire l'un vers l'autre depuis le début. Mon cœur bat à tout rompre dans ma cage thoracique, chaque coup résonnant dans mes oreilles tandis que mon souffle frémissant s'échappe par mes lèvres entrouvertes. Son visage est à quelques centimètres du mien et ses bras puissants m'étreignent, me serrant dans un étau à la fois protecteur et restrictif.

— Chloé, zaychik... chuchote-t-il, une tension manifeste dans sa voix grave. Est-ce que ça va ?

Si ça va ? Je suis bouillante sous l'effet de l'envie qui brûle en moi. Il est si proche que je sens la chaleur de son souffle, avec un soupçon de dentifrice mentholé mêlé aux touches sensuelles de son eau de Cologne et aux nuances salées d'une sueur nettement masculine. Ses yeux brillent sous la lueur de la lune, mouchetés d'ombres, ses cheveux noirs se fondent avec la nuit et j'ai la pensée surréaliste qu'il est composé de ténèbres... que, comme une créature des enfers, il n'existe qu'en dehors de la lumière.

L'inquiétude me parcourt, se mêlant à la chaleur qui brûle dans mes veines, l'intensifiant de manière particulièrement troublante. Mes tétons durcissent, mes muscles internes contractés sur une douleur de plus en plus creuse. Agissant sur une impulsion trop longtemps contenue, mes doigts se resserrent sur les muscles fermes de ses épaules alors que mes lèvres se pressent contre les siennes.

Pendant un bref instant, rien ne se produit et l'horrible pensée me vient que j'ai mal jugé la situation, qu'en réalité, l'attirance est à sens unique. Mais un grondement grave monte alors de sa gorge et il me rend mon baiser avec une avidité éperdue, ses bras se resserrant pour former une cage de fer autour de moi. Ses lèvres dévorent les miennes, sa langue me goûte, m'envahissant profondément dans une imitation flagrante de l'acte sexuel. Mon esprit se vide complètement, toutes les pensées et les peurs dissipées par le fouet brutal du désir.

Je n'ai jamais connu un baiser aussi cru et charnel, je n'ai jamais ressenti une excitation aussi intense et douloureuse. Ma peau brûle, mon cœur bat comme un poing contre ma cage thoracique, et mon cœur palpite avec un besoin éperdu. Il me repousse lentement contre le matelas, me plaquant sous son poids massif. Tout ce que je peux faire, c'est gémir sans défense dans sa bouche alors que mes ongles s'enfoncent dans ses épaules et que mes jambes s'enroulent autour de ses hanches, pressant mon clitoris lancinant contre le renflement rigide de son érection.

Un soupir s'échappe de sa gorge lorsque sa main s'aventure sur mon corps, laissant une traînée de feu dans son sillage. Sans ménagement, il soulève mon débardeur et sa paume calleuse se referme sur mon sein gauche, le pétrissant avec une ferveur affamée tandis que ses lèvres écrasent les miennes, son baiser me consumant, volant chaque expiration lâchée par mes poumons. Étourdie et à bout de souffle, je me presse contre lui, mes mains glissant le long de son corps pour empoigner ses cheveux soyeux. La sensation de sa paume chaude sur mon mamelon m'offre à la fois un soulagement et une excitation insoutenable ; elle apaise mon envie fébrile de le toucher tout en accélérant l'élan de désir qui monte en flèche entre nous. Comme un ressort tendu à l'extrême, la pression se contracte de plus en plus au creux de mon ventre. Chaque frottement de mes hanches contre les siennes me rapproche du point de bascule, du soulagement que je recherche si désespérément.

Je vais jouir. Cette révélation me traverse juste avant l'extase. Mon dos se creuse, mes jambes se resserrent autour de ses fesses musclées et un cri étouffé jaillit de ma gorge tandis qu'un plaisir chaud déferle dans tout mon corps. Le plaisir est si puissant qu'il efface toute pensée, toute raison. Ce n'est qu'en redescendant des sommets de béatitude et en ouvrant les yeux que je me rends compte qu'il est figé au-dessus de moi, la tête tournée vers la porte, son corps puissant vibrant presque de tension.

Une fraction de seconde plus tard, je comprends pourquoi.

— Chloé, c'est vous ? Avez-vous…

Alina se fige dans l'embrasure de la porte, les contours de sa nuisette soulignés par la lumière du couloir.

Une lumière qu'elle a dû éclairer quand elle nous a entendus.

Ou plus précisément, quand elle *m'a* entendue.

Une bouffée de chaleur m'embrase le visage et le cou lorsque je prends conscience de ce qu'elle a entendu... et de ce qu'elle voit.

Moi, au lit avec son frère à moitié nu, en pleine nuit, le haut de mon pyjama retroussé sous les aisselles.

Impossible de faire passer cela pour un accident ou tenter de faire comme si ce n'était pas ce que l'on pourrait croire.

— Excusez-moi, s'exclame Alina sèchement. La porte était ouverte. Je ne voulais pas vous déranger.

Elle disparaît dans le couloir et Nikolai pousse un juron en russe. Il s'avance vers la porte ouverte et la claque, nous replongeant aussitôt dans les ténèbres.

Je m'empresse de me redresser, tirant sur mon débardeur alors que ses pas s'éloignent. *Merde. Merde. Putain. Mais qu'est-ce que je fais ?* Ma main tâtonne fébrilement sur la table de nuit à la recherche de l'interrupteur de la lampe de chevet, qui s'allume juste au moment où le matelas s'enfonce un peu sous son poids.

Pendant quelques fractions de seconde, nous nous regardons et je note toutes sortes de détails si sexy que je me liquéfie, comme ses cheveux noirs ébouriffés par mes doigts et ses lèvres sensuelles rouges et gonflées, encore luisantes de nos baisers avides. Les miennes doivent être identiques parce que je les sens, humides et palpitantes. J'ai déjà envie de retrouver ses caresses et son goût qui créent en moi une vraie dépendance. Il ne porte qu'un short de sport. Son torse et ses épaules nus sont toniques, ses abdominaux bien définis. Contrairement à ses jambes puissantes parsemées de poils foncés et drus, son torse est lisse, sa peau légèrement hâlée seulement troublée par une cicatrice claire et froncée sur son épaule gauche.

Mon rythme cardiaque s'accélère.

Une blessure par balle.

Je n'en ai jamais vu, mais je suis certaine d'avoir raison. Ou alors, c'est un foret qui lui a transpercé l'épaule.

Le vertige persistant de l'orgasme se dissipe à mesure qu'une peur plus sourde s'installe. Qui est-il, cet homme somptueux qui semble si intime avec le danger ?

Que fait-il dans ma chambre, sur mon lit ?

Lentement, je m'éloigne sans le quitter des yeux. La blessure par balle, les contusions aux articulations, le haut mur d'enceinte, les gardes... Il se passe quelque chose ici, et c'est très inquiétant. Sous une forme ou une autre, la violence semble faire partie de la vie de mon nouvel employeur et je ne veux pas en entendre parler, même si mon corps aspire à ce que nous finissions ce que nous avons commencé.

Ce que *j'ai* commencé, en l'occurrence, par mon baiser irréfléchi et effronté.

En me voyant reculer, ses yeux de tigre s'étrécissent et je ressens sa frustration, la fureur frémissante d'un prédateur qui assiste à la fuite inévitable de sa proie. Sauf que ce n'est pas inévitable, dans notre cas. Avec sa taille et sa force supérieures, il peut m'arrêter à tout moment, et son immobilité en dépit de la tension évidente de ses muscles puissants me rassure.

Il doit avoir conscience de l'orientation que prennent mes pensées, car son expression s'adoucit et sa posture devient détendue, presque nonchalante.

— Ne t'inquiète pas, zaychik. Je ne vais pas me jeter sur toi.

Sa voix est tendre, gentiment moqueuse.

— Si tu ne veux pas, dis-le, reprend-il. Je n'ai pas l'habitude de coucher avec les femmes qui ne veulent pas... ou qui le prétendent.

J'ai l'impression que des charbons ardents brûlent sous ma peau. Sans doute fait-il référence à mon orgasme impromptu, auquel je ne me suis pas encore autorisée à penser. Aussi effronté que soit mon comportement ce soir, le pire est encore de m'être frottée contre lui comme une chienne en chaleur... et d'en avoir joui.

— Je ne suis pas...

Je m'interromps en réalisant que j'étais sur le point de me lancer dans des dénégations puériles.

— Tu as raison, dis-je plus platement. Je m'excuse. Je n'aurais pas dû t'embrasser. C'était complètement inapproprié et...

— Et cela va se reproduire.

Ses yeux forment des joyaux ambrés dans la lumière chaude de la lampe.

— Tu vas m'embrasser, on va baiser et tu vas jouir, encore et encore. Tu vas jouir sous mes doigts et ma langue, et avec ma queue enfouie dans ton sexe humide. Tu jouiras pendant que je te prendrai la gorge, puis par-derrière. Tu jouiras tellement que tu oublieras ce que ça fait de ne pas jouir... et tu supplieras pour en avoir encore plus.

Je le regarde, la gorge sèche et la culotte détrempée. Mon clitoris palpite au rythme de ses paroles douces et mon cœur bat frénétiquement alors que mes poumons s'efforcent de respirer. Aucun homme ne m'a jamais parlé de cette façon et je n'aurais jamais imaginé que des paroles aussi crues puissent à la fois m'exciter et me faire rougir de honte.

— Ce n'est pas... Je ne suis pas... dis-je en respirant péniblement. Ça n'arrivera pas.

— Oh, mais si, zaychik. Tu sais pourquoi ?

Je secoue la tête, trop émue pour parler sans craindre de perdre la voix.

— Parce que c'est inévitable. Dès que je t'ai vue, j'ai su que ce serait comme ça... bouillant et débridé, sauvage, hors de contrôle. Tu l'as compris, toi aussi. C'est pour ça que tu as du mal à me regarder pendant les repas, c'est pour ça qu'être seule avec moi te fait si peur.

Il se penche, les yeux brillants.

— Tu as envie de moi, Chloé... et crois-moi, moi aussi j'ai envie de toi.

Je cherche quelque chose à dire, mais rien ne me vient. À la place de mes pensées, il n'y a qu'un grand vide. En même temps, tout mon corps vibre d'une sensation électrique, chaque terminaison nerveuse viscéralement consciente de sa proximité, de la chaleur sombre de ses yeux félins si hypnotiques. Voilà qui dépasse de loin mon domaine d'expérience, si bien que je n'ai aucun guide pour cela, aucun plan d'action, pas plus en théorie qu'en pratique. C'est mon patron, le père de mon élève, et même sans cela, il y aurait toujours cette aura de danger, de violence, qui l'accompagne comme un halo mortel. La seule solution sensée est de mettre un terme à tout cela, de nier mon désir. Mais je ne peux pas me résoudre à formuler un mensonge aussi évident.

Il attend toujours que je parle, et devant mon silence, ses lèvres esquissent un demi-sourire moqueur.

— Penses-y, zaychik, conseille-t-il à mi-voix, les muscles de son corps puissant contractés lorsqu'il se lève. Pense à quel point ce sera bon quand tu viendras me voir.

Le temps que je trouve une réponse, il est parti, laissant de légères senteurs de bergamote et de cèdre sur mes draps... ainsi qu'un désarroi total dans mon esprit et mon corps.

23

NIKOLAI

Il me faut toute la maîtrise que j'ai cultivée au fil des ans pour rentrer dans ma chambre et fermer la porte derrière moi. Un désir sombre et puissant me possède, me poussant à retourner auprès de Chloé pour continuer là où nous nous sommes arrêtés.

Au lieu de quoi, je me dirige vers ma salle de bains. Je retire mon short trempé de sueur, j'ouvre la douche et règle la température sur le plus froid. Puis je m'avance sous le jet, laissant l'eau glacée engourdir le feu qui fait rage dans mon sang.

Trop tôt, putain.

J'aurais pu la pousser dans ses retranchements, je le sais, mais le moment n'est pas encore venu. Elle n'est pas prête pour ça, pour moi. Ce cauchemar lui a fait baisser sa garde, mais l'interruption prématurée de ma sœur lui a rappelé toutes les raisons pour lesquelles elle ne devrait pas me désirer, tout ce qui fait d'un éventuel nous deux quelque chose de mal. Son corps peut avoir envie de moi, mais son esprit résiste à cette attirance. Elle en a peur, l'intensité de ce qui couve entre nous l'effraie et je ne peux pas le lui reprocher.

À moi aussi, ça me fait presque peur.

Il y a quelque chose de différent dans mon désir pour cette fille, quelque chose de tendre et de violent à la fois... une possessivité qui va bien au-delà de la simple envie sexuelle. Quand j'ai cru qu'elle avait des problèmes dans la chambre, j'ai tout de suite pensé à la rejoindre, la protéger, détruire l'intrus qui lui faisait du mal. Quand elle a commencé à se débattre dans les affres de son cauchemar, le besoin de la réconforter est devenu trop puissant pour le nier plus longtemps. J'ai gardé juste assez de présence d'esprit pour ranger l'arme dans le couloir, puis je l'ai prise dans mes bras alors qu'elle tremblait et sanglotait. Sa terreur évidente me déchirait, m'emplissant de frustration, de fureur impuissante.

Cette fille a été traumatisée, blessée par quelqu'un ou quelque chose, et je ne sais pas qui ou quoi.

Je ne sais pas, et j'ai besoin de savoir.

Il le faut, si je veux pouvoir la protéger.

Parce que, dans mon esprit, elle est déjà à moi.

Je suis toujours sous le jet d'eau froide lorsqu'une sombre pensée me vient.

Alina a raison de craindre pour Chloé.

Je *suis* un danger pour elle, mais pas pour la raison que ma sœur imagine. Elle pense que je la veux en tant que simple jouet de baise, à utiliser, puis à jeter ensuite, un divertissement occasionnel, mais elle se trompe. J'ai beau mourir d'envie de m'enfouir dans le petit corps tonique de Chloé, je désire encore plus pénétrer son esprit. J'aimerais connaître chaque pensée derrière ces yeux bruns, découvrir chaque désir et besoin... chaque cicatrice et blessure. Je veux creuser profondément dans son âme, et pas seulement pour découvrir les secrets qu'elle renferme.

Je ne veux pas uniquement démêler le mystère qu'elle représente.

Je veux la démêler, elle.

Je veux démonter son mécanisme et comprendre ce qui la fait fonctionner.

Mon objectif, c'est qu'elle ne fonctionne que pour moi, qu'elle soit à moi seul.

Je la désire comme mon père a dû désirer ma mère... il y a une éternité, avant que leur amour ne se change en haine.

Pendant une longue seconde qui me fait mal à l'estomac, j'envisage de prendre la décision la plus juste. J'envisage de prendre mes distances, ou plutôt de laisser Chloé le faire. Demain, à la première heure, je pourrais lui donner deux mois de salaire sans condition et la renvoyer chez elle... la regarder partir d'ici dans sa Toyota cabossée.

J'envisage cette solution, mais je l'écarte.

Il est peut-être trop tôt pour que Chloé occupe mon lit, mais il est trop tard pour que je fasse le bon choix.

Il était trop tard au moment où j'ai posé les yeux sur elle... peut-être même dès l'instant où je suis né.

Je pensais sincèrement ce que je lui ai dit ce soir.

C'est inévitable. J'en ressens la certitude au plus profond de mes os.

Elle viendra à moi, attirée par le même besoin sombre et primaire qui se cache sous ma peau.

Elle se donnera à moi, et cela scellera son destin.

En coupant l'eau froide, je sors et je me sèche, puis je me glisse en silence dans ma chambre. Les lumières encastrées dans la tête de lit sont allumées, ce qui donne une douce lueur aux draps de soie blancs. Pourtant, le lit n'est pas accueillant. Pas comme son lit, avec son petit corps chaud à l'intérieur. Pas comme *elle*, quand elle se trémoussait contre moi, sans rien me demander, mais en prenant son plaisir, avec ses lèvres semblables au miel et au péché, son goût d'innocence et de ténèbres.

Mon sexe durcit à nouveau alors qu'une vague de désir brûlant chasse le froid qui s'attarde après la douche. Assis sur le lit, j'ouvre le tiroir de ma table de chevet et je regarde le porte-clés rose à fourrure, celui que Pavel m'a remis hier soir, juste après avoir garé la voiture de Chloé.

Avec vénération, je les prends et les porte à mon nez. Les clés sentent le métal, mais la fourrure rose dégage une légère odeur de fleurs des champs et de printemps, sa douceur fraîche et délicate. J'inspire profondément, absorbant chaque note, chaque nuance.

Puis je remets les clés dans le tiroir et le ferme résolument.

24

CHLOÉ

*A*vec un grognement, je me retourne sur le dos et jette un bras sur mes yeux pour les protéger de la lumière du jour. Il m'a fallu des heures pour me rendormir après le départ de Nikolai, et maintenant, j'ai l'impression d'être une épave. Je n'ai qu'une envie, me protéger de ce foutu soleil et...

Un instant, le soleil ?

Je me redresse brusquement, louchant dans la lumière vive qui filtre au travers de la fenêtre.

Bon sang.

Suis-je en retard pour le petit-déjeuner ?

Je jette un œil frénétique dans la chambre, mais il n'y a pas de réveil. La télévision suspendue au plafond fera l'affaire. Repérant une télécommande sur la table de chevet, je m'en saisis et j'appuie sur le bouton en espérant que ce n'est pas l'une de ces installations compliquées de type cinéma maison qui nécessitent un diplôme en informatique pour réussir à les faire fonctionner.

La télévision s'allume, directement réglée sur une chaîne d'actualités. Je pousse aussitôt un soupir de soulagement.

7 h 48 du matin.

Si je me dépêche, j'arriverai en bas à temps.

Je me précipite vers la salle de bain et m'empresse de suivre ma routine matinale, puis je me dirige vers mon placard. La télévision est toujours allumée, le présentateur parle des élections à venir alors que je choisis l'un de mes nouveaux jeans et un chemisier à manches longues tout doux, un autre nouvel achat. D'après la bande bleue qui défile au bas de l'écran, la température est de dix degrés ce matin, nettement plus fraîche qu'hier. En plus, ça ne fait pas de mal de cacher ces vilaines croûtes en cours de cicatrisation sur mon bras. J'ai surpris Nikolai en train de les regarder hier soir.

Je m'éloigne du placard entièrement habillée à 7 h 55. Au dernier moment, je prends la boîte à bijoux avec le pendentif et les boucles d'oreilles et la glisse dans ma poche afin de la rendre à Alina. Le journal télévisé montre maintenant un extrait des débats des primaires présidentielles de la veille, au cours desquels l'un des principaux intervenants, un sénateur californien populaire, décime ses adversaires en les bombardant de faits et de chiffres habilement formulés. Je ne suis pas vraiment la politique – ma mère estimait que tous les politiciens étaient des ordures, et ses opinions ont déteint sur moi –, mais ce type, Tom Bransford, est assez connu pour que je sache de qui il s'agit. Âgé de cinquante-cinq ans, c'est l'un des plus jeunes candidats à la présidentielle. Il est si beau et charismatique qu'on l'a comparé à John F. Kennedy. Bien sûr, il ferait pâle figure à côté de mon patron.

Si Nikolai se présentait à la présidence, toutes les femmes des États-Unis devraient changer de culotte après chaque débat.

L'heure à l'écran passe à 7 h 56 et j'éteins la télévision. Ce soir, j'aurai peut-être l'occasion de regarder quelque chose, de préférence une comédie légère et drôle. Mais rien de romantique. J'aimerais penser à autre chose qu'à Nikolai et la situation trouble entre nous, sans qu'on me le rappelle constamment.

Je ne veux pas d'une autre nuit blanche où mon corps souffrirait d'excitation, mes pensées tournant en boucle dans une ronde classée X, rejouant ses paroles crues et les images sombres et torrides qu'elles suscitent.

À ma grande surprise, Nikolai n'est pas à table quand j'arrive à 7 h 59 précises. Mais sa sœur est assise avec Slava. Le garçon m'adresse un sourire éclatant qui contraste avec le rictus bien plus distant d'Alina, et je leur souris à tous deux, même s'il me suffit de penser à ce qu'elle a vu hier soir pour avoir envie de m'éclipser et ne plus jamais me montrer dans cette maison.

— Bonjour, lancé-je en m'asseyant à ma place habituelle à côté de Slava.

C'est tentant d'éviter le regard d'Alina, mais je suis déterminée à ne pas céder à mon embarras.

D'accord, elle m'a vue dans les bras de son frère, et alors ? Ce n'est pas comme si j'étais une gouvernante de l'époque victorienne que l'on surprenait dans une situation compromettante avec le seigneur du manoir.

— Bonjour.

Le ton d'Alina est impassible, son expression soigneusement mesurée.

— Nikolai est en ligne, il ne se joindra pas à nous pour le petit-déjeuner.

— Oh, très bien.

Je ressens à nouveau ce curieux mélange de déception et de soulagement, comme si un examen difficile pour lequel j'avais beaucoup révisé venait d'être reporté. J'ai beau essayer de ne pas penser à Nikolai ce matin, j'ai dû me préparer inconsciemment à le voir, car je me sens découragée malgré l'apaisement de la tension dans mes épaules.

Glissant la main dans ma poche, je sors la petite boîte à bijoux et la donne à Alina.

— Merci de me les avoir prêtés hier soir.

Ses longs cils noirs s'allongent lorsqu'elle la récupère.

— Pas de problème. Un peu de *grechka* ? demande-t-elle, désignant le pot de grains sombres à côté d'elle.

Aujourd'hui, le petit-déjeuner semble être beaucoup plus sommaire, avec seulement un pot de miel et quelques baies, noix et fruits coupés en guise d'accompagnements.

Hochant la tête avec reconnaissance, je tends mon bol à Alina.

— Avec plaisir, merci.

Je suis ravie qu'elle se comporte normalement. J'espère que ça va continuer.

Quand elle me rend le bol, je goûte une cuillerée de ces grains qu'elle a appelés « grechka ». C'est étonnamment savoureux, avec un riche goût de noisette. Imitant l'exemple d'Alina, j'ajoute des baies et des éclats de noix dans mon bol avant d'arroser le tout de miel.

— C'est du sarrasin grillé, m'explique-t-elle alors que j'entame le repas. Chez nous, on le consomme généralement en salade, souvent mélangé à des carottes, des champignons et des oignons frits. Mais je le préfère sous cette forme, un peu comme du gruau.

— C'est bien meilleur que le gruau.

Alina acquiesce avant de donner à Slava sa portion.

— C'est pour ça que j'aime en prendre au petit-déjeuner.

Elle garnit le bol de baies, de noix et d'un généreux filet de miel, avant de le placer devant le garçon qui y plonge aussitôt sa cuillère. Mais au lieu de manger, il joue négligemment avec une myrtille, qu'il pousse autour du bol tout en imitant des bruits de moteur.

Je souris en réalisant que je le vois enfin jouer avec sa nourriture comme un enfant normal. Croisant son regard, je lui fais un clin d'œil et commence à empiler mes propres myrtilles les unes sur les autres, comme pour construire une tour. J'arrive au deuxième niveau de mon empilement avant que les baies ne dégringolent les unes sur les autres, atterrissant dans la partie rendue poisseuse par le miel.

Je grimace comme si j'étais sincèrement consternée et Slava rit avant d'élaborer sa propre tour. Elle s'avère bien meilleure que la mienne puisqu'il utilise du miel comme enduit et étaye ses myrtilles avec des fraises coupées.

— Bravo, dis-je en faisant mine d'être impressionnée. Tu es vraiment un architecte de talent.

Le visage rayonnant, il ramasse fièrement une cuillerée de *grechka* avec un morceau de sa création à base de baies. La fourrant dans sa bouche, il mâche triomphalement tandis que je le félicite pour sa construction. Encouragé, il en construit une seconde, et une fois de plus, je le fais rire en demandant à l'une de mes mûres de poursuivre une myrtille qui ne cesse de rouler loin de ma cuillère.

— Vous aimez vraiment les enfants, n'est-ce pas ? murmure Alina une fois que Slava et moi nous lassons de ce jeu et reprenons le repas.

Son expression est décidément plus chaleureuse, ses yeux verts empreints d'une mélancolie particulière lorsqu'elle regarde son neveu.

— Pour vous, ce n'est pas seulement un travail.

— Bien sûr que non, dis-je en souriant. Les enfants sont incroyables. Ils peuvent nous faire voir le monde comme avant, nous faire ressentir la joie et l'émerveillement que nous volent les années qui passent. Ils sont ce qui se rapproche le plus d'une machine à remonter le temps, ou plutôt d'une fenêtre sur le passé.

Ses cils s'abaissent à nouveau, dissimulant son regard, mais je remarque la tension soudaine qui lui pince les lèvres.

— Une fenêtre sur le passé... reprend-elle avec une intonation étrangement cassante. Oui, c'est exactement Slava.

Avant que je puisse lui demander ce qu'elle veut dire, elle change de sujet pour parler du temps plus frais d'aujourd'hui.

NIKOLAI

— $\mathscr{N}$ous avons un problème, m'annonce Konstantin de but en blanc.

Son visage, une version plus émaciée et plus sèche du mien, avec des lunettes à monture noire perchées sur son nez aquilin, occupe tout l'écran de mon ordinateur portable.

Je me penche plus près de la caméra, impatient, mon pouls au galop.

— Qu'est-ce que tu as découvert ?

Konstantin fronce les sourcils.

— Oh, sur la fille ? Rien pour l'instant. Mon équipe y travaille toujours.

Sans se soucier de la déception qu'il vient de provoquer, il continue.

— C'est mon projet nucléaire. Le gouvernement tadjik vient de nous retirer nos permis.

Je prends une inspiration et laisse l'air sortir

lentement. Dans ces moments-là, j'ai envie d'étrangler mon frère aîné.

— Et alors ?

Il doit bien savoir que je me fiche de ses projets préférés, surtout ceux qui frisent la science-fiction.

Cela dit, peut-être pas. Malgré son QI de génie, ou peut-être à cause de cela, justement, Konstantin est parfois totalement inconscient de ce qui se passe autour de lui, surtout si cela implique des gens et non des zéros et des uns.

— Valery pense que ce sont les Leonov, dit-il, les yeux brillants derrière ses lunettes. Atomprom fait une offre contre nous, et Alexei a été repéré en train de déjeuner avec le chef de la Commission de l'énergie à Dushanbe.

Merde. Je m'efforce tant bien que mal de cacher la rage qui me saisit.

J'ai eu tort. Mon frère est très conscient de ce qu'il fait en m'impliquant dans cette histoire. Sans les Leonov, je m'en ficherais éperdument – les affaires sont les affaires –, mais il n'est pas question que j'autorise leur ingérence.

Pas après Slava.

— Est-ce que Valery... commencé-je froidement.

Mais Konstantin secoue déjà la tête.

— La Commission de l'énergie a refusé de lui parler. D'après eux, c'est pour éviter toute influence indésirable. Valery a bien son idée sur la façon de procéder, mais je me suis dit que je t'en parlerais avant qu'on s'engage dans cette voie.

Je prends une nouvelle inspiration et force mes épaules à se détendre.

— Tu as fait ce qu'il fallait.

Les tactiques de persuasion que notre frère cadet affectionne pourraient attirer inutilement l'attention, et après le coup d'éclat des Leonov il y a deux ans, nous marchons déjà sur des œufs avec les autorités tadjikes.

Il est impératif de se la jouer fine, voilà pourquoi Konstantin a choisi de m'en parler.

— Je vais appeler le chef de la Commission et organiser une réunion, dis-je. On était en internat ensemble. Il me recevra.

Konstantin baisse la tête.

— Je te rejoins à Dushanbe. Quand peux-tu y être ?

— Demain. Je prendrai l'avion tout à l'heure, ce matin.

Plus vite j'en aurai fini avec ces conneries, plus vite je serai de retour ici.

Pour la première fois depuis que j'ai quitté Moscou, ce coin tranquille au milieu de nulle part m'enthousiasme plus que n'importe quelle autre ville au monde.

26

CHLOÉ

*A*près le petit-déjeuner, quand je m'apprête à entamer ma journée avec Slava, des nuages gris masquent le soleil éclatant qui m'a réveillée et la température chute encore plus quand une pluie fine commence à tomber. D'après Alina, des orages sont prévus pour midi. J'abandonne l'idée d'emmener mon élève faire une autre randonnée.

Au lieu de quoi, je laisse Slava choisir ce qu'il veut faire à l'intérieur et je me joins à son activité – à savoir, d'autres constructions de tours en Lego. Cela me convient très bien, car c'est une occasion de réviser certains des mots qu'il a appris. Une fois qu'il s'est lassé, nous construisons un fort avec des oreillers et des couvertures, puis nous jouons aux campeurs et aux ours. Je grogne en le poursuivant partout dans la maison, ce qui nous vaut des regards vaguement désapprobateurs de la part de Lyudmila et Pavel, qui préparent le prochain repas dans la cuisine. Ensuite, je lui lis ses bandes dessinées préférées et nous jouons avec des voitures et des camions, nous affrontant dans des courses fictives tandis que j'assure les commentaires comme une présentatrice de chaîne sportive.

Ce garçon est vraiment brillant et drôle, c'est un plaisir d'être son enseignante. Pourtant, aussi intéressants que soient nos jeux, je ne parviens pas à m'y concentrer entièrement. Une partie de mon esprit est ailleurs, sur une autre paire d'yeux tout aussi dorés. Après le départ de Nikolai, je suis restée éveillée pendant des heures, la peau en feu et le cœur battant. Chaque fois que je fermais les yeux, j'entendais sa voix suave et grave me faire toutes ces promesses de plaisir, et la douleur lancinante entre mes jambes revenait, me rendant si moite, gonflée et sensible que le simple contact de mon pyjama m'était presque insoutenable. Ce n'est qu'en cédant enfin, utilisant mes doigts pour atteindre un autre orgasme, que j'ai réussi à trouver le sommeil – et encore, il était agité, plein de rêves érotiques brumeux entrecoupés de bribes de cauchemars.

Mais pas mes cauchemars habituels.

Dans ceux-ci, il n'y avait qu'un seul homme avec un masque, et il ne voulait pas me tuer.

Il voulait me capturer.

Il voulait me faire sienne.

Slava et moi sommes allongés à plat ventre sur son lit. Nous feuilletons un livre sur l'alphabet quand je prends conscience d'un picotement entre mes omoplates. Je jette un coup d'œil curieux par-dessus mon épaule et la chaleur envahit tout mon corps quand je rencontre le regard de Nikolai.

Appuyé contre le chambranle de la porte, il nous regarde, son expression soigneusement voilée. Je ne sais pas depuis combien de temps il est là, mais je ne me souviens pas d'avoir entendu la porte s'ouvrir. Ça doit faire un moment.

— Vas-y, termine ce que tu faisais, murmure-t-il. Je ne veux pas interrompre la leçon.

Ravalant la boule dans ma gorge, je reporte mon attention sur Slava et le livre. Il a aperçu son père, lui aussi, mais sa réaction est beaucoup plus maîtrisée. Il est un peu plus discret lorsque nous recommençons à nommer les lettres et les objets s'y rapportant. Quand nous arrivons à P et que j'émets de petits grognements de cochon pour accompagner l'illustration du Porc, il retrouve sa personnalité extravertie et glousse sans retenue.

Incapable de m'en empêcher, je jette un autre regard par-dessus mon épaule. Mon cœur rate un battement, car Nikolai ne me regarde plus. Il a les yeux rivés sur son fils, avec une certaine tendresse presque nostalgique sur le visage... une sorte de désir étrange et désespéré.

Je cligne des paupières et le charme se brise.

L'instant d'après, c'est moi qu'il regarde. Son air mystérieux disparaît, remplacé par cette chaleur torride si familière. Rouge jusqu'à la racine des cheveux, je détourne les yeux et reprends la leçon, mon pouls battant irrégulièrement. J'ai dû imaginer son regard, ou l'avoir mal interprété. Nikolai ne peut pas éprouver de mélancolie envers un fils qui se trouve juste en face de lui. S'il regrette de ne pas être plus proche du garçon, il n'a qu'à lui tendre la main, lui sourire, lui parler... apprendre à le connaître.

Il peut essayer d'*être* réellement un père au lieu de cette figure d'autorité distante dont Slava ne semble pas savoir quoi faire.

Personnellement, je trouve qu'il est facile d'établir des liens avec les enfants. C'est pour ça que j'ai choisi cette carrière. Si Nikolai n'a pas été très exposé aux enfants avant d'apprendre l'existence de son fils, il se sent peut-être perdu et hésitant, aussi improbable que cela puisse paraître chez un homme aussi puissant et sûr de lui.

Sur un coup de tête, je me tourne vers lui en m'asseyant.

— Tu veux te joindre à nous ? On pourrait terminer l'alphabet ensemble, avec Slava.

Son visage se ferme lorsqu'il demande :

— Nous deux ?

— Enfin, tu peux le faire tout seul si tu préfères.

Je commence à me sentir un peu bête. J'ai dû me tromper sur le sens de sa présence et de son regard, attribuant à Nikolai des pensées et des émotions qui reflètent mes propres envies. Ce n'est pas parce que j'ai secrètement rêvé de rencontrer mon père et de me rapprocher de lui que chaque relation parent-enfant doit correspondre à cette dynamique spécifique ou...

— J'arrive.

Nikolai s'écarte de l'encadrement de la porte et s'approche du lit à grandes enjambées, dans une démarche gracieuse qui me fait penser à un prédateur dans la jungle.

Je m'empresse de me décaler lorsqu'il s'assied sur le matelas, mais comme Slava est couché entre le mur et moi, je ne peux pas aller plus loin. Nikolai est si proche que nous nous touchons presque. Mon souffle reste suspendu dans ma gorge alors que son parfum sensuel de cèdre et de bergamote m'enveloppe, me rappelant ce qui s'est passé entre nous la nuit dernière. Des images érotiques très explicites envahissent mon esprit et la chaleur m'imprègne de plus en plus, humidifiant ma culotte et mettant mon cœur en surchauffe. Intensément gênée par le regard écarquillé de Slava sur nous, j'essaie de modérer mon excitation, mais le feu ne se dissipe pas, mon pouls refusant d'adopter un rythme de croisière.

C'était une mauvaise idée. Une *très* mauvaise idée. Je devrais garder mes distances avec mon employeur, et non pas lui lancer ce qui pourrait ressembler à une invitation à se faire des câlins sur un petit lit d'enfant. Il y a tout juste assez de place pour Slava et moi. Le seul moyen de tenir à trois sur ce lit, ce serait de...

— Allonge-toi, zaychik, dit Nikolai d'une voix douce, avec un demi-sourire espiègle, tendant le bras pour prendre le livre à côté de moi. Que je puisse vous rejoindre.

Le sang qui circule dans mon visage pourrait être de la lave alors que j'obéis avec réticence, me retournant pour m'allonger sur le ventre à côté de Slava, qui semble fasciné par ce qui se passe. Nikolai s'étend à côté de moi, son corps ferme et volumineux tout contre le mien. Il me vient à l'esprit que Slava devrait être entre nous pour servir de tampon, mais il est trop tard. Avant que je puisse le suggérer, Nikolai passe un bras lourd sur mes épaules, me plaquant contre le matelas avant de poser le livre devant moi.

— Vas-y, murmure-t-il à mon oreille.

Son souffle chaud me donne la chair de poule.

— Voyons comment tu opères ta magie d'enseignante.

De la magie ? La seule magie ici, c'est que je sois encore en relative possession de mes moyens et non pas une espèce de flaque à l'eau de rose sur les draps. En tout cas, c'est ce que ressent mon corps ainsi blotti contre le sien. Mon pouls cogne dans mes tempes et mon souffle se fraye un chemin à travers mes lèvres alors que mon entrejambe devient encore plus moite. Seule la présence du garçon à côté de nous m'empêche de répéter l'erreur de la nuit dernière en cédant à l'attirance dangereuse et hypnotique que Nikolai exerce sur moi.

J'essaie plutôt de me concentrer sur la tâche à

accomplir. Avec un raclement de gorge, je reprends ma lecture :

— T comme Train : *tchou-tchou* ! Comme Trésor aussi...

Ma voix est un peu trop rauque, mais je suis contente que mon cerveau fonctionne suffisamment pour déchiffrer les mots sur la page. Heureusement, Slava ne semble rien remarquer d'anormal et je continue, désignant le coffre au trésor avec un doigt à peine tremblant.

Il regarde son père avec curiosité, puis répète les mots après moi, sa voix d'abord feutrée, puis de plus en plus claire et nette. Lorsque nous arrivons au Z, il plaisante sur les rayures du zèbre et prononce volontairement le mot de travers. On dirait qu'il a oublié l'homme qui prend pourtant toute la place sur le lit avec nous.

Après sa troisième tentative incorrecte, je secoue la tête en feignant la déception. Jetant un œil à Nikolai, je propose :

— Et si tu essayais de le prononcer ?

Mon pouls s'emballe quand je rencontre son regard, mais je m'efforce de ne pas m'y attarder.

— Tu auras peut-être plus de chance.

L'expression de Nikolai est immuable, mais le bras toujours sur mes épaules se raidit légèrement.

— Très bien, dit-il lentement.

Les yeux sur le livre, il dit avec un accent russe exagérément prononcé :

— Zeu-bre.

Les yeux de Slava s'arrondissent. Manifestement, il ne s'attendait pas à ce que son père bute sur ce mot. Comme avec lui, je feins de désapprouver la prononciation de Nikolai. Après un bref moment de tension, Slava éclate de rire.

— Zèbre, rectifie-t-il en riant, sa prononciation aussi parfaite que la mienne. Zèbre, zèbre.

— Oh, je vois, fait Nikolai avant de me regarder, une lueur malicieuse dans les yeux. Alors... Zi-bre ?

Slava est hilare et je ne peux m'empêcher de sourire à mon tour. C'est une facette de mon patron que je n'avais encore jamais vue, et à en juger par la réaction de Slava, lui non plus. Sans cesser de rire, il corrige la prononciation de son père et Nikolai se reprend, faisant à nouveau rire son fils aux éclats. Enfin, Slava réussit à « apprendre » le mot à Nikolai et nous fermons triomphalement le livre à la fin de l'alphabet.

Immédiatement, la tension revient entre Nikolai et moi. Dans l'air crépite une intense charge sexuelle. J'ai fait de mon mieux pour ignorer son corps pressé contre le mien, mais sans la distraction du livre, c'est impossible. Il est trop chaud, trop ferme contre mon flanc, son bras est lourd par-dessus mes omoplates, et bien que nous soyons tous les deux entièrement habillés, l'intimité de cette position est indéniable.

À mon grand soulagement, il retire son bras et s'assoit. Je fais de même, m'empressant de reculer pour mettre un peu de distance entre nous – recul qu'il observe avec amusement, les yeux sombres, avant de dire quelque chose à son fils en russe.

Le garçon hoche la tête, encore tout excité, et Nikolai se lève.

— Allons dans mon bureau, me dit-il. Il y a quelque chose dont j'aimerais discuter.

27

NIKOLAI

*J*e suis assis à la petite table ronde, dans mon bureau, Chloé en face de moi. Elle me regarde avec ses jolis yeux marron méfiants. Ses mains se tordent sur la table alors qu'elle attend que j'engage la conversation, et je laisse le moment traîner en longueur, profitant de sa nervosité. Allongé à côté d'elle sur le petit lit de Slava, j'ai vécu une torture ; sans mon fils, je n'aurais pas pu me contrôler. D'ailleurs, j'ai encore du mal à être à côté d'elle, à sentir sa chaleur et à respirer son parfum frais et fruité. Il me faut de gros efforts pour me retenir de la prendre, ici et maintenant, de l'allonger sur cette même table.

Je parviens tout de même à me maîtriser. C'est trop tôt, d'autant plus que je pars dans une demi-heure et que je ne reviendrai pas avant plusieurs jours. Ce n'est pas une baise rapide que je recherche. Ce ne sera pas suffisant.

Une fois que j'aurai mis Chloé dans mon lit, j'ai bien l'intention de l'y garder pendant des heures. Peut-être même des jours ou des semaines.

D'ailleurs, ce n'est pas pour cela que je l'ai convoquée dans mon bureau.

Les avant-bras sur la table, je me penche en avant.

— À propos d'hier soir...

Elle se raidit et le pouls dans son cou s'accélère visiblement.

— ... c'était à cause de ta mère ?

Elle cligne des yeux.

— Quoi ?

— Ton cauchemar. C'était sur la mort de ta mère ?

Cette question m'a tourmenté durant toute la matinée, et comme Konstantin n'a pas encore terminé son rapport, il n'y a qu'une seule façon de découvrir la réponse.

Au mot « mort », son menton frémit presque imperceptiblement.

— C'est... oui, d'une certaine façon, ça la concerne.

Elle ravale un sanglot.

— Enfin, sa mort.

— Je suis désolé.

Quoi qu'elle cache, son chagrin n'est pas feint, et cela me fait le même effet qu'un hameçon émoussé.

— Comment est-elle morte ?

Je sais bien ce que stipule le rapport de police, mais je veux entendre le point de vue de Chloé. J'ai déjà écarté la possibilité qu'elle ait pu tuer sa mère. La fille que j'ai observée ces deux derniers jours n'est pas plus une tueuse que je ne suis un saint. Mais cela ne veut pas dire qu'il ne s'est rien passé d'étrange. Il y a eu quelque chose. Quelque chose qui l'a fait disparaître de la circulation et l'a envoyée en voyage à travers le pays, dans une voiture qui aurait dû être mise au rebut il y a dix ans déjà.

Les mains de Chloé se resserrent et ses yeux brillent avec un éclat douloureux.

— C'était un suicide.

— Vraiment ?

— Je... ne sais pas.

Elle ment. Il est clair comme de l'eau de roche qu'elle ne croit pas un mot de ce rapport de police. Décidément, elle passe quelque chose sous silence. Je suis tenté de la pousser un peu, de la forcer à s'ouvrir à moi, mais il est trop tôt pour ça aussi. Elle n'a pas encore de raison de me faire confiance. Si j'insiste trop, cela risque de se retourner contre moi.

La dernière chose que je veux, c'est l'effrayer, lui donner envie de détaler pendant mon absence.

— Ce doit être difficile, dis-je d'une voix douce. Pas étonnant que tu fasses des cauchemars.

Elle hoche la tête.

— Ça a été très difficile.

Puis, prudemment, elle me demande :

— Et tes parents ? Ils habitent en Russie ?

— Ils sont morts.

Mon intonation est peut-être un brin trop sèche, mais ma famille n'est pas un sujet que je souhaite approfondir.

Les yeux de Chloé s'élargissent avant d'exprimer la compassion que l'on peut attendre dans ce genre de circonstances.

— Je suis vraiment désolée...

Je lève la main pour l'interrompre.

— Tu n'as pas de téléphone, d'ordinateur portable ou de tablette, n'est-ce pas ?

Elle a l'air stupéfaite.

— Non, pas avec moi.

Je me lève et me dirige vers mon bureau. Ouvrant l'un des tiroirs, j'en sors un ordinateur portable tout neuf, encore enfermé dans une boîte, et l'apporte sur la table.

— Tiens, dis-je en le posant devant elle avant de consulter ma montre. Je pars pour le Tadjikistan dans quinze minutes. Je ne sais pas combien de temps je serai absent, trois ou quatre jours au moins. J'aimerais que tu me tiennes au courant des progrès de Slava.

— Oui, bien sûr.

Elle se lève à son tour, ses yeux bruns fixés sur moi.

— Dois-je t'envoyer un e-mail quotidien ou... ?

— Je t'appellerai en visio. Demande à Alina de te créer un compte sur la plateforme sécurisée que nous utilisons. Ah, et aussi...

Je sors ma carte de visite et la lui donne.

— Voici mon numéro, en cas d'urgence.

J'ai également l'intention de l'épier par les caméras dans la chambre de Slava, mais ça ne suffira pas. Je le sais déjà. J'ai besoin de plus de contacts avec elle, je veux l'entendre me parler, la voir sourire, à moi, pas seulement à mon fils. Les visios ne me satisferont pas totalement, mais c'est le mieux que je puisse faire, à moins de renoncer à ce voyage, et je n'en suis pas encore là.

C'est un besoin impérieux et l'excuse des progrès de Slava est parfaite pour ces appels réguliers.

Mon cœur se serre une fois de plus à la pensée de mon fils, mais cette fois, la douleur s'accompagne d'une espèce de chaleur troublante. Slava a ri avec moi, il m'a regardé avec un sentiment autre que la méfiance ce matin... et c'est grâce à elle, parce qu'elle était là, m'a prêté sa douceur, sa magie rayonnante.

J'en veux plus.

Je veux absorber tout son soleil, l'utiliser pour éclairer chaque recoin sombre et creux de mon âme.

Lentement, prenant soin de ne pas l'effrayer, je m'approche et effleure délicatement sa joue soyeuse sous ma paume. Elle me regarde fixement, immobile, respirant à peine. Ses lèvres de poupée s'entrouvrent, douces et boudeuses, et mes tripes se contractent dans une violente poussée d'envie, une faim aussi insatiable que l'obscurité. Si j'ai envie de la baiser, je veux encore plus la posséder.

Je veux qu'elle soit mienne, corps et âme, l'enchaîner à moi et ne jamais la laisser partir.

Mon intention doit se manifester dans mon attitude, car son souffle reste suspendu et sa gorge tressaute lorsqu'elle avale nerveusement sa salive.

— Nikolai, je...

— Garde l'ordinateur allumé le soir, ordonné-je à mi-voix.

Laissant retomber ma main, je recule de peur de céder à la tempête redoutable qui fait rage en moi.

À la bête qu'aucun raffinement mondain ne parviendrait à cacher.

28

CHLOÉ

*L*e cœur battant, je regarde par la fenêtre de la chambre de Slava alors que Pavel charge une valise sur la banquette arrière d'un beau SUV blanc avant de prendre le volant. Une minute plus tard, Nikolai s'approche du véhicule. En costume gris bien taillé et chemise blanche à rayures, la lanière d'une housse d'ordinateur portable sur son épaule, il a tout d'un homme d'affaires puissant. Avec sa grâce athlétique habituelle, il monte sur le siège passager et ferme la portière.

Je laisse échapper un souffle frémissant et mon pouls ralentit enfin lorsque la voiture s'éloigne, disparaissant sur le chemin sinueux. Je n'ai aucune idée de ce que je ressens à propos de son départ ou de ce qui s'est passé dans son bureau. Allait-il m'embrasser, tout à l'heure ? Si je n'avais pas dit son prénom, aurait-il...

— Chloé ? fait soudain une petite voix aiguë.

Je me retourne avec un sourire, suspendant toutes ces pensées confuses.

— Oui, mon chéri ?

Slava me montre une boîte de Lego.

— Château ?

— Bien sûr, dis-je en souriant. C'est parti.

Je suis contente qu'il se soit souvenu du mot et qu'il se sente assez à l'aise pour m'appeler par mon prénom. C'est vraiment l'un des enfants les plus brillants que j'aie jamais rencontrés, et je ne doute pas que j'aurai beaucoup de choses à raconter à Nikolai quand il m'appellera.

Mon rythme cardiaque s'accélère à nouveau à l'idée de lui parler en vidéo, et je m'occupe en sortant les Lego de la boîte. D'un côté, je suis heureuse que Nikolai soit parti... que pendant les prochains jours, je n'aie pas à affronter sa présence aussi dangereuse que magnétique. Mais d'un autre côté, plus faible celui-ci, je pleure déjà son absence. Le ciel voilé à l'extérieur me paraît plus sombre, plus gris, la maison plus vide et plus froide.

Comme si un élément vital avait disparu de ma vie, laissant derrière lui un sentiment étrangement caverneux.

Je passe le reste de la matinée avec Slava, à jouer à divers jeux éducatifs, puis nous déjeunons dans la salle à manger, rien que nous deux, servis par Lyudmila.

— Mal de tête, me dit-elle quand je lui demande des nouvelles d'Alina. Vous manger, d'accord ?

Je hoche la tête, amusée par sa formulation sommaire. Peut-être que la femme de Pavel serait ouverte à des leçons d'anglais pendant mon séjour ? Il faudra que je lui en propose à un moment ou à un autre. Pour l'instant, je me concentre sur Slava, à qui je sers une généreuse portion de tout ce qui se trouve sur la table. Puis je remplis ma propre assiette tandis que Lyudmila disparaît dans la cuisine. Je ne la revois pas avant le dîner, qu'Alina saute également, me laissant manger seule avec mon jeune élève.

Cela ne me dérange pas. En fait, c'est même un soulagement. Malgré les belles toilettes que Slava et moi avons pris soin d'enfiler pour respecter la coutume familiale, le dîner est infiniment plus décontracté à deux, l'atmosphère dénuée de cette tension dont le frère et la sœur Molotov semblent incapables de se dissocier. Je joue avec ma nourriture, faisant rire Slava aux éclats, tout en lui apprenant les noms des différents aliments, ainsi que les phrases de base sur le thème du repas. En peu de temps, il me demande en anglais de lui passer une serviette, et à grand renfort de gestes et d'expressions faciales, nous parvenons à discuter des plats qu'il aime le plus et de ceux qu'il déteste.

Ce n'est que lorsque Lyudmila emmène Slava se coucher et que je monte dans ma chambre que je me rends compte que j'ai besoin d'Alina. C'est elle qui est censée me créer un compte sur la plateforme de visio sécurisée. Je doute que Nikolai m'appelle ce soir – il est probablement encore dans les airs –, mais il pourrait très bien le faire demain matin. Ou en pleine nuit, selon à quel moment il atterrit.

Cependant, je ne veux pas la déranger si elle est souffrante.

Je commence par les installations classiques. C'est un MacBook Pro haut de gamme aux lignes épurées, et en le déballant de sa boîte, je me rends compte que je n'ai jamais possédé d'ordinateur aussi cher. J'ai du mal à croire que Nikolai le gardait en réserve dans le tiroir de son bureau, comme un banal stylo de rechange.

Mais pourquoi suis-je étonnée ? Cette famille a clairement de l'argent à jeter par les fenêtres.

Je démarre l'ordinateur et passe en revue la nouvelle routine d'installation. Quand j'essaie de me connecter au wi-fi, impossible : le réseau est protégé par un mot de passe. J'ai besoin d'Alina pour ça aussi. Je pourrais demander à Lyudmila, mais elle est en train de coucher Slava en ce moment même, et il n'y a aucune garantie qu'elle connaisse le mot de passe, étant donné la paranoïa des Molotov en matière de sécurité – numérique ou autre.

Avec un soupir frustré, je referme l'ordinateur. Sans internet, je ne peux pas faire grand-chose.

Au moins, ce soir, je vais pouvoir prendre un peu de temps pour moi, à ne rien faire devant la télévision.

Je troque ma robe de soirée contre un legging doux comme du beurre et un t-shirt en coton à manches longues, aussi neufs l'un que l'autre, et je me mets à l'aise sur le lit. Allumant la télévision, je repère une émission sur la nature et je passe l'heure suivante à découvrir les plaines du Serengeti. La narration de David Attenborough est toujours aussi agréable et je me trouve complètement happée par l'histoire qui se déroule à l'écran, mon esprit serein pour la première fois depuis des semaines. C'est seulement lorsque je regarde un lion traquer une gazelle que mes pensées s'orientent vers les tueurs qui me pourchassent, et mon inquiétude revient.

Je ne sais toujours pas qui sont ces hommes ni ce qu'ils voulaient à ma mère. Pourquoi ils l'ont tuée en maquillant cela en suicide. La possibilité la plus logique, c'est qu'elle les ait surpris pendant qu'ils cambriolaient l'appartement, mais alors pourquoi portait-elle sa robe de chambre comme si elle se reposait à la maison ? Et pourquoi la police n'a-t-elle pas remarqué de signes d'effraction ni de vols ?

Enfin, je suppose qu'ils n'ont rien remarqué. Sinon, ils n'auraient pas classé sa mort comme un suicide... Évidemment, dans le cas contraire, cela soulève toutes sortes d'autres questions.

L'autre éventualité, plus probable et beaucoup plus inquiétante, c'est qu'ils soient venus spécifiquement pour la tuer.

J'éteins la télévision, me lève et me dirige vers la fenêtre pour contempler le paysage qui s'assombrit rapidement. J'ai la poitrine oppressée, l'esprit à nouveau en ébullition. Je me suis creusé la tête dans tous les sens depuis ce jour, essayant de trouver des raisons pour lesquelles on pourrait en vouloir à ma mère, et je n'arrive pas à en trouver une seule. Elle n'était pas parfaite, bien sûr, elle pouvait avoir la langue bien pendue quand elle était fatiguée, et elle était sujette à des épisodes dépressifs, mais je ne l'avais jamais vue délibérément méchante envers qui que ce soit. D'aussi loin que je me souvienne, elle a toujours cumulé deux emplois ou plus pour s'en sortir, ce qui lui laissait peu de temps et d'énergie pour rencontrer des gens et se faire des amis – ou des ennemis. À ma connaissance, elle ne sortait avec aucun homme, et ce n'était pas faute d'être draguée.

Elle était belle... à peine âgée de quarante ans quand elle est morte.

J'ai la gorge nouée et une pression lancinante se développe derrière mes yeux. Non seulement j'ai perdu la seule personne au monde qui m'aimait sans condition, mais ses assassins sont libres, dans la nature. La police n'a pas cru un seul mot de ce que je leur ai dit, les journalistes que j'ai contactés n'ont pas répondu à mes e-mails et personne ne recherche les meurtriers de ma mère. Personne ne les traque comme les bêtes enragées qu'ils sont.

C'est tout l'inverse. Ce sont les tueurs qui me pourchassent.

Fait chier !

Pivotant sur les talons, je m'avance vers le lit et récupère l'ordinateur portable. Je ne peux pas rester assise devant la télévision comme si mon monde ne s'était pas écroulé il y a un mois. Pas alors que je suis enfin en sécurité et que j'ai un ordinateur sur lequel effectuer des recherches à loisir. Pendant des semaines, j'ai enchaîné les situations de crise, toute mon énergie exclusivement concentrée sur la survie, sur la fuite, mais les choses ont changé maintenant. J'ai le ventre plein, un endroit sûr où reposer ma tête, et si seulement je pouvais obtenir le mot de passe du wi-fi, un ordinateur portable connecté à internet... Plus besoin de poireauter dans les bibliothèques de petites villes, devant ces postes de travail à la lenteur insupportable, en regardant constamment par-dessus mon épaule, plus besoin d'écrire des e-mails en toute hâte avant de retourner en courant à ma voiture.

Ici, dans l'intimité de ma chambre, je peux prendre mon temps et chercher des preuves pour étayer mes affirmations, constituer une sorte de dossier à apporter à la police.

Je peux essayer de résoudre le mystère du meurtre de maman et retourner la situation contre ses meurtriers. Alors, ce sera leur tour de prendre la fuite.

29

CHLOÉ

*J*e ne sais pas laquelle est la chambre d'Alina, mais elle doit être proche de la mienne pour qu'elle m'ait entendue, les deux nuits précédentes. L'ordinateur contre ma poitrine, je frappe à la porte voisine. Pas de réponse. Je passe à la suivante.

Toujours rien.

J'essaie trois autres portes, plus le bureau de Nikolai, sans résultat. Il ne reste que la chambre de Slava, et comme tout est silencieux à l'intérieur, il doit déjà dormir.

Réprimant ma frustration, je descends. Je suis presque certaine que la chambre de Lyudmila et Pavel est près de la buanderie. J'ai entendu leurs éclats de voix quand j'ai sorti mes vêtements du sèche-linge hier. Avec un peu de chance, Lyudmila ne sera pas encore couchée. Elle pourra me fournir le mot de passe, ou à défaut, m'indiquer où trouver Alina.

Personne ne répond quand je frappe, et Lyudmila n'est ni dans la cuisine ni dans les autres pièces communes du rez-de-chaussée. Je suis sur le point de baisser les bras et de retourner dans ma chambre quand un rire lointain me parvient.

Ça vient de l'extérieur.

Enfin.

Abandonnant l'ordinateur sur une table basse du salon, je presse le pas vers la porte d'entrée et sors dans l'obscurité fraîche et embrumée. Il ne pleut plus, mais l'air est encore humide et un peu froid, la lune dissimulée derrière des nuages épais. Sans la lumière des fenêtres et les lampes solaires de part et d'autre de l'allée, il ferait trop sombre pour que j'y voie quoi que ce soit. Pour le coup, l'atmosphère est plutôt sinistre. J'enroule mes bras autour de moi pour réprimer un frisson et je me dirige vers l'arrière de la maison, suivant les voix.

Je trouve Alina et Lyudmila, assises sur deux rochers au bord de la falaise, un feu crépitant joyeusement devant elles. Elles rient et parlent en russe. En me rapprochant, je me rends compte qu'elles partagent un joint.

L'odeur d'herbe est caractéristique.

À mon approche, elles se taisent. Lyudmila me regarde avec un profond désarroi tandis qu'Alina arbore toujours la même expression énigmatique. La sœur de Nikolai prend une longue bouffée, puis expulse lentement la fumée et me tend le joint.

— Tu en veux ?

J'hésite avant de le prendre avec précaution.

— Pourquoi pas ? Merci.

Je connais bien, pour avoir fumé très souvent en première année de fac, mais ça fait un moment que je n'en ai pas eu l'occasion.

Cela m'aidait à me détendre, cependant, et je pourrais bien en profiter ce soir.

Je m'assois sur un rocher à côté d'Alina et remplis mes poumons de fumée, savourant le goût âcre prononcé, puis je passe le joint à Lyudmila, visiblement sur ses gardes. Alina lui murmure quelque chose en russe et l'autre femme se détend. Elle passe le joint à Alina, qui le prend et le fait tourner. Nous fumons ainsi à tour de rôle, dans un silence chaleureux, jusqu'à ce qu'il ne reste plus qu'un petit bout de mégot.

— Je lui ai dit que tu ne nous dénoncerais pas à mon frère, dit Alina en le jetant dans le feu, provoquant une gerbe d'étincelles. Ou à son mari.

— Ils n'aiment pas l'herbe ?

Ma voix est faible et éraillée, mon esprit agréablement flou. Même la perspective de contrarier mon patron ne m'effraie pas pour l'instant, c'est dire combien je suis détendue. Cela dit, Alina est aussi mon employeuse, techniquement, et c'est elle qui m'a offert le joint, alors je ne suis pas en faute. Quoique... Peut-être que Nikolai est mon unique employeur, après tout.

J'ai du mal à penser clairement.

— Nikolai peut être... tendu sur certains points. Et Pavel ne lui cache absolument rien.

Alina pousse une braise rougeoyante du bout de sa

chaussure et je remarque vaguement qu'elle porte des talons aiguilles et une robe de cocktail bleue qui serait parfaite à un vernissage dans une galerie d'art. La seule concession qu'elle a faite à la nature sauvage qui nous entoure est une fausse fourrure blanche jetée sur ses épaules fines – sans doute pour se protéger de la fraîcheur nocturne. Elle a toujours son rouge à lèvres et son trait d'eye-liner habituels.

— Lyudmila a dit que tu avais mal à la tête, lancé-je avant de pouvoir me retenir. Tu t'habilles et tu te maquilles même quand tu es malade ?

Alina rit tout bas en allumant un autre joint. Elle aspire une bouffée et le tend à Lyudmila, qui fait de même et me l'offre. Je m'apprête à le prendre avant de changer d'avis. Je sais par expérience que je suis aussi détendue que possible. Au-delà, ça ne ferait que me ralentir le cerveau. Je suis déjà bien assommée, car ce premier joint était puissant, plus fort que tout ce que j'ai essayé. En plus, si je suis venue ici, c'était pour une bonne raison, pas pour me défoncer.

— Ça ira, merci, dis-je en retirant ma main.

Avec un haussement d'épaules, Lyudmila rend le joint à Alina.

Je regarde les flammes crépiter et danser pendant que les deux femmes fument et conversent en russe. J'aimerais parler leur langue pour les comprendre, mais ce n'est pas le cas et le rythme régulier de leurs paroles m'évoque un torrent de montagne qui coule à flots, leurs mots s'entremêlant, défiant toute compréhension.

Est-ce l'impression que je donne à Slava quand je parle ? Ou à Lyudmila ?

Était-ce comme ça pour ma mère quand elle est arrivée en Amérique depuis le Cambodge ?

Elle n'a jamais beaucoup parlé de ses premières années. Tout ce que je sais, c'est qu'elle a été adoptée par le couple de missionnaires lorsqu'elle avait environ l'âge de Slava. Je n'ai jamais insisté pour connaître les détails, évitant d'évoquer de mauvais souvenirs. J'ai toujours pensé que nous aurions toute la vie pour parler et qu'elle finirait par me le raconter, s'il y avait quelque chose à dire.

J'ai été bête, sans vision à long terme.

J'aurais dû apprendre tout ce qu'il y avait à savoir sur ma mère quand j'en avais l'occasion.

Le rire d'Alina attire mon attention et je détourne mon regard des flammes pour la dévisager. Ses traits sont vraiment saisissants. Ce serait facile de l'envier, tant pour sa beauté extraordinaire que pour sa richesse, mais pour une raison quelconque, je n'ai pas l'impression que la sœur de Nikolai soit particulièrement heureuse. Même maintenant, alors qu'elle doit être franchement défoncée, son rire a un côté nerveux... comme si elle était fragile derrière sa façade policée. Peut-être est-ce la lueur du feu qui adoucit la perfection de porcelaine de sa peau, mais ce soir, elle a l'air plus jeune que la fin de vingtaine que je lui avais donnée.

Beaucoup plus jeune.

— Tu as quel âge ? demandé-je tout à coup, laissant tomber les marques de politesse.

Je crains presque d'avoir accepté de l'herbe d'une adolescente.

Une fraction de seconde plus tard, je me rappelle qu'elle est diplômée de Columbia, elle doit avoir au moins mon âge, mais il est trop tard pour revenir sur ma question intrusive.

À mon grand soulagement, Alina ne semble pas trouver cela inapproprié.

— Vingt-quatre ans, répond-elle d'un ton rêveur. Vingt-cinq la semaine prochaine.

Le regard légèrement flou, elle se penche et touche mes cheveux, faisant glisser une mèche entre ses doigts.

— On t'a déjà dit que tu ressembles un peu à Zoë Kravitz ?

Sans attendre de réponse, elle effleure ma mâchoire du bout des doigts.

— Je comprends pourquoi tu plais à mon frère. Si jolie... toute douce et fraîche...

Avec un petit rire, je repousse sa main.

— Tu es trop défoncée.

Je peux sentir le regard de Lyudmila sur nous, curieux et plein de jugement. Mon visage s'embrase quand je me demande si elle a compris tout ce qu'a dit Alina... et ce qu'elle sait déjà. Ces deux-là semblent être de bonnes amies, et je ne serais pas étonnée d'apprendre que j'étais l'objet de leurs rires, tout à l'heure, au moins en partie.

— Extrêmement défoncée, convient Alina en jetant

le second mégot dans le feu. Mais ça ne change pas les faits.

Les coudes sur ses genoux, elle se penche en avant. La lumière du feu se reflète dans ses yeux lorsqu'elle me dit doucement :

— Ne tombe pas amoureuse de lui, Chloé. Ce n'est pas un chevalier qui volera à ton secours.

Je recule vivement.

— Je ne cherche pas un...

— Bien sûr que si.

Sa voix reste affable, mais son regard s'aiguise jusqu'à devenir aussi tranchant qu'un couteau, les vapeurs du joint momentanément dissipées.

— Tu as besoin d'un chevalier en armure étincelante, noble, gentil, avec un cœur pur, un protecteur qui te chérirait et t'aimerait. Ce n'est pas mon frère, ni pour toi ni pour personne. Les hommes n'aiment pas, dans la famille Molotov. Ils possèdent. Et Nikolai ne fait pas exception.

Je la regarde, mon estomac noué alors que l'agréable torpeur dans laquelle j'étais plongée s'estompe, ma tête un peu plus claire à la seconde. Je ne comprends pas ce qu'elle veut dire, du moins pas complètement, mais je ne doute pas qu'elle soit sincère, que son avertissement soit destiné à me protéger.

En reculant, Alina allume un troisième joint et me le tend.

— Encore ?

— Non, merci. Je... euh...

Je me racle la gorge pour retrouver une voix claire.

— En fait, j'ai besoin du code wi-fi. C'est pour ça que je suis venue ici pour te chercher. Nikolai voulait que tu m'installes la plateforme de visio. Si tu t'en sens capable, bien sûr.

Elle tire une longue bouffée et me souffle lentement la fumée au visage.

— Ça peut se faire.

Puis elle tend le joint à Lyudmila et se lève.

— Allons-y.

Avec une démarche à peine instable, elle m'accompagne vers la maison.

Une fois dans le salon, je lui tends l'ordinateur portable. Avec un étonnement non dissimulé, je la regarde manipuler les réglages et saisir le mot de passe, ses doigts élégants survolant le clavier. Sans la forte odeur d'herbe qui s'accroche à ses cheveux et à ses vêtements, et si je ne l'avais pas personnellement vue fumer une majeure partie de ces deux joints, sans compter ceux qu'elle avait déjà partagés avec Lyudmila avant mon arrivée, je n'aurais jamais deviné qu'elle était défoncée.

Elle s'avère tout aussi compétente dans l'installation du logiciel de visio et la configuration du compte, ses ongles vernis voletant à une vitesse qui ferait la fierté d'un hacker.

— Tu es vraiment douée avec tout ça, dis-je une fois qu'elle m'a remis l'ordinateur portable en m'expliquant les bases du logiciel. Tu as fait des études d'informatique ou quelque chose comme ça ?

— Seigneur, non ! s'exclame-t-elle en riant. J'ai fait éco et sciences po, comme Nikolai. Konstantin est le geek de la famille. Nous, eh bien, disons qu'on se débrouille.

— Je vois. Bon, merci.

Je ferme le portable et le glisse sous mon bras.

— Je vais me coucher. Est-ce que tu... ? demandé-je en désignant la porte d'entrée.

Elle acquiesce avec un demi-sourire.

— Lyudmila m'attend. Bonne nuit, Chloé. Fais de beaux rêves.

30

CHLOÉ

*D*e retour dans ma chambre, je prends une douche pour m'éclaircir les idées, puis j'enfile mon pyjama. Enfin, vibrante d'impatience, je me mets à l'aise sur le lit, ouvre l'ordinateur et lance le navigateur.

Je commence par chercher des informations sur la mort de ma mère. Il n'y a pas grand-chose, juste une nécrologie et un bref article dans un journal local. Une femme a été retrouvée morte dans son appartement de Boston, rien de plus. Aucun texte n'entre dans les détails, omettant avec tact toute mention de suicide. Comme j'ai déjà lu cet article et l'annonce du décès dans la rubrique nécrologique à l'occasion d'un arrêt dans une bibliothèque de l'Ohio, il y a quelques semaines, je n'y consacre pas beaucoup de temps. Je me contente de noter le nom de la journaliste et je cherche ses coordonnées, puis je me connecte à mon compte

Gmail et je lui envoie un long message détaillé décrivant exactement ce qui s'est passé ce jour de juin.

Peut-être aurai-je plus de chance avec elle qu'avec les autres journalistes que j'ai contactés jusqu'à présent. Aucun n'a pris la peine de me répondre. Sans doute m'ont-ils prise pour une timbrée, tout comme la police. Il faut dire que lorsqu'on travaille pour un grand média, on doit avoir affaire à toutes sortes de fous. Dans les films, c'est toujours le petit journaliste qui se montre suffisamment intrigué pour enquêter. Peut-être que ce sera le cas ici aussi.

L'espoir fait vivre.

Ensuite, je tape le nom de maman dans Google et je vois ce que je peux trouver d'autre. Peut-être y a-t-il quelque part une mention de sa double vie secrète, quelque chose qui expliquerait pourquoi on s'en prendrait à elle.

Et peut-être aussi que les poules auront des dents...

Je trouve exactement ce que j'attendais : absolument rien. La seule chose que me donne ma recherche, c'est le profil Facebook de maman. Je passe la demi-heure suivante à lire sa page tout en luttant contre les larmes. Maman n'aimait pas exposer sa vie, alors le nombre de ses amis se limite à deux chiffres et ses posts sont peu nombreux. Une photo de nous deux, habillés pour aller en boîte à l'occasion de mon vingt et unième anniversaire, un cliché du bouquet de fleurs que ses collègues du restaurant lui ont offert pour ses quarante ans, une vidéo de moi en train de donner une feuille de laitue à une girafe pendant nos récentes vacances à

Miami... Son profil évoque à peine les moments forts de notre vie, alors pour y trouver des indices, c'est mission impossible.

Pourtant, j'examine soigneusement les profils de tous ses amis Facebook, au cas où l'un d'entre eux serait un dealer de drogue assez stupide pour l'annoncer sur les réseaux sociaux. Franchement, c'est la meilleure piste que je puisse chercher.

Maman a été témoin de quelque chose qu'elle n'aurait pas dû voir, et c'est pour cette raison que ces hommes sont venus la chercher, tout comme ils se sont lancés à ma poursuite, parce que je les ai vus et que je sais que sa mort n'était pas un suicide.

Certes, les preuves sont inexistantes, mais je ne vois pas d'alternative raisonnable. Enfin, il y a toujours l'éventualité d'un cambriolage qui aurait mal tourné, mais cette idée soulève beaucoup trop de problèmes. C'est vrai, après tout, des armes munies de silencieux ? Quels cambrioleurs poussent le souci du détail aussi loin ?

Plus j'y pense, plus je suis convaincue que ces hommes sont venus pour la tuer.

Une grande question demeure : pourquoi ?

Trois heures plus tard, je referme l'ordinateur après avoir supprimé l'historique de mon navigateur et effacé les cookies, au cas où je devrais le rendre à l'improviste. J'ai l'impression que mes yeux ont été frottés avec du papier de verre à cause de cette lecture intensive sur l'écran, et les effets lénifiants du joint se sont dissipés depuis longtemps, me laissant fatiguée et abattue. J'ai cherché sur Google tout ce qui me venait à l'esprit concernant la vie et la mort de maman, j'ai parcouru les sites d'actualités locales à la recherche d'autres crimes commis à la même époque, dans le cas peu probable où les meurtriers de maman soient deux tueurs en série associés, et j'ai passé au crible chacun de ses amis Facebook et de ses collègues du restaurant avec la persévérance du troll le plus acharné. J'ai même enquêté sur la mort de ses parents adoptifs, au cas où leur accident de voiture aurait été plus suspect que ce que l'on m'avait dit à l'époque, mais il semble bien que ce soit un chauffard ivre qui les ait percutés sur l'autoroute.

Je n'ai rien à présenter à la police, pas le moindre os à ronger. Pas étonnant qu'ils ne m'aient pas crue quand j'ai fait irruption au poste, ce jour-là, toute tremblante et hystérique.

Je devrais probablement m'arrêter là pour ce soir. J'y réfléchirai demain à tête reposée. Pourtant, malgré ma fatigue, mon esprit bouillonne de toutes sortes de questions troublantes, dont seulement certaines concernent la mort de maman. Car il y a un autre mystère auquel je ne me suis pas encore autorisée à penser et qui pourrait tout aussi bien avoir une incidence sur ma sécurité.

Qui est Nikolai Molotov, au juste, et que voulait dire Alina avec son étrange avertissement ?

Je regarde l'oreiller, puis l'ordinateur. Il est tard et je devrais vraiment me coucher. Mais les chances de trouver le sommeil alors que je suis encore aussi survoltée sont quasi-nulles.

Oh, et puis zut ! Qui a besoin de dormir, après tout ?

Je rouvre l'ordinateur portable et tape « Nikolai Molotov » dans le navigateur.

31

NIKOLAI

*L*a première chose que je fais à mon arrivée à l'hôtel, c'est d'allumer mon ordinateur portable, de lancer la vidéo de la chambre de Slava et de vérifier que mon fils dort paisiblement.

C'est le cas. Sa veilleuse en forme de voiture, que nous laissons toujours allumée, éclaire ses traits paisibles, révélant un petit poing replié sous sa joue potelée. Mon cœur bat plus fort à cette vue, une douleur désormais familière se propageant dans ma poitrine. Je ne le comprends toujours pas, pas plus que je ne comprends mon obsession croissante pour sa jeune prof, mais je ne peux pas nier qu'il est aussi réel et concret que ma haine envers la femme qui lui a donné naissance.

Envers Ksenia et tous les Leonov, ce clan de vipères.

La rage est un brasier dans mon ventre et je m'efforce de ne pas y penser. Demain, il sera temps de m'occuper de leur dernier sabotage. Pour l'heure, j'ai des choses plus agréables à penser.

Ouvrant une nouvelle fenêtre, j'affiche le flux de la webcam sur l'ordinateur portable de Chloé, et une lueur chaude se répand en moi lorsque son joli visage apparaît à l'écran. Malgré l'heure tardive, elle est réveillée, son front lisse soucieux alors qu'elle regarde attentivement son ordinateur. Elle doit faire quelque chose en ligne, car je vois que son navigateur est actif. En consultant son historique, j'ai le plaisir de constater qu'elle fait des recherches sur moi.

J'espérais qu'elle penserait à moi, tout comme je pense à elle.

Elle ne se doute pas que je peux la voir, bien sûr. L'ordinateur que je lui ai donné provient d'un lot spécial modifié par l'une des entreprises les plus douteuses de Konstantin. On dirait un Mac normal parfaitement neuf, mais un logiciel espion indétectable y est installé, qui nous permet de garder un œil sur divers hommes d'affaires et politiques influents.

De nombreuses affaires ont été conclues grâce à ce logiciel bien pratique et aux secrets qu'il a révélés.

Je l'observe quelques minutes, amusé lorsqu'elle tente de déchiffrer l'article d'un journal russe en utilisant les outils de traduction gratuits sur le web. Elle fronce le nez de manière adorable, comme chaque fois qu'elle est perplexe, et ses yeux sont tour à tour grands ouverts et réduits à deux fentes. Pendant tout ce temps, ses dents triturent sa lèvre inférieure. J'aimerais mordre cette lèvre pulpeuse, puis l'apaiser par un baiser, avant de reprendre la manœuvre sur tout son délicieux petit corps.

Mon sexe se manifeste à cette pensée et je prends une inspiration pour me détourner de la chaleur qui monte en moi. Aussi agréable que ce soit de l'observer, ce que je veux encore plus, c'est lui parler, entendre sa voix douce et rauque, voir son sourire radieux. Ce sourire me manque.

Putain, *elle* me manque.

C'est ridicule, je le sais bien. Je la connais depuis une semaine, et nous avons été séparés moins d'une journée. Mais c'est comme ça, c'est inévitable. Le destin l'a amenée à moi, et maintenant elle est mienne, même si elle l'ignore encore. Sans ce voyage impromptu, elle serait déjà dans mes bras. Il a fallu que les Leonov mettent leurs sales pattes dans nos affaires et voilà...

Avec une autre inspiration, j'ouvre le logiciel vidéo de Konstantin et lance l'appel.

CHLOÉ

*J*e suis en train de comparer minutieusement la traduction Bing de l'article russe à la version de Google dans l'espoir de donner un sens à trois phrases particulièrement déroutantes lorsqu'un tintement léger retentit. C'est une demande de visio, avec la photo de Nikolai dans l'encadré.

Mon rythme cardiaque s'emballe et ma respiration s'accélère de façon incontrôlable. Quand on parle du loup... ou en l'occurrence, quand on fait des recherches sur le loup. Est-ce possible ? Peut-il savoir que je me renseigne à son sujet en ce moment même ?

Est-ce pour cela qu'il appelle si tard ? Pour me virer parce que j'ai fouiné éhontément ?

Non, ce serait de la folie. Il vient d'atterrir, plus vraisemblablement, et il a vu sur l'appli que j'étais en ligne.

Avec une inspiration tremblante, je lisse mes cheveux avec mes paumes et clique sur « accepter ».

Son splendide visage s'affiche à l'écran et mon cœur redouble d'ardeur.

— Bonsoir, zaychik, me dit-il.

Sa voix est toujours aussi suave, son regard hypnotique même à travers la caméra. La qualité de la vidéo est incroyable, on croirait un film en HD. Je peux tout voir, depuis les virgules artistiques sur le tableau abstrait suspendu au mur, quelques mètres derrière son fauteuil, jusqu'aux mouchetures vert sapin dans ses yeux ambrés. Il vient d'arriver, parce qu'il porte toujours la chemise et la cravate qu'il avait en partant, mais au lieu de paraître fatigué et froissé, comme une personne normale après un vol transatlantique, il est l'image même de l'élégance naturelle, ses cheveux noirs brillants toujours aussi impeccables.

Prenant conscience que je le regarde comme une groupie transie, je force mes cordes vocales à réagir.

— Bonsoir.

Ma gorge est encore un peu râpeuse après avoir fumé, mais j'espère qu'il attribuera cela à l'heure tardive.

— Comment s'est passé ton vol ?

Ses lèvres sensuelles dessinent un sourire chaleureux.

— Sans encombre. Pourquoi es-tu encore réveillée ? Il est plus de minuit là-bas.

— Oh, je n'ai pas sommeil.

Surtout maintenant que je lui parle. Cet appel

équivaut à cinq espressos pour mon organisme. Même ma fatigue a disparu, remplacée par une sorte d'exaltation nerveuse qui n'est que partiellement liée à ce que je lisais.

Comme je le soupçonnais, les Molotov sont très riches. Ce sont des hommes d'affaires qui ont pignon sur rue en Russie. « L'une des plus puissantes familles d'oligarques », d'après un article russe traduit par Google. Nikolai et ses frères – et avant eux, Vladimir, leur père – sont souvent mentionnés dans la presse russe. J'ai même trouvé une photo de l'année dernière où Nikolai est assis à côté du président russe lors d'un événement de la haute société à Moscou, aussi détendu et à son aise que lors des dîners en famille.

Ce que je n'ai pas trouvé, à mon grand soulagement, c'est une quelconque mention de la mafia ou d'affiliations criminelles, même si je n'ai peut-être pas creusé assez profondément. Même avec l'aide des outils de traduction disponibles, c'est difficile de trouver les bons termes de recherche en russe, et curieusement, il y a très peu de choses sur la famille de Nikolai en anglais, à l'exception d'une brève mention sur CNN dans un article au sujet d'un oléoduc en Syrie posé par l'une de leurs sociétés pétrolières, un paragraphe sur Bloomberg au sujet d'un nouveau médicament contre le cancer développé par leur boîte pharmaceutique, une ligne sur Vladimir Molotov dans un article du *New York Times* consacré aux grandes fortunes russes. Il n'y a rien sur Wikipédia, rien dans la presse à scandale. Ils ne figurent même pas sur les listes de *Forbes*, contrairement à plusieurs autres milliardaires russes, alors que les Molotov semblent plus riches encore.

Bien sûr, il est possible que je n'aie rien trouvé à cause de toutes les références aux cocktails Molotov qui encombrent les résultats de recherches. Je vais devoir demander à Nikolai ou à sa sœur s'ils ont un lien avec ce ministre des Affaires étrangères soviétique dont les explosifs artisanaux tristement célèbres tirent leur nom.

À ma réponse, Nikolai fronce les sourcils devant la caméra, visiblement inquiet.

— Tu n'as pas fait un autre cauchemar, si ?

Je secoue la tête avec un sourire.

— Je ne me suis pas encore couchée.

Peut-être est-ce l'absence de découvertes alarmantes ou l'idée que son corps si vibrant et torride, capable d'éveiller le mien par sa proximité, est à des milliers de kilomètres, toujours est-il que je me sens plus calme en lui parlant ce soir, plus en sécurité. Après tout, il est possible que les expériences que j'ai vécues ce dernier mois m'aient mis les nerfs à fleur de peau, me poussant à voir le danger là où il n'existe pas. Il est possible que tous les prétendus signaux d'alarme, la cicatrice de sa blessure par balle et ses articulations abîmées, ainsi que les gardes et toutes les mesures de sécurité, aient des explications parfaitement inoffensives. D'ailleurs...

— Tu as déjà servi dans l'armée ? demandé-je sur une impulsion.

La tension quitte mes épaules lorsque Nikolai hoche la tête. Un petit sourire lui vient alors qu'il se penche en arrière sur son fauteuil.

— Dans ma famille, nous avons longtemps servi sous les drapeaux, avec les honneurs. Mon père a insisté pour que mes frères et moi suivions la tradition. Nous nous sommes tous les trois enrôlés à dix-huit ans et nous avons servi pendant plusieurs années.

Il penche la tête pour me dévisager avec attention.

— Tu te posais des questions ? fait-il en touchant son épaule gauche.

— Oui, avoué-je un peu maladroitement.

Je commence à me sentir idiote d'avoir laissé libre cours à mon imagination.

— Que s'est-il passé ? On t'a tiré dessus ?

— Oui, un sniper. Heureusement, il m'a raté.

— Raté ?

Ses dents blanches illuminent son sourire.

— Je ne suis pas mort, n'est-ce pas ?

— Non, Dieu merci.

Pourtant, mon cœur se serre quand je songe à cette cicatrice et à la douleur qu'il a dû ressentir quand la balle a déchiré sa chair.

— Tu as mis du temps à t'en remettre ?

— Quelques semaines. Je n'avais que vingt ans à l'époque, ça m'a aidé.

— Ça n'a vraiment pas dû être drôle.

Incapable de résister à la tentation, je demande :

— Tu continues à t'entraîner encore aujourd'hui ? Les combats, tout ça, je veux dire ?

J'essaie d'être subtile, mais il voit clair dans mes intentions.

Avec un sourire amusé, il lève les mains et les tourne pour montrer à la caméra ses articulations meurtries.

— C'est par rapport à ça, j'imagine ? Je m'entraîne avec mes gardes, parfois. Ils viennent de mon ancienne unité, alors on s'exerce au combat de temps en temps, quand Pavel n'est pas disponible.

Je lui rends son sourire, tellement soulagée que je pourrais pleurer. Bien sûr, ses gardes sont d'anciens copains de l'armée. C'est parfaitement logique et ça en dit long sur sa loyauté.

— Pavel aussi était dans l'armée avec toi ?

J'imagine facilement l'ours bourru en treillis militaire, avec un M16 en bandoulière et même un char d'assaut sur les épaules !

À ma grande surprise, Nikolai secoue la tête.

— Non, c'est avec mon père qu'il a servi. Il s'est enrôlé à l'âge de quatorze ans, et comme il avait déjà sa taille actuelle et semblait avoir vingt-cinq ans, personne ne l'a refusé.

— Waouh. Alors, il connaissait ta famille avant ta naissance ?

— Bien avant, confirme Nikolai. Mon père l'a engagé directement après l'armée, et depuis, il est avec nous.

— Lyudmila aussi ?

— Non, ils ne sont mariés que depuis une dizaine d'années, répond-il en riant. Alina a failli piquer une crise quand il nous a présenté Lyudmila pour la première fois. Je crois que ma sœur avait l'impression que Pavel était sa propriété exclusive.

J'écarquille les yeux.

— Elle craquait pour lui ?

— Non, pas vraiment. Je pense qu'elle le considérait plutôt comme un second père.

Son sourire disparaît, et une sombre impression envahit son regard, l'espace d'un instant, avant que ses lèvres ne retrouvent leur sensualité habituelle, ce sourire cynique et séduisant qui, je m'en rends compte maintenant, dissimule ses véritables émotions. Se penchant plus près de la caméra, il reprend avec douceur :

— Mais assez parlé d'eux. Raconte-moi ta journée, zaychik. Qu'as-tu fait avec Slava pendant mon absence ?

C'est vrai, c'est pour ça qu'il appelle : pour avoir un rapport sur son fils. Cachant ma déception irrationnelle, je retrouve mon rôle de prof particulier et le renseigne sur nos activités et les progrès de Slava. Il écoute attentivement, m'interrompant de temps en temps pour poser des questions complémentaires. Alors que notre conversation se poursuit, je me rends compte que je dois réviser une autre opinion négative que j'avais à son sujet.

Nikolai tient à son fils. Beaucoup.

J'en ai eu un aperçu ce matin, quand Slava et moi étions allongés sur le lit, et je le vois maintenant dans la tendresse sur son visage quand je parle du garçon. Je ne sais pas pourquoi il refuse de protéger son fils contre des dangers aussi évidents qu'un couteau tranchant, mais ce n'est pas parce qu'il ne l'aime pas. Il l'aime, seulement à en juger par sa façon de se comporter avec le garçon, je ne serais pas surprise qu'il ait du mal à l'admettre.

Je pense que Nikolai souhaiterait être plus proche de son fils, sans savoir comment s'y prendre.

Je pense... que c'est peut-être quelqu'un de bien, après tout.

L'avertissement d'Alina me revient à l'esprit, mais je le repousse. Elle était défoncée et il y a clairement une tension entre le frère et la sœur, une histoire qui m'échappe. J'ignore ce qu'elle croit savoir sur ma relation avec Nikolai, mais il n'est clairement pas question d'amour. De sexe, peut-être. Je suis assez réaliste pour avouer que ma détermination à ne pas coucher avec mon patron est bien faible en comparaison avec l'attirance irrépressible entre nous. Mais l'amour, c'est un tout autre jeu. Je serais ridicule de tomber amoureuse d'un homme comme Nikolai, sans doute habitué à ce que les plus belles femmes du monde se jettent à ses pieds. Si on couchait ensemble, ça ne signifierait rien pour lui. Et je ne peux pas me permettre de sentiments plus profonds.

De toute façon, mieux vaut nous abstenir.

Au moins, personne n'en souffrira.

Nous parlons de Slava pendant encore une vingtaine de minutes avant que l'heure tardive ne me rattrape. Un bâillement m'échappe en plein milieu d'une phrase. Je l'étouffe tout de suite, mais ce n'est pas passé inaperçu.

— Tu tombes de fatigue, murmure-t-il, me regardant avec inquiétude. Tu aurais dû me le dire, zaychik. Je ne veux pas t'empêcher de dormir.

— Non, non, ça va. Je suis juste...

Un autre bâillement incontrôlable interrompt mes paroles et je le réprime du revers de la main avant de lui adresser un sourire contrit.

— Bon, d'accord, je crois que c'est l'heure de dormir pour moi. Comment fais-tu pour être encore bien réveillé ? Tu dois être en plein décalage horaire.

Les paillettes vertes dans ses yeux irradient.

— Je n'ai pas besoin de beaucoup de sommeil.

C'est évident. Je ne serais pas étonnée qu'il soit en partie surhumain, ce qui expliquerait l'extraordinaire beauté qu'il partage avec sa sœur.

— Bon, eh bien, bonne nuit quand même, dis-je en réprimant un autre bâillement. Et bonne chance avec tout ce que tu as à faire.

— Merci, zaychik.

Son sourire exprime une certaine affection.

— Dors bien. Je t'appelle demain soir.

Sur ce, il éteint l'appli. Alors que je range l'ordinateur portable, je suis consciente que mon cœur bat à un rythme nouveau et irrégulier, ma poitrine emplie d'une chaleur que je n'ose pas analyser.

33

NIKOLAI

Je ferme les yeux après la déconnexion, essayant de me raccrocher au sentiment de bien-être inhabituel que cet échange avec Chloé a entraîné, mais il s'estompe rapidement. À la place, je retrouve la sinistre liste de mes tâches pour la journée, associée à une impatience fébrile.

Cela fait six mois que je ne suis pas revenu dans ce monde. Six mois que je me suis détaché de notre entreprise à tous les niveaux, pas seulement en surface. J'aimerais dire que je déteste mon retour forcé dans le monde des affaires, mais je ne peux pas nier mon excitation à cette perspective, mon sang qui circule plus vite dans mes veines.

Rouvrant les yeux, je ferme l'ordinateur et me lève.

Il est temps de se mettre au travail.

Pavel m'attend déjà dans le hall de l'hôtel et nous sortons ensemble. Notre destination est une petite taverne, à quelques pâtés de maisons, ou plus précisément, son sous-sol.

La vue qui nous accueille une fois en bas n'est pas belle. Un homme est suspendu par les poignets à une chaîne boulonnée au plafond, la pointe de ses bottes effleurant à peine le sol bétonné. Son visage livide est contusionné et gonflé, son nez tordu et sa lèvre supérieure couverte de sang foncé. Deux des hommes de Valery sont à côté de lui, le visage froid et le regard vide.

— Quelque chose ? demandé-je à l'un d'eux, qui secoue la tête.

— Il prétend qu'il n'a pas le code de l'entrée. C'est un mensonge. On l'a vu l'utiliser.

— Hmm.

Je m'approche du captif et décris lentement un cercle autour de lui. La respiration lui revient. Une odeur âcre d'urine émane de son entrejambe, et je vois des taches douteuses et du sang séché sur son uniforme beige Atomprom.

Le pauvre gars sait qu'il est foutu.

— Comment tu t'appelles ? ordonné-je en m'arrêtant devant lui.

Il me regarde, la bouche tremblante, puis il s'écrie :

— Je ne connais pas le code. Je ne le connais pas !

— Je t'ai demandé ton nom. Tu le connais, n'est-ce pas ?

— Iv...

Sa voix se brise. On dirait presque un adolescent, pas un homme d'une vingtaine d'années.

— Ivan.

— Bon, Ivan. Je sais que tu ne veux pas t'attirer les foudres de ton boss, mais tu n'as pas vraiment le choix.

Je lui adresse un sourire compatissant.

— Tu en es bien conscient, n'est-ce pas ?

— Je ne connais pas le code !

Des perles de sueur se forment sur son front.

— Je le jure, je le jure sur la vie de ma mère.

— Elle est morte, Ivan. Elle est morte dans l'incendie d'une usine quand tu avais quinze ans. Une tragédie, je suis désolé.

Son visage devient blanc comme un linge et je continue sur le même ton faussement compatissant.

— Écoute, tu n'es pas un mauvais bougre, Ivan. Tu as eu une vie difficile, et tu as fait tout ce que tu pouvais pour aider ta famille et prendre soin de ta petite sœur. Elle est en seconde maintenant, c'est ça ?

— V... vous...

Il tremble presque trop violemment pour parler.

— Bande de salopards !

— Les insultes ne te mèneront nulle part, dis-je en secouant la tête. Bon, écoute-moi, Ivan. Je peux les laisser t'extorquer une réponse.

À ces mots, je désigne les gardes si froids qu'ils en paraissent inhumains.

— S'ils échouent, il y a toujours mon associé... ajouté-je en regardant Pavel, silencieux dans un coin. Il est très doué avec les couteaux. Sans parler de toutes les autres tactiques bien moins reluisantes que mon frère aime utiliser. Mais pourquoi aller aussi loin alors qu'on peut tout simplement passer un marché, tous les deux ?

Sa pomme d'Adam rebondit lorsqu'il déglutit.

— Quel genre de marché ?

Je lui souris gentiment.

— Tu redoutes les Leonov, n'est-ce pas ? C'est pour ça que tu es si courageux. Tu te fiches de l'usine que tu es censé surveiller. Qu'est-ce que ça peut te faire qu'on obtienne le code d'entrée, après tout ? Mais la famille Leonov...

Je me remets à marcher lentement autour de lui.

— ... ils peuvent te faire des choses, à toi et à tes proches. À ta petite sœur.

Enfin, je m'arrête devant lui.

— Fais-moi signe si c'est vrai.

Il hoche le menton dans un mouvement à peine perceptible, le visage luisant de sueur.

— C'est bien ce que je pensais.

Je sors un mouchoir de ma poche et lui tamponne le front.

— Alors, que penses-tu de ça ? Tu nous donnes le code d'entrée et tu nous dis tout ce que tu sais sur le protocole de sécurité de l'usine où tu travailles, et on te met, toi et ta famille, dans le premier avion vers la destination de ton choix. Ça peut être n'importe où : le Zimbabwe, les îles Fidji, la Thaïlande... les Caïmans. Si en plus de ça tu nous donnes un nom, on t'y envoie avec une nouvelle identité et 100 000 dollars en liquide comme prime de déménagement. Qu'est-ce que tu en dis ?

Le souffle court, il me regarde, l'espoir aux prises avec la peur dans ses yeux.

— Je sais ce que tu penses, Ivan, continué-je doucement, laissant tomber le tissu souillé sur le sol. Comment peux-tu avoir la certitude que j'honorerai ma part du marché ? Qu'est-ce qui nous empêche de te tuer dès que tu nous auras dit ce que nous voulons savoir, c'est ça ?

Il déglutit à nouveau.

— C'est... c'est ça.

— Tu n'as aucune garantie, dis-je avec un soupçon de cruauté dans mon sourire. Absolument aucune. Mais cela n'a pas d'importance, parce que la confiance est ton unique option. Sinon, tu passeras aux aveux sous la torture, et quand les Leonov apprendront notre intrusion dans l'usine, ils chercheront le coupable. Quand ils découvriront que c'est toi, ils se vengeront sur ta famille. Tu comprends, Ivan ? Tu sais ce que tu dois faire si tu veux que ta sœur ait la vie sauve ?

Son menton remue lorsqu'il me regarde, des larmes au coin de ses yeux. Enfin, il secoue la tête, vaincu.

— Allez, maintenant, raconte à ces messieurs ce qu'ils veulent savoir.

Je me détourne et fais un signe de tête aux hommes de Valery, qui s'empressent de sortir leurs téléphones pour commencer à enregistrer.

— Tu n'étais pas obligé de faire ça personnellement, tu sais, dit Pavel à voix basse en sortant de la taverne. Ils auraient pu lui soutirer les réponses. Au pire, je serais intervenu. Ça nous aurait coûté moins cher.

— Peut-être. Mais au moins, on sait qu'il ne nous raconte pas de conneries pour faire cesser la douleur.

Je regarde mon garde du corps qui ne cesse de jeter des coups d'œil circulaires, même si les hommes de Valery ont déjà pris soin de sécuriser le périmètre.

— Il est prouvé que les informations obtenues sous la torture ne sont pas fiables.

— Pas sous *ma* torture, dit-il froidement, m'arrachant un rire sans joie.

— Tu as peur que ton couteau soit rouillé ?

Pavel ne le nie pas. Je sais bien que l'action lui manque, tout comme à moi, du moins jusqu'à présent. À l'heure actuelle, je préférerais être dans l'Idaho avec Chloé. J'aimerais être auprès d'elle si elle fait un autre cauchemar. Je veux pouvoir la tenir, l'apaiser, la réconforter... et bien sûr, la séduire. Sa détermination est déjà vacillante, je le sens. C'est pour cette raison que j'ai décidé de la rassurer sur mes articulations abîmées et la cicatrice sur mon épaule.

Je n'ai pas l'intention de lui mentir sur le genre d'homme que je suis, mais je ne veux pas qu'elle me craigne.

Je ne lui ferai pas de mal... pas comme ça, du moins.

— Tu as déjà organisé une réunion avec le chef de la Commission de l'énergie ? me demande Pavel alors que nous nous arrêtons à une intersection.

Je hoche la tête, chassant Chloé de mes pensées.

— Je le rencontre lundi pour le déjeuner, dis-je en traversant la rue lorsque le signal passe au vert.

Il m'a fallu trois tentatives pour le joindre, mais j'ai réussi. Je le savais.

— C'est aussi pour ça que j'ai choisi cette option avec Ivan, continué-je. On n'avait pas le temps de le faire céder dans les règles de l'art. Il nous fallait ce code le plus vite possible.

— Ça ne m'aurait pas pris très longtemps non plus, marmonne Pavel.

Je ris encore à sa remarque lorsqu'une moto surgit au coin de la rue dans un vrombissement de moteur et fonce droit sur moi.

3 4

NIKOLAI

*J*e réagis en une fraction de seconde, mais Pavel est encore plus rapide. Il me pousse juste au moment où je plonge sur le côté, et nous heurtons violemment le sol. La moto nous rase en rugissant, si proche que je sens un souffle d'air chaud sur mon visage.

Sous l'effet de l'adrénaline, je me relève d'un bond, mais le motard est déjà loin, se frayant un chemin dans la circulation à la vitesse d'une voiture de course. Tout ce que je peux dire à cette distance, c'est qu'il s'agit d'un homme avec une veste en cuir noire et un casque.

Pavel est déjà debout, lui aussi, la mâchoire contractée avec fureur.

— Tu as vu son visage ?

— Non.

J'époussette ma veste, l'ajuste et me frotte les paumes pour me débarrasser de la saleté et du gravier incrusté dans ma peau. Mon épaule est encore douloureuse après avoir frappé la chaussée et une rage froide gronde en moi, mais ma voix reste posée.

— Son casque avait une visière réfléchissante, mais peut-être qu'un des gars de Valery aura relevé sa plaque d'immatriculation.

Je jette un œil sur la foule de témoins, dont certains ont dégainé leurs téléphones, sans doute pour appeler la police.

— On ferait mieux de partir d'ici.

Pavel hoche la tête sans un mot et nous nous rendons rapidement à l'hôtel.

Levan Abkhazi, chef de la sécurité de Valery dans cette région, nous rejoint dans ma chambre une heure plus tard. Le Géorgien patibulaire doit avoir l'âge de Pavel. Il est entièrement chauve, mais un gros sourcil noir lui barre le front et il arbore une barbe assortie.

Il sort un dossier et dépose une série de photos de mauvaise qualité sur le bureau.

— C'est tout ce que nous avons pu tirer des caméras du magasin et de la rue à proximité, rapporte-t-il en russe avec un fort accent. L'équipe stationnée sur les toits n'avait pas un bon angle sur la plaque d'immatriculation et il y avait trop de civils pour prendre le risque de lui tirer dessus.

Pavel et moi examinons les photos. Sur l'une d'elles, on peut distinguer une partie d'un chiffre, mais les autres montrent tout juste un coin de la plaque d'immatriculation. Ce motard est l'homme le plus chanceux que la terre ait jamais connu, ou alors il savait précisément où l'équipe de Valery était stationnée.

Je regarde Pavel.

— Des idées ?

— Un pro, sans aucun doute.

Son visage figé forme des lignes nettes et dures.

— Il n'a pas ralenti quand il a failli t'écraser et il n'a pas réagi du tout. Il savait très bien manœuvrer son engin pour éviter les caméras.

Le monosourcil d'Abkhazi se fronce.

— Vous ne pensez pas que ça aurait pu être un accident ? Si le gars est un pro, il doit savoir que la rue n'est pas le meilleur endroit pour un assassinat.

— Tout dépend si on compte faire croire à un accident, dit Pavel. Et puis, il a raté son coup.

Le Géorgien a l'air perplexe.

— Qu'est-ce que c'était alors ?

— Un message, dis-je en remettant les photos dans le dossier. De nos amis, les Leonov. Ils voulaient me faire savoir qu'ils savent. La question est : qu'ils savent quoi ?

CHLOÉ

*J*e me réveille avec le sourire aux lèvres, et pendant quelques minutes, je reste allongée, les yeux clos, flottant dans cet état de béatitude entre le rêve et le plein éveil.

Et quels rêves !

Ma main se glisse entre mes cuisses, sur ce point encore endolori de mon anatomie, tandis que j'essaie de me remémorer les scènes sensuelles qui ont joué dans ma tête toute la nuit. Je ne me souviens plus que de quelques fragments, mais je sais que toutes ces scènes mettaient en scène Nikolai, son sourire diabolique, sa voix grave et passionnée. Et surtout, ce sont les seuls rêves que j'ai faits la nuit dernière.

Les cauchemars qui me tourmentent depuis la mort de ma mère ne sont pas venus me hanter cette nuit.

Mon sourire s'agrandit. Enfin, j'ouvre les yeux et me redresse. Il fait déjà un grand soleil dehors. J'ai probablement trop dormi. Mais je ne suis pas inquiète.

Nikolai n'est pas là pour faire respecter les horaires des repas, et maintenant que je le connais mieux, je ne pense pas qu'il me renverrait pour une transgression aussi mineure.

Cela dit, je ne veux pas en abuser, alors je sors du lit et mets les actualités à la télé. Il s'agit encore des débats des primaires, mais tout ce qui m'intéresse, c'est l'heure : 9 h 20. Il s'avère aussi que c'est samedi. Je me demande si c'est un jour de congé dans mon emploi du temps.

Il faudra que j'interroge Nikolai à ce sujet la prochaine fois que nous parlerons.

Une chaleur délicieuse se propage dans ma poitrine à l'idée qu'il m'appelle à nouveau et que nous discutions encore jusque tard dans la nuit, presque comme un couple. C'est exactement ce que j'ai ressenti lors de notre appel en visio de la veille, le genre d'échanges qu'on entretient avec son petit ami absent, une sorte de tête-à-tête à distance. Nous avons passé la plupart du temps à parler de Slava, puisqu'il s'agissait de la raison de son appel, mais il y avait une certaine douceur dans le regard de Nikolai, dans sa façon de parler... une forme de tendresse qui met mon cœur en déroute chaque fois que j'y pense.

On dirait presque qu'il commence à s'intéresser à moi, comme s'il y avait quelque chose de plus entre nous que la simple attirance animale.

J'essaie de ne pas y penser au cours de la journée. C'est vraiment trop bête. Nikolai ne peut tout de même pas avoir de sentiments pour moi. Non seulement c'est beaucoup trop tôt, mais je serais idiote d'imaginer qu'un homme comme lui s'intéresse à une fille comme moi au-delà du physique. Après tout, je suis la seule femme disponible ici. Il ne va pas coucher avec Lyudmila ou sa sœur. Bien sûr, il m'a appelée juste après avoir atterri hier, mais ça ne veut pas dire qu'il a pensé à moi pendant tout le vol.

Il voulait simplement avoir des nouvelles de son fils.

Pourtant, cette chaleur ne me quitte pas tandis que je me faufile dans la cuisine pour prendre un petit-déjeuner tardif, ayant laissé passer l'heure officielle du premier repas de la journée. Après quoi, j'emmène Slava faire une belle et longue randonnée. Quand vient le moment du déjeuner, malgré la présence d'Alina à table qui me rappelle son curieux avertissement, je ne peux m'empêcher de ressentir cette même plénitude.

— Comment va ta migraine ? demandé-je pendant que nous mangeons.

Elle me répond de ne pas m'inquiéter, qu'elle est complètement rétablie. Cependant, je ne peux pas m'empêcher de remarquer qu'elle est silencieuse, étrangement distante. Elle a souvent le regard dans le vague. Je me demande si elle est encore défoncée, mais je préfère ne pas poser plus de questions.

Hier soir, le feu de camp et le joint ont balayé les inhibitions de tout le monde, créant un faux sentiment d'intimité, mais aujourd'hui, j'ai à nouveau l'impression d'être en présence d'une inconnue. Tout comme Lyudmila, qui ne me sourit même pas lorsqu'elle apporte les plats. Elle est peut-être gênée que je l'aie vue fumer ? Quoi qu'il en soit, je m'empresse de terminer le repas, et dès que Slava a fini, je l'emmène dans sa chambre pour nos leçons ludiques.

Nous construisons un autre château fort et révisons l'alphabet. Je lui apprends à compter jusqu'à dix en anglais. Ensuite, nous jouons à cache-cache et nous lisons quelques livres, dont une histoire sur une famille de canards que me réclame Slava. Avant de commencer, il me montre fièrement un livre en russe qui semble être une traduction de l'histoire anglaise. Je me rends compte qu'il essaie d'appliquer sa connaissance de l'intrigue et des personnages pour mieux comprendre les mots et les phrases que je lui lis à haute voix.

— Tu es un garçon très intelligent.

Il me fait un clin d'œil. Même si je doute qu'il comprenne exactement ce que je lui ai dit, il est évident que c'était un compliment.

Je m'assieds par terre, adossée contre le lit, et Slava grimpe sur mes genoux avant de commencer l'histoire. Elle s'avère étonnamment complexe pour un livre pour enfants. La famille du canard joue de malchance. Ils se chamaillent et connaissent des conflits. À un moment donné, le héros principal, un jeune caneton, s'enfuit de chez lui. À son retour, il constate que la maman cane est partie et il pleure en croyant que c'est sa faute.

Je garde un œil sur Slava pendant ce passage, craignant que cela fasse remonter des souvenirs de la mort de sa mère, mais il a l'air tout aussi détendu, curieux d'entendre la suite. Lorsque nous arrivons à la partie où le caneton doit rester chez son grand-père, cependant, Slava se raidit et insiste pour passer les trois pages suivantes.

— Tu n'aimes pas le grand-père canard ? demandé-je.

Il hausse les épaules, évitant mon regard.

— D'accord. On n'est pas obligés de lire ces passages. Oublions le grand-père.

En souriant, je lui ébouriffe les cheveux et je passe à une section moins problématique du livre.

Alina ne se joint pas à nous pour le dîner – une autre migraine, d'après Lyudmila. Slava et moi mangeons tranquillement tous les deux, puis je monte dans ma chambre pour la soirée. Retirant ma tenue élégante du dîner, je me mets à l'aise sur le lit et j'ouvre l'ordinateur portable, essayant de me convaincre que c'est pour faire d'autres recherches, pas pour attendre l'appel de Nikolai comme une petite amie follement amoureuse. D'accord, il a promis d'appeler, mais rien n'est moins sûr.

De toute façon, je ne devrais pas m'en préoccuper.

Déterminée à ne pas rester là à me ronger les ongles, je reprends mes recherches sur la mort de maman. Comme je n'ai pas reçu de réponse à mon e-mail de la veille, je trouve les coordonnées de quelques autres journalistes de la région de Boston et leur envoie un message. Je fais également des recherches sur le propriétaire du restaurant où maman travaillait, ainsi que sur la société propriétaire de l'hôtel haut de gamme où se trouvait le restaurant.

Ces hommes ont tué ma mère, c'est forcément pour une raison.

Comme hier, je fais chou blanc. Il me faudrait un détective privé, mais je n'ai pas les moyens d'en embaucher un pour l'instant. Cela dit... ça ne me ferait pas de mal d'obtenir quelques devis. Mardi prochain, j'aurai de l'argent, et si je reste ici – je ne vois pas pourquoi ça changerait –, autant utiliser cet argent pour chercher des réponses.

Oui, c'est ça.

C'est exactement ce que je vais faire.

Encouragée, je note quelques noms prometteurs et je leur envoie une demande de devis. Enfin, le devoir accompli pour la soirée, je passe à mon autre projet : en apprendre le maximum sur Nikolai.

J'ai envisagé quelques autres phrases que je pourrais traduire en russe, et ma recherche m'a permis de trouver plusieurs photos sur des sites people. L'une d'entre elles montre Nikolai lors d'un gala de charité à Varsovie, avec une beauté blonde à son bras. Sur une autre, à l'occasion d'un défilé de mode, à Moscou, il est assis à côté d'une Alina blasée. On le voit aussi en vacances çà et là, dans diverses destinations exotiques, toujours en compagnie d'un mannequin aux jambes interminables qui le regarde avec adoration.

J'avais raison. Il a toutes les femmes les plus splendides à ses pieds. Pour autant que je sache, il pourrait être au lit avec un superbe top-modèle en ce moment même, après l'avoir rencontrée dans une boîte de nuit très sélect hier soir.

À cette pensée, j'ai l'impression qu'on me jette de l'eau bouillante sur la poitrine. Je n'ai pas le droit de ressentir ça, pourtant j'ai soudain envie d'arracher tous les cheveux de cette femme imaginaire avant de faire subir le même sort à Nikolai.

Écartant l'ordinateur, je saute du lit et commence à faire de l'exercice.

Pourquoi est-ce qu'il n'appelle pas ?

Il a pourtant dit qu'il le ferait.

Il a promis.

Il doit bien savoir qu'il commence à se faire tard ici.

Est-ce parce qu'il est trop occupé par son travail ou par une femme ? J'imagine des lèvres rouges brillantes autour de son sexe, des yeux qui le regardent à travers de faux cils habilement appliqués alors qu'elle...

Un léger carillon se fait entendre sur le lit et je me précipite vers l'ordinateur portable ouvert, mon pouls au galop. Me couchant à plat ventre, je tire l'ordinateur vers moi et, avec un doigt instable, j'accepte la demande de visio de Nikolai.

Son visage apparaît à l'écran, sa chambre d'hôtel visible derrière lui, et je m'autorise à expirer, ma jalousie irrationnelle disparaissant en fumée lorsque je découvre la tendresse dans ses yeux de tigre.

— Salut, zaychik, murmure-t-il, sa voix grave si veloutée que j'aimerais la frotter contre ma joue. Comment s'est passée ta journée ?

— Bien. Et la tienne ? Enfin, ta journée ou ta matinée, je ne sais plus...

J'ai l'air essoufflé, mais c'est plus fort que moi. Mon cœur bat dans un rythme enlevé et chaque cellule de mon corps vibre avec excitation. Aussi pathétique que cela puisse être, j'ai attendu cet appel toute la journée. Même lorsque je n'y pensais pas consciemment, c'était là, quelque part, au fond de mon esprit.

Il a un petit sourire ironique.

— Ma matinée s'est bien passée, et le reste de la journée d'hier aussi. Des réunions, le business, les trucs habituels.

— Quel genre de business ?

Je prends conscience que c'est impoli et j'ouvre la bouche pour revenir sur ma question, mais il y répond déjà.

— L'énergie propre. Plus précisément, l'énergie nucléaire. L'une de nos entreprises a développé une technologie propriétaire qui permet d'utiliser de petits réacteurs nucléaires portatifs pour fournir de l'électricité à faible coût dans les villages et les endroits isolés.

— Waouh. Et c'est sans danger ? Pas comme... c'était quoi, déjà, cet accident en Ukraine ?

— Tchernobyl ? Non, ça n'a rien à voir. Déjà, chaque

réacteur n'est pas plus gros qu'une voiture, alors même s'il y avait un accident, la quantité de radiations émises serait bien moindre. Et puis, nos ingénieurs ont tellement planché dessus qu'un accident est quasiment impossible. Notre devise est « La sécurité avant tout », contrairement à nos concurrents.

Sa voix se durcit sur cette dernière partie.

— Il y a d'autres entreprises dans le même domaine ? demandé-je, fascinée par cet aperçu d'un monde dont je ne sais rien.

Ses yeux brillent dans l'obscurité.

— Une. Ils viennent de faire une offre contre nous pour un énorme contrat avec le gouvernement tadjik. Celui qui le remportera dominera cette industrie naissante en Asie centrale. C'est pour ça que mon frère m'a demandé de m'impliquer.

— Ah bon ?

— Le chef de la Commission de l'énergie du Tadjikistan était un de mes camarades de classe au pensionnat, et mon frère espère que j'aurai plus de chance que lui pour faire valoir nos arguments.

Un sourire ironique lui vient aux lèvres et il ajoute :

— Comme tu l'as certainement deviné, les relations personnelles sont très importantes dans les affaires.

Je lève les yeux au ciel.

— Non, sans blague !

— Eh oui, fait-il en riant. Difficile à imaginer, pas vrai ? J'ai un déjeuner avec lui lundi et j'espère pouvoir prendre l'avion et rentrer juste après.

— Tu seras de retour mardi, alors ?

Je compte déjà les jours jusqu'à mon premier salaire, et maintenant, j'ai une autre raison de vouloir accélérer le temps pendant les prochaines quarante-huit heures.

— A priori, oui.

Il marque une pause avant de dire d'une voix toute douce :

— Tu me manques, zaychik.

Mon souffle reste suspendu, littéralement, alors que mon cœur bat plus vite et qu'un frisson me saisit. Quoi que j'aie cru voir dans ses yeux la nuit dernière – ce que j'espérais qu'il ressente pour moi –, je n'aurais jamais imaginé entendre ces mots dans sa bouche de manière aussi désinvolte... et si ouvertement.

Comme un petit ami.

Il attend patiemment ma réponse. Dès que je retrouve ma respiration, je me force à reprendre la parole.

— Tu... tu me manques aussi. Et à Slava. Tu lui manques beaucoup. Tu nous manques à tous les deux. À ton fils particulièrement.

Je sais que ça n'a pas de sens, mais je ne peux pas m'empêcher de bafouiller. Je n'ai jamais eu de mal à exprimer mes sentiments avec les garçons que j'ai fréquentés, mais je ne suis jamais sortie avec un homme comme Nikolai... même si nous ne sortons pas précisément ensemble. Est-ce bien certain ? Peut-être que je lui manque juste dans le sens de l'amitié ? Ou en tant que prof particulier de son fils ?

Mon Dieu, je n'ai aucune idée de ce qui se passe.

Les commissures de ses lèvres sensuelles trahissent son amusement refoulé, et une fois de plus, je le soupçonne de voir clair dans mes pensées, de comprendre mon trouble.

— Bon, raconte-moi, zaychik, murmure-t-il en se penchant plus près de la caméra. Qu'est-ce que mon fils a fait aujourd'hui ?

Slava, très bon sujet. Je m'y raccroche comme si c'était une bouée en pleine tempête, et je me lance dans une description détaillée de tout ce que Slava et moi avons fait et appris. Nikolai écoute avec enthousiasme, le regard empreint de cette douceur si particulière qu'il réserve à son fils. Cependant, lorsque j'arrive au livre que Slava et moi avons lu en dernier et que je mentionne en riant l'apparente antipathie du garçon pour le grand-père canard de l'histoire, toute tendresse disparaît de son visage et son regard prend une lueur froide, tranchante.

— Il a dit quelque chose ? demande-t-il. Il a donné une explication ?

— Non, je... je ne l'ai pas interrogé.

Je tressaille sous son regard sombre, si glacial qu'il me donne des frissons. C'est un aspect de Nikolai que je n'avais jamais vu, et soudain, mes premières préoccupations concernant la mafia ne me semblent plus aussi infondées.

J'imagine très bien cet homme ordonner un meurtre, et même appuyer lui-même sur la détente.

Mais l'instant d'après, ses traits se radoucissent et sa sévérité disparaît. Il me demande de continuer, et une fois de plus, je crains que mon imagination débridée ne m'ait encore joué des tours. Peut-être ai-je trop interprété ce bref changement d'expression... à moins qu'il s'agisse d'un bref aperçu du drame familial des Molotov. Peut-être que Nikolai ne s'entend pas avec le grand-père de Slava, à supposer qu'il en ait un du côté de sa mère.

Il y a encore beaucoup de choses que j'ignore sur cette famille.

Bien décidée à y remédier, je finis de lui raconter les progrès de Slava en mentionnant ce que je lui ai appris au dîner, puis avec d'infinies précautions, de peur de marcher sur une mine, je demande à Nikolai de me parler de ses frères.

Heureusement, ma question ne le dérange pas.

— Je suis le second, me dit-il. Valery est mon cadet de quatre ans, et Konstantin, le génie de la famille, a deux ans de plus que moi. Il dirige toutes nos entreprises liées aux technologies tandis que Valery supervise l'ensemble.

— C'est ce que tu faisais, n'est-ce pas ? demandé-je en me rappelant ce que m'a dit Alina.

— C'est exact.

Il n'a pas l'air surpris que je le sache.

— Mais c'est difficile à distance, alors j'ai demandé à Valery d'intervenir pendant mon absence.

— Pourquoi t'es-tu absenté, alors ? demandé-je, incapable de résister à la question qui me trotte dans la tête depuis un moment. Comment as-tu atterri dans cette partie du monde ?

Il sourit devant ma curiosité flagrante.

— Je sais. C'est bizarre, non ?

— Oui, très.

À tel point que j'ai concocté une folle histoire de mafia dans ma tête, mais je me garde de tout commentaire.

Il s'adosse dans son fauteuil et son sourire s'efface lentement. Bientôt, il ne reste plus que l'ombre de cette courbe si sensuelle.

— C'est une longue histoire, zaychik, et il se fait tard. Tu devrais aller te coucher.

— Ça va, je ne suis pas fatiguée.

Quand bien même, je le nierais, parce que je meurs d'envie d'entendre cette histoire, aussi longue soit-elle. Assise bien droite, je place l'ordinateur plus confortablement sur mes genoux et je le regarde avec des yeux de chiot implorant, allant même jusqu'à battre des cils pour l'amadouer.

— S'il te plaît, Nikolai... dis-moi. Je t'en prie !

Pour moi, c'est une plaisanterie, un léger flirt dans le pire des cas, or son visage se crispe, son regard s'assombrit et il se penche vers la caméra.

— J'aime entendre mon prénom sur tes lèvres.

Sa voix est un ronronnement grave et mielleux.

— Et j'adore encore plus que tu me supplies.

Ma bouche devient aussi sèche que le Sahara, mon cœur s'emballe dans un rythme irrégulier et de la lave en fusion déferle dans mes veines pour se concentrer au plus profond de mon corps. Comme il est loin d'ici et que nos discussions s'écartent rarement des chemins les plus sûrs, j'avais presque oublié la tension sexuelle qui couvait entre nous, prête à prendre feu à la moindre étincelle. Je me suis convaincue que j'imaginais ce sentiment d'être une proie traquée... cette conscience alarmante, mais étrangement excitante, d'être à la merci de cet homme dangereusement séduisant.

— Est-ce que c'est...

Je déglutis, hésitant à aborder un tel sujet, mais je me lance :

— C'est ton truc ? Les femmes qui supplient ?

La chaleur sombre dans ses yeux s'intensifie.

— Mon *truc*, zaychik, c'est toi. Je te veux de toutes les façons possibles... avec douceur et brutalité... à genoux, par-derrière et par en dessous, pendant que tu me chevauches... Je veux te dévorer pour le dessert après chaque repas et jouir dans ta gorge chaque matin. Je veux te baiser si fort que tu crieras, puis te câliner pendant des heures. Surtout, je veux te noyer dans le plaisir... un tel plaisir qu'en comparaison, la douleur ne te dérangera pas... En fait, tu me supplieras même de souffrir un peu.

Oh, mon Dieu !

Je le fixe sans sourciller, le souffle court. Mon clitoris palpite et mes tétons se sont changés en deux billes rigides. Mon corps est à l'image d'un réacteur nucléaire en fusion, la chaleur sous ma peau si intense que je pourrais spontanément me consumer. *Ou même jouir.* Il suffirait pour cela d'une pression sur mon clitoris.

ANNA ZAIRES

Je m'humecte les lèvres, essayant d'ignorer la douleur sourde qui pulse entre mes jambes.

— Alors... tu aimes les trucs comme ça. Les trucs un peu pervers...

Dès que les mots sortent de ma bouche, je m'en veux de paraître aussi juvénile, vanille comme on dit. En réalité, je ne suis pas vanille. Du moins, je ne pense pas l'être. Mes fantasmes sexuels ont toujours été un peu dark et j'ai même eu un petit ami qui m'a attachée, une ou deux fois, allant jusqu'à me donner la fessée. Rien de tout cela ne m'a vraiment excitée sur le moment, mais il faut dire que mon copain de l'époque n'était pas très impliqué. Je me sentais mal à l'aise et un peu forcée avec lui... ces jeux avaient presque un côté ridicule.

J'ai le sentiment que ce serait bien différent avec Nikolai.

Cet homme est étranger à la notion de maladresse et de puérilité.

Une fois de plus, je retrouve cet éternel sourire sensuel sur ses lèvres. D'une voix chaude et soyeuse, il murmure :

— Chloé, zaychik... Tout me plaît, tant que c'est avec toi.

Cette fois, c'est mon cœur qui se met à fondre. Parce que ça ressemble beaucoup à...

— Tu veux dire que tu ne veux pas voir d'autres femmes ? dis-je malgré moi.

Aussitôt, j'ai envie de me frapper pour avoir l'air d'une lycéenne inexpérimentée. Il joue avec moi, rien de plus. Ce n'est pas un engagement exclusif, nous n'avons même pas...

— Non, répond-il résolument, interrompant mes pensées vagabondes. Je ne veux personne d'autre que toi. Pas depuis le jour où nous nous sommes rencontrés.

— Oh.

Je le dévisage, interdite.

C'est énorme.

Incompréhensible.

Il n'y a aucun malentendu possible, cette fois, ce ne sont pas des délires de romantique invétérée.

Nikolai est bien en train de me dire qu'il me veut, moi et personne d'autre... si j'ai bien compris, nous sommes dans une relation exclusive.

— Ça te fait peur ? demande-t-il avec une perspicacité déconcertante. C'est trop pour toi ?

Oui. Beaucoup trop. Et pourtant...

— Non, dis-je en rassemblant mon courage. Je n'ai pas peur. Et moi non plus je... je ne veux voir personne d'autre.

Ses narines s'évasent.

— Bien, parce qu'une fois que tu seras à moi, les hommes qui essaieront de te voler seront très mal reçus.

Un rire incrédule m'échappe, mais Nikolai ne sourit pas. Il ne me quitte pas des yeux, la mine grave et le regard déterminé. À ma grande stupeur, je réalise qu'il est sincère, que ce n'est pas une blague.

J'essaie tout de même de plaisanter :

— On est possessif, à ce que je vois ?

— Avec toi, oui, répond-il, inébranlable. Très.

Mon cœur s'arrête à nouveau.

— Pourquoi moi ? demandé-je lorsque je retrouve l'usage de ma voix. C'est parce que je suis la seule femme ici, à portée de main ? Est-ce une question de commodité ou...

Je laisse ma phrase en suspens quand je vois l'or de ses yeux étinceler avec humour, mettant en valeur les éclats vert sapin de son regard.

— Si j'étais seulement en manque, dit-il tout bas, je pourrais faire venir une femme différente par avion chaque semaine. C'est d'ailleurs ce que je faisais avant ton arrivée. Ce ne sont pas les candidates qui manquent, crois-moi, zaychik.

Oh, je le crois volontiers. Avant même de tomber sur ces photos de la presse à scandale, je me doutais bien qu'il devait avoir toute une écurie de femmes magnifiques à sa disposition. Comment pourrait-il en être autrement, avec son physique, son compte en banque et son sex-appeal ?

Ce qui est étonnant, ce n'est pas que les femmes soient prêtes à prendre l'avion pour le rejoindre, mais plutôt qu'elles ne campent pas dans les bois en attendant la première occasion.

— Alors, pourquoi ? demandé-je avec insistance. Pourquoi moi ?

Il penche la tête.

— Crois-tu au destin, zaychik ?

— Le destin ? Comme Dieu ou les astres ?

— La prédestination. Nous sommes tous reliés comme les fils d'une tapisserie tissée bien avant notre naissance.

Je le regarde, stupéfaite.

— Je ne sais pas. Je n'y ai jamais beaucoup réfléchi.

Ses lèvres ébauchent un léger sourire.

— Moi, si. Et je pense qu'à un moment donné du tissage de cette tapisserie, ton fil a été uni au mien. Nos chemins étaient voués à se croiser, notre date de rencontre fixée bien avant qu'elle n'arrive. Tout ce qui s'est passé dans nos vies respectives nous a conduits à ce moment précis, à cet endroit et à cette époque... les bonnes choses comme les mauvaises.

La voix rauque, il ajoute :

— Surtout les mauvaises.

Comme la mort de ma mère, par exemple. Sans cela, je n'aurais jamais fait ce voyage, je n'aurais jamais vu son offre d'emploi et je ne l'aurais jamais rencontré. Ça ne veut pas dire que c'est le destin. Mais Nikolai semble le croire et je dois admettre que nous ne serions pas ici aujourd'hui sans ce violent bouleversement dans ma vie – et apparemment, dans la sienne aussi.

— Que t'est-il arrivé de mal ? demandé-je avec prévenance. À moins que ce soit cette longue histoire que tu me promets ?

Il perd son sourire lorsqu'il répond :

— En quelque sorte. Malheureusement, zaychik, tu dois dormir, et moi, je dois aller voir mon frère. Si je t'appelais demain, à la même heure, on en reparlera ?

— Oui, bien sûr. Je ne voulais pas te retarder.

— Je ne suis pas en retard.

Ses yeux ont retrouvé cette tendresse qui fait battre mon cœur à un rythme effréné.

— Si je le pouvais, je te parlerais toute la journée.

— Moi aussi, avoué-je avec un sourire timide.

Son visage est radieux lorsqu'il me lance :

— Alors, à demain. Bonne nuit, zaychik.

Quand il met fin à la communication, je repousse l'ordinateur sur mes genoux et exécute une petite danse dans la chambre, mon sourire si vif que j'en ai mal aux joues.

NIKOLAI

— *T*u es de bonne humeur pour quelqu'un qui a failli se faire tuer hier, commente Konstantin une fois que nous avons passé nos commandes au serveur.

Je me rends compte que je souris tellement que même mon frère pourtant socialement distant s'en est aperçu. C'est grâce à elle, bien sûr.

Chloé.

Elle est en train de devenir ma drogue de bien-être.

Elle commence à me faire confiance, à accepter ce qui se passe entre nous, et je suis aux anges. Je ne voulais pas trop insister aujourd'hui, mais il était temps qu'elle connaisse mes intentions. Maintenant, c'est très clair. Plus important encore, j'ai réussi à lui faire admettre que les sentiments sont partagés.

Son « moi aussi » murmuré du bout des lèvres tourne en boucle dans mon esprit.

— Tu as le rapport ? demandé-je à Konstantin, ignorant son commentaire.

Mon état d'esprit ne le regarde pas. En plus, il n'y a rien de tel que frôler la mort pour apprécier la vie et ses merveilleuses possibilités – à savoir, notamment, mettre Chloé dans mon lit dès mon retour à la maison.

— Pas encore, dit Konstantin en prenant sa tasse de thé à la camomille. Plus tard dans la journée, avec un peu de chance, ou demain. Mais nous avons vérifié les informations fournies par le garde de sécurité et tout concorde. L'opération est lancée pour ce soir.

— Qu'est-ce qui prend autant de temps ? En général, tes hackers y arrivent en quelques heures.

Il cligne des yeux derrière ses lunettes.

— Tu parles toujours du rapport sur la fille, c'est bien ça ?

Je serre les dents.

— Quoi d'autre ?

— Mon équipe a été très occupée, et ce n'est pas une tâche facile que tu leur as confiée.

— Comment ça ? Tout ce que je vous ai demandé, c'est de vous renseigner sur la mort de sa mère et sur ses déplacements au cours du mois dernier. C'est difficile ? Je sais qu'elle ne figure nulle part, mais il doit bien y avoir des caméras de surveillance, sur les autoroutes ou dans les stations-service...

— Il semble y avoir des interférences, dit-il en sirotant son thé. Quelques bandes que mes hommes se sont procurées ont été endommagées ou effacées.

Je me fige.

— Effacées ?

— Un travail de pro, à première vue, explique-t-il en posant sa tasse. Tu as dit que c'était juste une civile, n'est-ce pas ? Pas d'affiliation ?

— Pas que je sache.

Serait-ce possible ?

Aurait-elle pu me mentir ?

La douce petite Chloé ferait-elle partie de la mafia... ou pire, du gouvernement ?

— Pourquoi tu ne me l'as pas dit avant ? demandé-je à Konstantin.

Parfaitement inconscient de la bombe qu'il a lancée, il étale calmement du pesto aux tomates séchées sur une tartine de pain de seigle tout frais sorti du four.

— Tu ne penses pas que c'est important pour moi de le savoir ?

Il mord dans le pain et mâche tranquillement.

— Je te le dis maintenant, constate-t-il après avoir avalé. En plus, mes gars s'en sont rendu compte seulement hier soir. Quelques bandes endommagées, ça pouvait être un hasard. Mais plus, c'est délibéré.

— Bon, que ce soit bien clair. Tu me dis que quelqu'un efface toutes les vidéos de sécurité sur lesquelles elle apparaît.

— Pas toutes, dit-il en prenant un autre morceau de pain. Mon équipe a pu reconstituer ses déplacements pendant la majeure partie du mois. Seulement certaines vidéos... sans doute celles qui contiennent les réponses que tu cherches.

Merde.

C'est une sacrée découverte.

Je ne sais pas ce que je m'attendais de la part des hackers de Konstantin, mais certainement pas à ça.

Une pensée s'insinue dans mon esprit, un soupçon si affreux que mon estomac se retourne.

— Tu crois que ce sont les...

— Leonov ? complète Konstantin en posant son pain. J'en doute. Mes gars sont déjà tombés sur le travail de leurs hackers et ça ne leur ressemble pas.

— Ça ne leur ressemble pas ?

La lumière scintille sur les verres de ses lunettes.

— C'est difficile à expliquer à un novice en informatique comme toi, mais oui. Il y a un certain manque de soin dans la façon dont tout cela a été fait, ça ne correspond pas aux Leonov.

— Je croyais que tu avais dit que c'étaient des professionnels.

— Il existe différents niveaux de professionnalisme. Mes gars sont au top, l'équipe des Leonov n'est pas loin derrière, et beaucoup sont une vraie catastrophe. Ces types-là se trouvent quelque part entre les deux extrêmes, c'est ce qui me fait penser que mon équipe peut t'aider. Ils ont besoin de plus de temps, c'est tout.

Je prends une inspiration et la relâche lentement. La seule possibilité que Chloé ait pu être engagée par mes ennemis suffit à faire monter ma tension artérielle en flèche. Mais Konstantin sait de quoi il parle, et s'il estime qu'il ne s'agit pas d'eux, alors je dois balayer ce soupçon pour l'instant. Par ailleurs, si les Leonov en savaient assez pour implanter Chloé au sein de ma maison, je doute qu'ils auraient envoyé ce motard pour m'avertir.

Il n'y aurait eu aucun avertissement, rien qu'une guerre pure et simple.

— À propos du motard, dis-je. Des pistes pour le retrouver ?

— Non, mais ça sent le Leonov à plein nez. Si je devais deviner, Alexei est furieux que tu sois là, à interférer avec sa candidature.

— Tu dois avoir raison.

Je me tais alors que le serveur apporte nos assiettes. Une fois qu'il est reparti, je continue :

— Il a dû avoir vent de ma rencontre avec le chef de la Commission.

— Valery double ta sécurité d'ici là, au cas où. Maintenant, fait Konstantin en arrosant de vinaigrette sa salade grecque, discutons de ta conversation de demain.

Tandis qu'il passe en revue les spécifications techniques de notre produit, je fais de mon mieux pour me concentrer sur ses paroles au lieu des mille questions sur Chloé qui se bousculent dans ma tête et mon obsession croissante pour elle.

CHLOÉ

*J*e ne me suis jamais sentie aussi béate que ce dimanche. Toute la journée, je me surprends à sourire de façon incontrôlable et à marcher comme si je flottais sur un nuage. C'est presque un peu gênant, mais je ne peux pas m'en empêcher. Chaque fois que je pense à notre échange de la nuit dernière, mon pouls s'emballe avec excitation.

Nikolai me désire.

Je lui manque.

Il veut que nous soyons exclusifs, tous les deux.

J'ai l'impression d'être une adolescente et que la star de cinéma qui me fait rêver vient de m'inviter à sortir avec elle. D'une certaine manière, c'est un peu le cas.

Nikolai veut que nous soyons ensemble, en couple.

Cela devrait me sembler dingue, et je n'en reviens toujours pas. Nous nous connaissons depuis moins d'une semaine, et ça fait deux jours que je ne l'ai pas vu en chair et en os. C'est bien trop tôt pour parler d'exclusivité, et encore plus de destin et de fatalité. Mais je ne peux pas nier l'attirance qui brûle entre nous, cette force magnétique puissante qui me terrifie depuis le début. Cependant, ce n'est pas le désir en soi que je redoutais, mais la perspective d'être blessée. J'avais peur de tomber amoureuse d'un homme qui, dans le meilleur des cas, m'envisageait pour quelques nuits de plaisir. Pourtant, ce n'est pas l'intention de Nikolai. Il l'a dit clairement hier soir, et même si c'est naïf de ma part, je le crois.

Il n'a aucune raison de me mentir.

Il y a d'autres obstacles à notre relation, bien sûr, comme son statut d'employeur et le fait que je sois en fuite, traquée par deux tueurs impitoyables. Bientôt, je devrai le lui expliquer et je n'ai aucune idée de sa réaction. Enfin, je m'en soucierai un autre jour.

Pour l'instant, tout ce qui m'intéresse, c'est de le voir sur mon écran d'ordinateur ce soir.

— Tu as le diable aux trousses ? me demande Alina pendant le dîner.

Je reste pétrifiée un instant, le cœur battant, avant de comprendre qu'elle fait référence à la vitesse à laquelle j'engloutis le contenu de mon assiette.

— Non, j'ai faim, c'est tout, dis-je après avoir avalé. Désolée, ce n'est pas très poli.

Elle hausse gracieusement ses épaules, que sa robe de soirée sans bretelles dénude élégamment.

— Je m'en fiche. Je voulais juste savoir pourquoi tu étais si pressée.

Je suis pressée parce que je meurs d'envie de remonter dans ma chambre au cas où Nikolai appellerait en avance, mais il est hors de question que je le lui dise.

— C'est parce que c'est vraiment délicieux.

Slava rit à mes côtés.

— Croque, croque. Mâche, mâche. Miam, miam, miam !

Je me tourne vers lui.

— C'est bien.

Nous avons passé toute la journée à apprendre divers mots et phrases, y compris cette petite comptine, et je suis ravie qu'il s'en souvienne.

— À ce rythme, il parlera anglais dans une semaine, me félicite Alina en découpant un morceau de poulet qu'elle dépose dans son assiette.

Je lui souris.

— J'espère bien, mais il est plus réaliste de tabler sur quelques mois.

Elle me sourit et reprend son repas. Moi aussi, impatiente d'avoir fini et de me retrouver bien installée dans mon lit avec l'ordinateur portable. Comme Alina, je porte une robe de soirée et j'ai hâte d'enfiler mon pyjama. Cela dit... je ne devrais peut-être pas. Nikolai pourrait apprécier de me voir ainsi, même si ce n'est qu'en vidéo.

D'ailleurs, je devrais me maquiller avant qu'il appelle.

— Tu veux faire la course ? demandé-je à Slava avec des bruits de moteur pour lui rappeler notre jeu de course avec ses voitures. Voir qui peut manger plus vite ?

Il cligne des paupières sans comprendre, alors je prends ma fourchette et commence à fourrer de la nourriture dans ma bouche à la vitesse de l'éclair. Il se prend au jeu et nous vidons nos assiettes en un temps record. Alina, qui mange à un rythme normal, regarde notre compétition avec amusement. Quand nous avons fini, elle repousse son poulet à moitié grignoté.

— J'ai fini, moi aussi, décrète-t-elle avant de lancer d'une voix forte : *Lyuda, Slava gotov !*

Lyudmila sort de la cuisine en s'essuyant les mains sur son tablier. Je lui souris et la remercie pour ce délicieux repas – bien qu'à vrai dire, ce soit loin d'être aussi bon que ce que prépare son mari. Le poulet était trop sec, les pommes de terre trop salées, et la plupart des entrées et des accompagnements étaient des restes. Mais je ne vais pas faire la fine bouche. Tant qu'il y a de quoi manger, j'en suis reconnaissante.

Avec un sourire, Lyudmila emmène Slava dans sa chambre. Ça y est, ma soirée est libre.

Dès que j'arrive dans ma chambre, je me maquille à nouveau complètement – au dîner, je ne portais qu'une légère couche de fond de teint et un peu de mascara – et je me coiffe. Je n'ai pas l'air aussi classe qu'après être passée entre les mains expertes d'Alina, mais j'espère que Nikolai ne m'en voudra pas.

Lors de nos deux derniers échanges vidéo, j'étais démaquillée et en pyjama, alors on peut dire que c'est une nette amélioration.

À nouveau, je souris à mon reflet. Je suis beaucoup plus belle que lors de mon arrivée ici. Mes joues ne sont plus aussi pitoyablement creuses et les cernes sous mes yeux se sont estompés, tout comme le désespoir qui les hantait. La nuit dernière s'est déroulée sans cauchemars, une fois de plus, rien que des rêves érotiques. Je dois remercier Nikolai pour cela. Je me suis peut-être réveillée mouillée et endolorie, la main entre les cuisses, mais au moins j'ai dormi toute la nuit.

Mon Dieu, j'ai tellement hâte de lui parler.

Je me rue vers mon lit, m'allonge sur le ventre et prends l'ordinateur portable en espérant qu'il m'appellera à ce moment précis.

Il ne le fait pas. Mes pouvoirs télépathiques ne doivent pas être à la hauteur.

En soupirant, je consulte ma boîte de réception, mais bien sûr, aucun journaliste ne m'a répondu. En revanche, il y a un devis. C'est un cabinet de détectives privés, qui détaille ses taux horaires et ses honoraires.

Je fais la grimace en ouvrant le document. C'est bien plus que je ne peux me le permettre avec ma première semaine de salaire, surtout compte tenu du nombre d'heures que je prévois pour cette affaire. Il me faudra au moins deux semaines de travail rien que pour l'acompte. Peut-être que les autres seront moins chers, mais ils ne m'ont pas encore répondu, alors je dois patienter.

Tout comme je patiente en attendant Nikolai, qui n'appelle toujours pas.

J'inspire et expire en me rappelant que je dois faire preuve de patience. Il m'a dit qu'il m'appellerait à peu près à la même heure qu'hier, mais c'est loin d'être le cas. Comme je dois absolument me changer les idées, j'entreprends des recherches sur les amis et les collègues de ma mère, au cas où j'aurais raté quelque chose la première fois.

Je fais défiler les photos du quinzième anniversaire de la fille de son directeur quand la demande d'appel apparaît. Je me redresse vivement.

Après avoir passé la main dans mes cheveux, je clique sur « accepter ».

38

NIKOLAI

*L*e sourire de Chloé est si radieux que j'ai l'impression de sortir d'un bunker souterrain pour me retrouver sur une plage ensoleillée.

— Salut, dit-elle, un peu essoufflée, en s'adossant contre une pile d'oreillers, l'ordinateur sur ses genoux. Comment ça va ? Ta candidature pour ce truc nucléaire ?

Je lui souris en retour, le plaisir se répandant à travers moi comme du miel.

— Tout va bien, zaychik, merci.

C'est la vérité. L'opération de Valery s'est déroulée sans accroc, et la Commission de l'énergie s'active déjà autour de la centrale d'Atomprom, cherchant à contenir les retombées du réacteur qui a explosé pendant la nuit. La fuite de radiations est minime, comme prévu, mais les dommages causés à la réputation d'Atomprom sont importants, ce qui nous place en excellente position pour mon déjeuner avec le chef de la Commission aujourd'hui.

Plus important encore, depuis une heure, j'ai observé les activités en ligne de Chloé et examiné l'historique de son navigateur depuis hier, et j'en ai conclu qu'il est peu probable qu'elle soit affiliée à un gouvernement ou à une quelconque organisation rivale. Si elle était une espionne, elle saurait déjà tout à mon sujet et n'aurait pas besoin de traduire des articles russes à l'aide d'outils en ligne gratuits. Elle ne ferait pas non plus de recherches sur les amis et les collègues de sa mère sur la simple base de leurs réseaux sociaux et ne se renseignerait pas pour louer les services d'un détective privé.

Non, il se passe autre chose avec Chloé, quelque chose que je trouve à la fois inquiétant et intrigant.

Le mieux, ce serait encore qu'elle s'ouvre à moi, qu'elle me dise la vérité, mais si je lui mets la pression maintenant, elle risque de s'effaroucher et d'essayer de s'enfuir. Je veux à tout prix l'éviter, surtout maintenant qu'un océan nous sépare. La meilleure option, c'est encore de demander à l'équipe de Konstantin de pirater son Gmail. Le logiciel espion me permet de voir les sites qu'elle consulte, mais pas leur contenu, comme les e-mails, par exemple.

De toute façon, j'obtiendrai mes réponses. Je dois seulement être patient un peu plus longtemps.

— Comment s'est passée ta journée ? demandé-je en m'installant plus confortablement dans mon fauteuil. Qu'est-ce que tu as fait avec Slava ?

Son sourire devient incroyablement plus lumineux et elle me raconte les progrès incroyables de mon fils, son petit visage si animé que je ne peux pas le quitter des yeux. Elle semble aussi fière qu'un parent, et pour la première fois depuis que j'ai appris l'existence de Slava et la mort de Ksenia, ma poitrine n'est pas aussi douloureusement serrée quand je pense à lui et à l'avenir qui l'attend, à ce sang contaminé qui coule dans ses veines. Au lieu de quoi, je ressens une lueur d'espoir en imaginant Chloé avec Slava, qui joue avec lui, le câline et l'aime... lui donne ce que sa mère ne peut pas lui offrir.

Ce que *je* ne peux pas lui offrir.

Je prends conscience que c'est aussi pour cette raison que je la désire tant. Je la veux non seulement pour moi, mais aussi pour mon fils. Je veux que sa lumière intérieure le touche, lui aussi, qu'elle le réchauffe... qu'elle chasse les ténèbres de son histoire familiale aussi loin que possible. Je veux qu'elle soit comme je l'ai vue à travers les caméras de la chambre de Slava, qu'elle honore mon fils de son sourire radieux, qu'elle lui donne l'impression qu'il est la personne la plus importante au monde pour elle.

Et je veux que ce soit vrai.

Je veux qu'elle aime Slava encore plus qu'elle ne m'aime.

Avec avidité, je l'écoute parler de lui, j'absorbe chaque mot, je me délecte de chaque expression. Elle porte l'une de ses nouvelles robes du soir, une tenue jaune clair à fines bretelles qui dévoile ses épaules délicates. Ses yeux bruns pétillent, et même sur l'écran, son teint hâlé brille dans la lueur dorée de sa lampe de chevet. Elle est à couper le souffle, cette jolie fille mystérieuse, et toute à moi. Rien qu'à moi. Je n'ai peut-être pas encore pris possession d'elle physiquement, mais ça n'y change rien. Elle est faite pour moi, sa lumière est l'antidote idéal au vide sombre qui m'habite, sa chaleur remplit chaque crevasse froide et vide de mon cœur. Je me fiche de savoir qui elle est et quels secrets elle cache.

Criminelle ou victime, elle m'appartient, quoi qu'il arrive.

Quand elle a fini de me parler de Slava, je lui demande quels sont ses livres et sa musique préférés, et nous nous sentons un peu plus liés par notre amour mutuel pour les groupes des années 80 et les romans de Dean Koontz. Je ne suis pas surpris que nous ayons des points communs. C'est souvent comme ça que fonctionne l'alchimie, quand on rencontre son autre moitié, la pièce du puzzle qui manquait. Elle est mon contraire à bien des égards, et pourtant, de nombreuses choses nous relient l'un à l'autre et nous unissaient bien avant notre rencontre.

Nous parlons pendant une heure et j'en apprends plus sur son enfance et son adolescence, sur sa jeune mère et sur les efforts qu'elle a déployés pour élever Chloé toute seule. Elle me raconte ses sorties en ville avec ses amis et ses vacances en Floride avec sa mère, ses difficultés en mathématiques au lycée et les deux emplois qu'elle a cumulés pendant trois étés d'affilée pour pouvoir s'acheter sa Corolla d'occasion toute seule.

— Cette voiture est presque aussi vieille que moi, dit-elle affectueusement, mais elle fonctionne toujours. Même après tous les kilomètres que j'ai parcourus à travers le pays. Au fait, tu as eu l'occasion de demander à Pavel où sont mes clés de voiture ? Je ne les ai toujours pas retrouvées.

Je maîtrise mon expression, dissimulant la bête qui s'agite en moi à l'idée qu'elle puisse monter dans cette vieille carlingue pour reprendre la route.

— Il a dit qu'il ne les retrouvait pas. On les cherchera à notre retour.

C'est un mensonge, mais je ne peux pas lui dire la vérité. Elle ne comprendrait pas. À vrai dire, je ne la comprends pas moi-même. Tout ce que je sais, c'est que je dors mieux en sachant son porte-clés en fourrure en ma possession, en sachant que ma zaychik est saine et sauve sous mon toit.

Un petit froncement de sourcils lui plisse le front.

— Oh, d'accord. Mais il les retrouvera, n'est-ce pas ?

— C'est certain. Sinon, je t'achèterai une nouvelle voiture.

Elle rit en croyant que c'est une blague, mais je suis tout à fait sérieux. Je *vais* lui acheter une voiture, quelque chose de mieux, de moins dangereux que la Corolla. C'est un miracle qu'elle ne soit pas tombée en panne sur une route déserte, sans téléphone, à la merci de n'importe quel meurtrier ou violeur qui passerait par là.

Rien que de penser à une situation aussi atroce, j'en ai des sueurs froides.

— Je vais appeler un serrurier, annonce-t-elle après avoir cessé de rire. Il doit bien y avoir des serruriers à Elkwood Creek, non ?

— Je suis sûr qu'il y en a au moins un.

Et je suis tout aussi sûr qu'il ne s'approchera pas de la voiture de Chloé. Plus je l'imagine sur la route, traversant le pays toute seule, plus mon humeur s'assombrit. Il aurait pu lui arriver n'importe quoi, et pour ce que j'en sais, elle a peut-être connu des galères.

Ses cauchemars n'ont peut-être rien à voir avec ce qui est arrivé à sa mère, et tout à voir avec un voyou qui l'aurait agressée sur la route.

La rage brûle en moi lorsque je l'imagine se faire attaquer, blesser et traumatiser, et je dois faire un effort pour ne pas exiger qu'elle me dise la vérité sur-le-champ afin que je puisse supprimer les coupables. Seule la peur qu'elle se replie dans sa coquille et essaie de s'enfuir me fait taire. Sans compter les bandes vidéo endommagées. Quelqu'un la surveille, quelqu'un ou quelque chose qui a les moyens d'effacer les traces de sa présence.

Elle sourit en me disant :

— Bon, d'accord. Tu peux dire à Pavel de ne pas stresser à ce sujet. Il doit être gêné de les avoir perdues...

— Je lui parlerai, ne t'inquiète pas.

C'est vrai, je le ferai. Je dois lui expliquer la

situation et lui demander de s'excuser auprès de Chloé. Pour l'instant, il n'a aucune idée de ce qui se passe.

— Quant à la...

Une sonnerie discrète m'interrompt, et à ma grande déception, je constate qu'il est temps de me rendre à ma réunion. J'ai programmé une alarme sur mon téléphone pour ne pas être en retard.

— Tu dois y aller ? comprend Chloé.

Je hoche la tête en boutonnant ma veste.

— Cette réunion, c'est la raison de ma présence ici. La bonne nouvelle, c'est que si tout se passe comme prévu, je prends l'avion pour rentrer juste après.

Ses yeux s'éclairent.

— Vraiment ? À quelle heure part ton vol ?

— Quand je le décide. C'est mon avion.

Me penchant vers la caméra, je murmure :

— J'ai hâte de te voir en personne.

Elle me répond avec un tendre sourire.

— Pareil pour moi. Bonne chance pour ta réunion, et bon retour.

— Merci, zaychik, dis-je d'une voix rauque. Dors bien cette nuit, tu en auras besoin.

Et alors que ses lèvres s'entrouvrent sur une inspiration surprise, je raccroche, impatient de me débarrasser de cette réunion pour pouvoir prendre l'avion qui me ramènera jusqu'à elle.

Je suis déjà à table lorsque Yusup Bahori entre chez *Al Sham*, l'un des meilleurs restaurants du Moyen-Orient à Dushanbe et, selon les recherches de Konstantin, l'un des établissements préférés de Yusup. Après la demi-heure d'échanges de banalités de rigueur, au cours de laquelle nous évoquons nos souvenirs d'école communs, nos anciens camarades de classe et autres connaissances mutuelles, j'oriente la conversation vers nos permis et l'appel d'offres pour le contrat avec le gouvernement tadjik.

— Nikolai, tu sais que je ne peux pas... commence-t-il.

Mais je lève la main, interrompant tout net ses balivernes.

— Pas de ça avec moi. Nous savons très bien, tous les deux, que notre produit est supérieur à celui d'Atomprom. Alors, pourquoi nos permis ont-ils été retirés ?

Il cligne des paupières, stupéfait que je sois aussi direct.

— Eh bien, il y a des problèmes de sécurité et...

— Nous n'avons jamais eu de fusion ni de fuite. Nos protocoles de sécurité surpassent toutes les exigences gouvernementales, et surtout, nos réacteurs peuvent fournir une énergie propre à moindre coût à chaque village, même les plus inaccessibles et reculés.

Il soupire, repoussant son kebab à moitié fini.

— Écoute, je ne connais pas les détails, mais si nos inspecteurs...

— Ce sont les mêmes inspecteurs qui ont donné le

feu vert à l'offre d'Atomprom ? Si oui, pour quel montant ?

Il a la grâce de rougir avec embarras.

— Nous venons tout juste d'ouvrir l'enquête sur l'accident d'hier soir, dit-il d'une voix cassée. S'il s'avère que des erreurs ont été commises, nous prendrons les mesures appropriées. Nous ne tolérons pas la corruption et les pots-de-vin. La sécurité de nos citoyens et de l'environnement est de la plus haute importance pour nous.

Je hoche la tête en prenant ma fourchette.

— C'est pour ça qu'Atomprom n'a jamais été la bonne entreprise pour s'associer avec vous. Leur historique de sécurité est épouvantable.

En silence, je prends deux bouchées de falafel pour le laisser réfléchir. Je ne suis pas surpris le moins du monde quand il dit brusquement :

— Bon, d'accord, je peux toujours me renseigner sur vos permis. Peut-être qu'un inspecteur a fait de l'excès de zèle.

— J'apprécierais beaucoup. Et s'il s'avère qu'il y a eu un malentendu, nous te serions reconnaissants de revenir sur ta décision et de nous en faire part lors de l'appel d'offres.

Il passe la langue sur ses lèvres.

— Je comprends.

Évidemment. La gratitude des Molotov s'avère souvent très lucrative. Tout comme la gratitude des Leonov, mais cela, il le sait déjà.

Son nouveau manoir à Khujand en est la preuve.

Ce serait facile pour moi de le souligner, d'utiliser les preuves de corruption que les hackers de Konstantin ont découvertes pour le soumettre à nos exigences, mais contrairement à Valery, j'ai la conviction qu'il faut d'abord agiter la carotte avant de se résoudre au bâton.

Tout a tendance à se dérouler plus facilement de cette façon.

Une fois cet objectif atteint, je reviens à des sujets plus neutres et le reste du repas se déroule avec des conversations agréables. Il n'aborde pas les détails de notre « gratitude », et moi non plus. Il veut pouvoir démentir toute accusation de corruption lorsque notre paiement sera sur son compte off-shore, mais cela ne nous concerne plus.

Quand nous avons terminé, il retourne à sa voiture et je passe aux toilettes avant le long trajet vers l'aérodrome où mon jet m'attend. Je me lave les mains lorsque la porte s'ouvre pour laisser entrer un homme grand et athlétique, de mon âge environ.

Un homme que je reconnais instantanément.

— Tiens, tiens, si ce n'est pas le frère Molotov disparu, raille Alexei Leonov, appuyé contre la porte et ses bras tatoués croisés sur son torse. C'est curieux de te trouver dans le coin.

39

NIKOLAI

*J*e m'essuie les mains sur une serviette en papier et la jette à la poubelle. Ce faisant, je scrute mon ennemi à la recherche d'une arme. Il ne semble pas en porter, mais cela ne veut rien dire. Il pourrait avoir un pistolet attaché à sa cheville ou glissé à l'arrière de son jean. Et il y a certainement un ou deux couteaux dans ses bottes de motard.

Alexei Leonov est connu pour sa soif de violence.

— Drôle de coïncidence, dis-je calmement, m'apprêtant à saisir le Glock sanglé à ma poitrine sous ma veste. Quel bon vent t'amène à Dushanbe ?

Il affiche un grand sourire.

— La même chose que toi, j'imagine.

Les bras croisés, il s'écarte de la porte et s'approche. S'arrêtant devant moi, il me demande :

— Comment ça va, la vie à... où es-tu en ce moment ? En Thaïlande ? Aux Philippines ?

Même de près, ses yeux marron foncé semblent presque noirs, assortis à la teinte de ses cheveux.

— La vie va bien. Comment va ton vieux père ?

S'il pense que je vais trahir ma cachette après tous les efforts que Konstantin a faits pour m'assurer la discrétion, il se trompe.

— Toujours en vie et en pleine forme ?

Il répond avec un sourire tout en dents :

— Tu sais comment sont les vieux. Pratiquement indestructibles. Il faut vraiment y mettre du sien pour qu'ils crèvent.

Une fois encore, je ne mords pas à l'hameçon.

— Passe-lui le bonjour de ma part. Et à ton frère.

Il a une lueur sévère dans les yeux.

— Pas à ma sœur ? Ah oui, elle est morte, c'est vrai.

Je dois me maîtriser pour rester impassible.

— À ce qu'il paraît. Je suis désolé.

C'est un mensonge, Ksenia mérite de pourrir avec les vers, mais une réponse autre que neutre risquerait de faire pencher la balance, et il semble déjà nourrir quelques soupçons.

Son sourire dément revient.

— En parlant de sœurs... comment va ma promise ?

Je ne peux pas laisser passer ça. Je soutiens son regard, lui montrant toute la glace que recèle le mien.

— Alina n'est pas à toi. Elle ne l'a jamais été et ne le sera jamais.

— Ce n'est pas ce que dit notre contrat de fiançailles.

— Ce contrat a été annulé par la mort de mon père, et tu le sais.

— Vraiment ?

Il se penche jusqu'à ce que nous soyons presque nez à nez. Aucun humour ne subsiste sur son visage, ses traits durs accentués par une patine de cruauté indéniable. D'une voix redoutablement doucereuse, il chuchote :

— Dis à Alina que c'est l'heure. J'ai fini de patienter.

Et en reculant, il franchit la porte et s'en va.

───

La fureur chauffée à blanc brûle encore dans ma poitrine quand la Tesla de Konstantin s'approche de l'avion.

— Merci d'avoir attendu, dit-il en sortant. Je me suis dit qu'il valait mieux te donner ça en personne.

Il me tend une clé USB.

— Chloé ?

— Ce n'est pas bon, répond-il en hochant la tête. Tu as eu raison de me faire creuser dans son histoire. Cette fille n'est pas ce qu'elle semble être.

Merde.

— La mafia ?

— Peut-être. Regarde la vidéo. Mes gars font de leur mieux pour en savoir plus.

Il le fait exprès, ou quoi ? J'aimerais exiger toutes les réponses sans attendre, mais l'avion est prêt à partir et je dois encore lui parler de ma rencontre avec Alexei. Je le mets rapidement au courant et quand j'en viens à la partie sur Alina, je vois la même fureur que la mienne se refléter sur son visage.

— Je le tuerai s'il ose seulement respirer, dit Konstantin avec virulence. S'il pense que nous allons honorer ce putain de contrat moyenâgeux, passé quand notre sœur avait à peine quinze ans, il...

— Je ne pense pas qu'il était sérieux. Il a sans doute cherché à me provoquer pour se venger de l'explosion de leur usine. De toute façon, il n'est même pas sûr qu'elle soit avec moi. Il tâtait le terrain.

Konstantin prend une inspiration pour retrouver sa contenance. De nous trois, c'est le plus proche d'Alina. Il a passé beaucoup de temps à la garder pendant les vacances scolaires et en été. Je n'ai jamais eu ce luxe, puisque notre père a décidé très tôt que j'étais le fils le plus apte à assumer le rôle de chef dans notre organisation, et j'ai passé toute mon enfance et mon adolescence à apprendre les ficelles pour diriger l'entreprise familiale.

— Tu as raison, dit-il d'un ton plus calme. Il est énervé, et il cherche à nous provoquer. Mais au cas où, conseille à Alina de se méfier.

— Je ne pense pas que ce soit une bonne idée. Elle a eu... quelques problèmes ces derniers jours.

Il fronce les sourcils.

— Les migraines sont de retour ?

Je hoche gravement la tête.

— Lyudmila dit qu'elle a pris des médicaments assez forts pendant mon absence. Elle a fumé aussi.

Alina pense que je ne suis pas au courant pour l'herbe, mais c'est moi qui ai demandé à Lyudmila de lui tenir compagnie chaque fois qu'elle veut fumer. Je ne suis pas fan des substances psychotropes, mais je comprends pourquoi ma sœur en a besoin, et la marijuana médicinale est même préférable à certaines des prescriptions qui se trouvent dans le tiroir de sa table de chevet.

La mine de Konstantin s'assombrit.

— C'est le début d'une nouvelle spirale ?

— Espérons que non.

Si c'est le cas, c'est une autre raison de me dépêcher de rentrer. Même si Alina et moi ne sommes pas très proches, quelque chose dans ma présence la stimule, peut-être même la friction qui existe entre nous. Cela lui donne un sujet sur lequel se concentrer, pour se distraire de ses tourments intérieurs.

Avec moi, elle a une cible claire et concrète au lieu des ombres insaisissables tapies dans son esprit.

— Écoute, dis-je à Konstantin, je dois y aller. Je te ferai savoir comment elle va quand je la verrai en personne. Demande à ton équipe de continuer comme ça. Alexei ne doit pas savoir où nous sommes.

Sa mâchoire se contracte.

— Ne t'inquiète pas. Il n'en saura rien.

— Merci.

Avec un dernier coup d'œil vers mon frère, je monte dans l'avion.

Pavel m'attend sur le canapé, dans la cabine principale du jet, un ordinateur ouvert sur la table basse devant lui. Je m'assois à côté et insère la clé USB dans l'ordinateur.

Il y a deux dossiers dessus : « Rapport mis à jour » et « Caméra magasin, Boise, 14 juillet ».

Mon rythme cardiaque s'accélère à mesure que la tension imprègne mon corps.

C'est le jour où elle a postulé pour devenir le prof particulier de Slava.

Je clique sur la vidéo.

L'image est de mauvaise qualité, avec du grain. On y voit une rue quelconque longée par quelques boutiques, un café, avec des voitures garées et des piétons qui passent de temps à autre. L'heure dans le coin m'indique qu'il est un peu après dix heures du matin.

Au début, il ne se passe rien, mais après une trentaine de secondes, j'aperçois une silhouette élancée familière. Vêtue d'un t-shirt et d'un jean, Chloé marche d'un pas vif dans la rue.

Elle passe devant une boutique de vêtements au moment où cela se produit.

Brutalement, la vitrine sur sa gauche explose.

Pavel lâche un juron stupéfait, mais je l'ignore, mon attention rivée sur la petite silhouette figée de Chloé. Tous les muscles de mon corps sont crispés, la peur et la fureur me traversant par vagues dévastatrices. Malgré la vidéo floue, je devine le choc sur son visage, ses yeux qui balayent la rue avec incompréhension.

Puis les passants se mettent à crier au secours, hurlant à la fusillade, et elle s'élance sur le trottoir... juste au moment où un autre fracas retentit et qu'une pluie de verre explose à nouveau autour d'elle.

En quelques secondes, elle a disparu et la vidéo se coupe.

— Putain de merde, marmonne Pavel.

Quant à moi, j'ouvre déjà l'autre dossier.

Le rapport.

CHLOÉ

*J*e ne dors pas bien. Pas du tout. Comment le pourrais-je, avec ce genre d'avertissement en tête ?

Dors bien cette nuit, tu en auras besoin.

Nikolai n'aurait rien pu dire de plus efficace pour m'empêcher de fermer l'œil. Il aurait tout aussi bien pu me dire qu'il avait l'intention de me baiser jusqu'à l'épuisement dès son retour.

Quoique... Il me l'a dit à mots couverts avant de me quitter. Ses promesses salaces ont alimenté mes rêves sensuels et mes séances de masturbation sous la douche... notamment après notre échange d'hier soir.

J'ai pensé que quelques orgasmes pourraient me détendre, mais cela n'a fait qu'empirer les choses. Tout en jouant avec moi-même, je n'arrêtais pas de penser à ce qu'il me ferait à son retour... à la sensation de ses mains et de ses lèvres sur moi, de son sexe en moi. Mon imagination s'est déchaînée, dépeignant toutes sortes de scénarios classés X qui occupent encore mes pensées en ce moment même, malgré la lumière claire du matin. J'en ai les sous-vêtements mouillés et le cœur effréné.

L'absence prolongée d'Alina ne m'aide pas. Elle ne descend pas pour le petit-déjeuner ni le déjeuner, et quand j'interroge Lyudmila, elle me répond que la sœur de Nikolai a encore mal à la tête.

— Ça lui arrive souvent ? demandé-je, inquiète.

Lyudmila hoche la tête, la mine fermée, avant de détourner le regard.

Je me pose des questions à ce sujet, mais elle n'est pas bavarde alors je décide de ne pas l'interroger davantage. Je passe plutôt l'après-midi à apprendre l'anglais à Slava et à compter les minutes jusqu'à l'heure du dîner... à laquelle Nikolai devrait arriver.

Mon élève est tout aussi impatient. Lyudmila a dû lui dire que son père revenait aujourd'hui, parce qu'il n'arrête pas de sauter à la fenêtre pendant que nous révisons l'alphabet.

— Tu veux faire une surprise à ton papa ? demandé-je quand il revient de la fenêtre pour la cinquième fois. Il sera content.

Slava se renfrogne.

— Content ?

— Oui, content.

Je dessine un visage souriant avec un feutre jaune.

— Tu veux que ton papa soit content ?

Il hoche la tête et s'assoit par terre à côté de moi.

— Alors, répète après moi : Salut, papa.

Slava garde le silence. Il connaît ces deux mots grâce aux livres que nous avons lus, et il répète souvent des phrases après moi quand je le lui demande. Je sais donc que ce n'est pas un problème de compréhension.

Doucement, j'essaie encore :

— Salut, papa.

Il fixe ses baskets.

— Salut, papa, dit-il enfin d'une toute petite voix.

Ses paroles sont tranchantes, cependant, tout comme la méfiance dans ses grands yeux dorés lorsqu'il lève la tête.

Il est hésitant et je ne peux pas lui en vouloir. Malgré les quelques progrès que nous avons faits lors de notre lecture commune l'autre jour, le père et le fils sont pratiquement deux inconnus l'un pour l'autre.

Je tends la main et prends la sienne.

— Je suis très fière de toi. Tu es courageux et fort, comme Superman.

Son petit visage s'illumine.

— Superman ?

— Superman, confirmé-je en serrant doucement ses mains avant de les relâcher. Courageux et fort.

— Courageux et fort, chuchote-t-il comme pour tester les mots, avant de désigner sa poitrine. Courageux et fort ?

Je le regarde avec un grand sourire.

— Oui, tu es courageux et fort, tout comme Superman. Et tu rendras ton papa très content.

À son tour, il sourit.

— Content, oui.

Il montre le dessin du visage souriant et bombe le torse.

— Très content.

Il est tellement adorable que je ne peux pas résister à l'envie de lui faire un câlin. Mon cœur fond lorsque ses petits bras passent autour de mon cou pour me serrer très fort. Voilà pourquoi j'aime tant les enfants. Tout ce qu'ils veulent, c'est de l'amour et de l'affection qu'ils rendent toujours au centuple.

Nikolai ne comprend pas encore son fils, mais ça ne saurait tarder.

Ce n'est qu'une question de temps, avec quelques efforts de ma part.

Une heure avant le dîner, je laisse Slava avec Lyudmila et je vais dans ma chambre pour me changer et me préparer. Je suis si excitée et nerveuse que je peux à peine empêcher mes mains de trembler alors que j'applique mon maquillage et lisse mes cheveux en leur donnant un semblant de vagues, imitant la coiffure qu'Alina m'avait faite. Si elle était en forme, je lui demanderais de répéter sa magie, mais comme je ne l'ai pas vue de l'après-midi, j'en déduis qu'elle a toujours mal à la tête.

La pauvre. J'espère que ça ira mieux bientôt.

Une fois ma coiffure et mon maquillage terminés, je passe en revue mon opulente collection de robes de soirée à la recherche de la plus belle. En l'absence de

Nikolai, j'ai opté pour celle qui me semblait la plus confortable et la plus facile à enfiler, mais ce soir, je tiens à faire un effort supplémentaire.

Je veux lui couper le souffle et voir dans ses yeux cette chaleur sombre et sauvage qui m'excite et m'effraie à la fois.

Je choisis une délicate robe ivoire, avec des fils dorés subtilement tissés dans l'étoffe diaphane. Le bustier sans bretelles et en forme de cœur rehausse ma poitrine et souligne ma taille. La jupe moulante épouse mes hanches de manière particulièrement flatteuse, et lorsque je marche, une fente à hauteur de cuisse sur le côté gauche offre un aperçu de ma peau nue. J'associe la robe aux Jimmy Choo dorées que j'ai portées lors de ma première soirée élégante et je suis fin prête.

Prête à voir Nikolai et à faire passer notre relation à l'étape supérieure.

La voiture s'arrête au moment où je descends les escaliers. Je l'aperçois derrière l'une des grandes fenêtres et mon cœur s'emballe. Lyudmila et Slava sont déjà dans le salon, le garçon en tenue du soir. À mon approche, il me sourit timidement et je lui serre les épaules dans un geste encourageant.

— Souviens-toi, courageux et fort, comme Superman, murmuré-je en essayant de contrôler ma propre nervosité.

Il glousse discrètement avant de se taire lorsque la

porte d'entrée s'ouvre. L'instant d'après, des pas approchent.

Pavel apparaît en premier, mais je le remarque à peine malgré sa stature imposante. Toute mon attention se porte sur le bel homme ténébreux derrière lui, dont les yeux de prédateur m'embrasent avec une intensité qui consume ma chair et me bloque les poumons.

Ces deux derniers jours, j'ai oublié ce que c'était que d'être près de lui, ressentir l'impact dévastateur de sa présence. Je ne fais pas que le voir, je le *ressens* dans chaque pore de ma peau, chaque cellule de mon être. Mon regard éperdu se délecte de ses traits, s'attardant sur les angles bruts de sa mâchoire et la forme sensuelle de ses lèvres, l'épaisseur étonnante de ses cils d'un noir de jais et ses cheveux coiffés en arrière, révélant son front haut et ses pommettes larges. Il porte une tenue plus décontractée que lorsqu'il est parti, avec une chemise bleue et un pantalon de costume. Il est tellement sexy que mes jambes menacent de se dérober sous le coup de l'émotion. Mon cœur s'emballe, mon corps tout entier bourdonne comme si un réseau de fils électriques se réveillait sous ma peau. Je remarque vaguement Lyudmila du coin de l'œil, qui s'avance pour embrasser son mari tout en parlant en russe de manière volubile.

Nikolai doit subir les effets du même sort puissant, lui aussi, car pendant un long moment, il reste immobile, ses yeux brillants balayant avidement mon corps.

Puis il vient vers moi.

Je retiens mon souffle sans le quitter des yeux alors qu'il s'arrête devant moi. Il est infiniment plus proche que sur mon écran d'ordinateur. Plus grand, plus réel... dangereusement, viscéralement viril. Même avec son charme séducteur et ses vêtements raffinés, je ne peux négliger son aspect brut presque animal, le sentiment que quelque chose de sauvage se cache sous sa belle façade... et c'est précisément cette chose qui m'attire vers lui, même si un frisson dissuasif remonte le long de ma nuque.

À distance, c'était facile de me convaincre qu'il n'avait rien de redoutable.

De près, c'est une autre paire de manches.

— Salut, papa.

Cette petite voix aiguë me fait sortir de ma transe et exerce un effet encore plus flagrant sur Nikolai. Tous les muscles de son visage se contractent alors que son regard se tourne vers le garçon, debout courageusement à mes côtés.

Pendant un instant, le père et le fils se dévisagent sans sourciller. Puis Nikolai se met lentement à genoux.

— Salut, répond-il d'un ton rauque, un mélange d'émotions sur son visage. Salut, Slavochka.

Mon cœur se gonfle de chaleur. C'est un surnom très affectueux, j'ai entendu assez de russe ces derniers jours pour le savoir.

Slava adresse un sourire hésitant à son père avant de me regarder.

— C'est bien, lui dis-je en caressant ses cheveux soyeux. Comme Superman.

Je croise le regard de Nikolai.

— Dis-lui que c'est bien.

Son visage se crispe et un sentiment sombre et angoissant transparaît dans son regard avant qu'il ne se ressaisisse.

— C'est très bien, dit-il à son fils un peu sèchement avant de se relever et de reculer, retrouvant sa mine fermée.

Troublée, je cherche à reprendre la parole, mais il m'impose le silence.

— Je dois te parler, me dit-il d'une voix dure.

Puis, saisissant ma main dans une poigne de fer, il me conduit jusqu'à son bureau.

41

CHLOÉ

J'ai l'estomac noué et le pouls si fébrile que je crains de m'évanouir lorsqu'il prend place en face de moi, derrière la table ronde, son regard empreint d'une obscurité qui, j'en ai la certitude à présent, ne provient pas uniquement de mon imagination. Disparu l'homme tendre et enjôleur avec lequel j'ai échangé pendant de nombreuses heures en ligne, un homme ouvert à ses sentiments pour moi. À la place, je suis en présence d'un bel inconnu terrifiant, le visage frémissant de rage.

Le pire, c'est que je n'ai aucune idée de ce que j'ai fait de mal, de ce qui a bien pu se passer pour le contrarier à ce point. Est-ce ce qu'a dit Slava ? Ou ma suggestion maladroite d'encourager le garçon pour...

— Tu m'as menti, zaychik, déclare-t-il sur un ton mortellement doux qui comprime mon cœur dans un étau.

Je me suis trompée.

Ça n'a rien à voir avec Slava.

C'est bien pire.

Je déglutis avant de tenter :

— Nikolai, je...

Il lève une main péremptoire et ouvre l'ordinateur portable dont je viens juste de remarquer l'existence sur la table.

— Regarde, ordonne-t-il en orientant l'écran vers moi.

Je m'exécute... et ce que je vois me glace le sang.

C'est moi, ce jour-là, à Boise.

Le jour où ils m'ont tiré dessus en pleine rue.

Nikolai n'aurait rien pu découvrir de plus accablant, rien qui évoque plus clairement le danger que je représente pour sa famille, un danger auquel je ne me suis pas vraiment autorisée à penser, plutôt concentrée sur ma propre situation, ma propre survie. C'est seulement maintenant, avec cette vidéo de mauvaise qualité sous les yeux, que je comprends à quel point j'ai été irréfléchie, égoïste.

J'ai deux tueurs violents à mes trousses et me voilà en train de jouer à la poupée avec les vêtements qu'il m'a achetés, comme si j'étais en sécurité dans une enceinte qu'il a construite pour son fils, un enfant brillant et adorable que j'ai déjà appris à aimer.

Un enfant que je mets en danger par ma seule présence.

J'avais en quelque sorte bloqué cette idée dans mon esprit, en même temps que la terreur écrasante de ce jour-là, mais je ne peux plus le faire. Tremblante de tous mes membres, en proie à la nausée, je lève la tête.

— Nikolai, je suis tellement, tellement désolée. Je vais partir. Je vais m'en aller tout de suite...

— Assieds-toi.

Sa voix est encore plus douce, un contraste effrayant avec la férocité sauvage dans ses yeux.

— Tu n'iras nulle part.

— Mais...

— Assise.

Mes genoux se dérobent sous mon corps, obéissant à son ordre intransigeant.

Il se penche vers moi, le regard inébranlable.

— Je veux la vérité. Toute la vérité. Compris ?

Je hoche la tête, même si je crains de m'effondrer de l'intérieur, tous mes espoirs et mes rêves s'écroulant autour de moi.

Je le lui dirai.

Je lui dirai tout.

Après tous les mensonges, il mérite de connaître la vérité.

42

CHLOÉ

— *T*out a commencé quand je suis rentrée à la maison après ma remise de diplômes, dis-je, essayant sans succès de garder une voix stable. Je devais arriver à temps pour le dîner, mais il y avait plus de circulation que d'habitude, et en fin de compte, j'avais presque une heure de retard. Dès que j'ai trouvé une place de parking devant notre immeuble, je suis montée en courant à l'appartement en laissant ma valise dans la voiture. Je me disais que je reviendrais la chercher après le dîner. J'avais mes clés, alors je suis entrée et je suis allée directement à la cuisine, où je pensais que maman réchauffait le repas. Mais quand je suis arrivée là-bas...

Je m'interromps pour ravaler la boule qui menace de me prendre à la gorge.

— Elle était morte, devine Nikolai, sinistre.

Je hoche la tête, des larmes chaudes me piquant le fond des yeux.

— Elle était étendue dans une mare de sang sur le sol de la cuisine, les poignets fendus. Je n'ai pas trouvé de pouls, alors j'ai couru chercher mon téléphone... Mais j'étais tellement pressée que j'avais oublié mon sac à main avec le téléphone dans la voiture. Avant que je puisse sortir de l'appartement, j'ai entendu des voix, des voix d'hommes, dans la chambre de maman.

À ces mots, il plisse dangereusement les yeux.

— Ils étaient là ? Dans l'appartement avec toi ?

— Oui. J'ai sauté dans le petit placard près de la porte d'entrée et je me suis cachée derrière les manteaux. C'est à ce moment-là que je les ai vus. Deux grands hommes avec des masques de ski. Ils sont sortis de l'appartement, puis ils sont revenus juste après. Je les ai entendus retourner dans la chambre, et comme j'étais à côté de la porte, j'en ai profité pour m'enfuir. J'ai descendu les cinq étages en courant, puis j'ai continué à courir jusqu'à ma voiture.

Je prends une inspiration tremblante en me remémorant cette panique sourde et absolue, entre crise d'hyperventilation et sanglots, alors que j'essayais avec peine d'insérer mes clés de contact.

Nikolai me laisse un moment pour me ressaisir.

— Que s'est-il passé ensuite ?

— J'ai appelé les secours et je suis allée au poste de police le plus proche. Je leur ai raconté ce qui s'était passé et ils ont envoyé une unité à mon appartement. Mais les tueurs étaient déjà partis, et la police a décidé...

Ma voix se brise quand je reprends :

— Ils ont conclu à un suicide.

Il fronce les sourcils.

— Je ne comprends pas. Tu leur as parlé des deux hommes ? Tu as fait une déposition officielle ?

— Oui. Je leur ai parlé des masques, des fusils avec silencieux et...

— Des fusils avec silencieux ?

Je hoche la tête, refermant les bras autour de mon buste. J'ai si froid que mes dents commencent à s'entrechoquer.

— Je les ai vus à travers les manteaux, dans le couloir. Techniquement, je n'ai repéré qu'une arme, mais plus tard, quand je les ai revus, il y en avait deux, alors je suppose...

— Plus tard ? fait-il en serrant les dents. Tu les as revus de près ?

— Pas de près, non. Ils étaient à environ une rue de moi. C'était après ça, dis-je en désignant l'ordinateur du menton. Ils se sont lancés à ma poursuite et je les ai vus. Ils avaient chacun une arme.

— Les masques de ski aussi ?

— Oui.

J'essaie péniblement de me remémorer les deux silhouettes, mais à part leur taille et les armes qu'ils tenaient à la main, elles sont floues dans mon esprit.

— Enfin, j'en suis presque sûre.

Le regard de Nikolai devient plus affûté.

— Mais pas à cent pour cent ?

— Je... non.

C'est stupide de ma part. J'aurais dû être attentive, mémoriser chaque petit détail pour pouvoir...

— C'est la seule fois où tu les as revus ? La seule fois où ils se sont lancés à ta poursuite ?

— Non, dis-je, saisie de frissons. Loin de là.

Son visage est un masque de fureur à peine contenue.

— Raconte-moi tout.

Je me lance. Je lui parle du pick-up noir aux vitres teintées qui a failli me renverser à ma sortie du poste de police et comment l'incident s'est reproduit sur un parking de Walmart, une heure à peine après que j'ai signalé la première tentative. Je lui raconte l'incendie du motel où j'avais réservé une chambre pour éviter de dormir dans l'appartement, puis du pick-up qui a failli me faire sortir de la route alors que j'étais déjà en fuite. Je lui parle de ma petite erreur dans un Airbnb à Omaha, quand je me suis arrêtée pour me reposer il y a quelques semaines avant de devoir m'échapper par la fenêtre au milieu de la nuit en entendant des grattements sur la porte.

— La serrure. Ils essayaient de la crocheter, commente Nikolai en serrant les dents. Si tu ne t'étais pas réveillée...

— Oui. Et il y a eu d'autres fois où j'étais convaincue qu'ils étaient proches, comme quand j'ai repéré un pick-up noir aux vitres teintées près d'une station-service en m'en allant. J'étais tellement parano à ce moment-là que ça aurait pu être mon imagination. Ou peut-être pas.

Peut-être que c'étaient eux. Je n'en sais rien. Tout ce que je sais, c'est qu'ils continuaient à me poursuivre, et la seule chose que je pouvais faire, c'était de continuer à avancer. Jusqu'à ce que je n'aie plus d'argent.

— Et là, tu es tombée sur mon annonce.

— Oui, dis-je en ravalant mon angoisse. Je suis désolée, Nikolai. Sincèrement. Je n'avais pas les idées claires quand j'ai postulé. Il ne me restait plus que quelques dollars et j'étais terrifiée parce qu'ils venaient de me retrouver et ils devenaient plus audacieux, allant jusqu'à me tirer dessus en plein jour. Je vais m'en aller, je le jure. Tu n'es même pas obligé de me payer ma semaine. Je trouverai un autre emploi et...

— De quoi tu parles, putain ?

Se levant d'un bond, il abat ses poings sur la table et se penche en avant. Sa voix est sèche.

— Je te l'ai dit, tu n'iras nulle part.

À mon tour, je me lève et m'éloigne.

— Nikolai, je t'en prie. Je suis vraiment désolée, c'est la vérité. Je ne voulais pas mettre ta famille en danger. Je vais partir aujourd'hui. Tout de suite. Avant qu'ils ne découvrent que je suis ici et...

Mon cœur remonte dans ma gorge alors qu'il s'avance vers moi, ses yeux de feu et de soufre à la fois.

— S'il te plaît. Je jure que je...

Ses mains se referment en haut de mes bras dans une poigne de fer.

— Tu ne partiras pas, grogne-t-il.

M'attirant à lui, il écrase ses lèvres contre les miennes.

43

NIKOLAI

Je dévore sa bouche avec toute la fureur et la peur qui m'animent, toute la faim que je retiens. Tout a un sens maintenant : son apparence famélique et son appétit de bûcheron, les petites plaies dont son bras est criblé et les cauchemars qui l'assaillent chaque nuit. Pendant des semaines, ils l'ont pourchassée, cherchant à l'exterminer, à l'anéantir, et ce jour-là, à Boise, ils ont failli réussir.

Quelques centimètres à droite et la balle aurait traversé son crâne.

Pendant tout le vol de retour, j'ai tremblé de rage, et c'était avant que j'apprenne le reste. Avant que je sache combien de fois elle a frôlé la mort. Si elle ne s'était pas réveillée en entendant la serrure qu'ils crochetaient ou si elle n'avait pas bondi pour s'écarter de la trajectoire de ce pick-up... Bon sang, si elle avait seulement respiré plus fort dans ce placard à manteaux, elle ne serait pas là aujourd'hui.

Je ne la tiendrais pas dans mes bras, je ne la goûterais pas.

Je ne saurais pas ce que c'est que d'avoir trouvé l'autre moitié de mon âme.

Sa tête recule sous la pression brutale de mes lèvres, ses mains désespérément agrippées à mes bras. Je sais que je devrais ralentir, être doux, mais j'en suis incapable. Toute la retenue dont j'ai fait preuve jusqu'à présent semble avoir disparu, réduite en cendres par les flammes de ma fureur, balayée par ma peur pour sa vie.

Le rapport de Konstantin comportait tant de lacunes, tant de vides suspects dans les dossiers de police qu'il m'avait procurés. Aucune mention des deux hommes masqués dans l'appartement de sa mère, rien sur les tentatives de meurtre avec délit de fuite. Même ses e-mails aux journalistes, ceux que les hackers de Konstantin ont trouvés parmi ses messages envoyés, ne semblent pas avoir atteint leurs destinataires, comme si quelqu'un avait bloqué ses envois ou les avait marqués comme spam. Et puis, il y a toutes ces vidéos effacées ou endommagées, qui auraient certainement pu prouver les autres tentatives d'assassinat.

Quelqu'un s'est donné beaucoup de mal pour tuer sa mère et couvrir les traces, une personne avec d'énormes ressources. Je ne sais pas qui c'est, et cela me ronge comme de l'acide.

Le souffle court, je détache ma bouche de la sienne et rencontre son regard étourdi.

— Tu ne partiras pas.

Déjà avant de connaître son histoire, je ne comptais pas la laisser partir, mais maintenant que je sais qu'elle est en danger de mort, je ferai tout ce qui est en mon pouvoir pour la garder ici. Je suis prêt à l'enchaîner à moi s'il le faut.

Elle cligne des paupières et entrouvre ses lèvres gonflées par nos baisers.

— Mais...

— Il n'y a pas de *mais*. Je ne veux plus rien entendre. Tu es à moi maintenant, compris ?

Ma voix est sèche, gutturale. Je l'effraie, je le vois bien, mais c'est plus fort que moi. Je ne peux plus remettre la bête en laisse.

Elle ouvre la bouche pour répondre, mais je ne la laisse pas faire. Je glisse ma main dans ses cheveux et la serre, la retenant immobile alors que je me lance dans un autre baiser profond et intrusif. Il y a quelque chose de sombre et de malsain dans mon désir pour cette femme, dans cette impulsion que j'éprouve, ce besoin de la faire mienne. Mon avidité monte de la partie la plus enfouie et la plus sauvage de mon être, c'est une faim que je me suis efforcé de lui cacher, à elle et aux autres... une faim que ma sœur a perçue l'autre soir, à son détriment.

Chloé a raison de se méfier de moi.

Je ne suis pas un homme tendre et ordinaire.

Mon côté civilisé n'est qu'un costume que je porte.

Au début, elle se raidit sous mon assaut, mais au bout d'un moment, son corps se radoucit contre le mien, ses bras se referment autour de mon cou et elle cède au besoin brûlant qui nous consume. Elle m'embrasse et je la baise avec ma langue, dévore ses lèvres souples et pulpeuses. Je la porte sur la table, mes mains avides à la découverte de ses hanches, de sa cage thoracique et des deux renflements gourmands de ses seins.

Comme sa robe entrave mes mouvements, je la déchire au niveau du corsage, trop impatient pour m'attarder sur les agrafes et les fermetures éclair. Elle ne porte rien en dessous et ses seins s'offrent brusquement à mes paumes, ronds et parfaits, avec de magnifiques tétons bruns en pointe. J'ai l'eau à la bouche en voyant ses mamelons et je penche la tête pour en prendre un entre mes lèvres. Elle a un goût de sel et de fruits, comme je l'ai toujours rêvé. Lorsqu'elle se cambre contre moi avec un cri essoufflé, ses petites mains m'empoignant les cheveux, je sais que je ne me lasserai jamais de cette femme.

C'est impossible.

Mon sexe est si rigide qu'il en est douloureux, mes bourses contractées alors que je reporte mon attention sur l'autre mamelon, l'aspirant profondément avant de lui donner un petit coup de dents. Elle lâche un nouveau cri et ses ongles s'enfoncent dans mon crâne. Je m'empresse de soulager la douleur de la morsure avec ma langue avant de lui soutirer un autre gémissement.

Elle halète, maintenant, se trémoussant contre moi. Je sais que j'avais raison à son sujet, sur notre compatibilité à cet égard. La bête en moi éveille en elle son parfait équivalent, accentuant cette alchimie sombre entre nous. La douleur et le plaisir, la violence et le désir... ces vérités coexistent depuis la nuit des temps, s'alimentant mutuellement, formant une symphonie sensuelle à nulle autre pareille.

Une symphonie que j'ai bien l'intention de jouer avec elle.

Libérant son téton, je descends le long de son corps et déchire sa robe en deux. C'était une belle robe, mais je lui en achèterai une autre. Je lui achèterai le monde entier, je comblerai ses moindres désirs. Elle n'aura plus jamais faim, ne connaîtra plus jamais le besoin. Parce qu'elle est à moi maintenant, son corps et son esprit, ses secrets, ses peurs et ses désirs.

Je veux absolument tout de cette femme.

Lui saisissant les deux mains, je les plaque sur les côtés, déposant des baisers brûlants sur sa cage thoracique, son ventre plat, le V si vulnérable sous son nombril. Elle porte un string blanc que j'arrache également, puis je lui serre à nouveau les poignets tandis que ma bouche poursuit son exploration. Son corps est magnifique, tout en finesse et en tonus, sa peau hâlée soyeuse sous mes lèvres. La toison entre ses cuisses est délicate et fine, comme si elle repoussait juste après une épilation à la cire. Un élan de jalousie me consume dans un brasier infernal quand je l'imagine se préparer pour un ex, pour un homme qui n'est pas moi.

Plus jamais ça.

Personne d'autre ne la touchera jamais.

J'étriperai quiconque essaiera.

Sa respiration s'accélère lorsque mes lèvres s'approchent de son sexe et les muscles de ses cuisses se contractent alors même que ses jambes s'ouvrent et que ses hanches se décollent de la table. Elle en a envie, à l'évidence, et même si je rêve de la goûter sans retenue, je choisis de prolonger ses tourments en enfouissant mon nez contre ses tendres replis, inspirant son parfum et laissant le désir monter en flèche.

— Nikolai, s'il te plaît...

Sa voix chevrote et ses mains se crispent dans les miennes tandis que j'embrasse et lèche les contours de sa vulve, prolongeant le supplice.

— Oh mon Dieu, s'il te plaît, vas-y...

Elle halète lorsque ma langue s'enfonce enfin entre ses plis, léchant l'expression moite de son désir, goûtant sa saveur riche et capiteuse. Elle est tout ce que j'avais imaginé, tout ce que j'ai toujours voulu, et ma queue palpite violemment, impatiente d'être en elle, de se glisser profondément dans sa chaleur humide et serrée. En attendant, je trouve son clitoris et je l'assaille avec avidité, alternant succion et coups de langue. Alors qu'elle jouit dans un cri étouffé, j'enfonce deux doigts dans sa chair saisie de spasmes, intensifiant son orgasme et l'apprêtant pour ce qui va suivre.

Parce que je ne serai pas tendre quand je la prendrai.

C'est impossible.

Du moins, pas cette fois-ci.

44

CHLOÉ

*L*es répercussions du plaisir se propagent encore dans mon corps quand j'ouvre les yeux pour découvrir Nikolai penché sur mon corps, une main sur la table à côté de moi et l'autre sur mon sexe, deux doigts longs et épais enfouis en moi. Il plisse les yeux, la mâchoire crispée.

— Maintenant, je vais te baiser, fait-il d'une voix dure et gutturale, dangereusement bestiale. Est-ce que tu comprends ?

Je comprends, et il me semble que c'est un avertissement autant qu'une déclaration implacable.

Il établit un fait, sans retour en arrière possible.

La partie saine de mon esprit me recommande de fuir, de me dérober à l'intensité sombre de son regard, même si une forme de dépravation en moi attend avec impatience qu'il perde le contrôle, qu'il montre sa voracité sans fard. Ses cheveux noirs et lisses sont ébouriffés par mes doigts, ses lèvres luisantes de mes fluides, et les boutons du haut de sa chemise ont disparu comme s'il les avait arrachés.

Ce n'est pas l'homme élégant et sophistiqué qui impose des horaires de repas rigides et fixes.

C'est l'être sauvage que j'ai perçu, affleurant à la surface.

— Je... commencé-je en m'humectant les lèvres, mon corps contracté autour de ses doigts. Je comprends.

Il serre visiblement les dents, et l'instant d'après, il est sur moi, ses lèvres et sa langue me dévorant à mesure que ses doigts vont et viennent, trouvant ce point magique qui fait danser des étincelles dans ma vision périphérique. Il a un parfum de forêt, primitif et sauvage, les senteurs de cèdre et de bergamote mêlées à la nuance musquée de mon excitation. Haletant dans sa bouche, je me cambre contre lui, me cramponnant à ses côtes alors qu'il entreprend de me baiser avec les doigts, les enfonçant en moi dans un rythme ferme et résolu qui fait monter la tension. Soudain, l'orgasme me frappe comme une locomotive à pleine vitesse, puis il se plaque sur mon corps, provoquant en moi un plaisir brûlant et étourdissant.

Dans un soupir alangui, je m'étends sur la surface dure de la table, mais Nikolai n'en a pas fini avec moi. Avant que je puisse m'en remettre, il retire ses doigts et me repousse sur le dos. Les paupières lourdes, je le regarde descendre sa fermeture éclair et dérouler un préservatif sur son sexe en érection.

Une érection impressionnante.

Je ne me trompais pas sur son volume. Il est plus grand que tous les hommes que j'ai connus.

Un frisson inquiet typiquement féminin me traverse, mais il est déjà sur moi, les doigts autour de mes poignets pour les retenir au-dessus de ma tête alors qu'il prend possession de mes lèvres dans un autre baiser enflammé. Son gland large et épais s'avance entre mes cuisses et s'enfonce sans plus attendre.

Les deux orgasmes m'ont détrempée et ramollie, mais l'étirement n'en est pas moins cuisant, mon corps s'adaptant à son gabarit quand il glisse plus profondément. Un gémissement de détresse monte de ma gorge et il s'immobilise en levant la tête.

Le souffle court, nous nous dévisageons longuement, et ses mots me reviennent sans crier gare. Des mots insensés sur la prédestination, le tissage du destin... d'après lui, notre union était inévitable. Je ne sais toujours pas si j'y crois, mais je ne peux pas nier la puissante connexion qui s'opère entre nous, je ne peux pas réfuter que cela ressemble à un lien bien plus fort qu'un simple rapport sexuel.

Il doit le sentir, lui aussi, car les flammes débridées dans ses yeux s'intensifient et sa prise se resserre sur mes poignets.

— Oui, zaychik...

Sa voix est caverneuse, éraillée.

— Tu es à moi maintenant.

Dans un puissant coup de reins, il s'enfonce jusqu'à la garde.

Le choc de l'invasion se répercute encore dans mon corps lorsqu'il commence à aller et venir, les yeux fixés sur les miens. Ses assauts sont impitoyables, si violents et intenses qu'ils deviennent douloureux, mais la gêne est vite effacée par une forme de plaisir plus sombre, causée en partie seulement par la tension nouvelle qui prend racine dans mon corps. Chaque coup de boutoir impitoyable fait claquer son bassin contre le mien, appuyant sur mon clitoris, mais c'est son regard qui décuple mon excitation et propulse un autre orgasme à travers mon corps.

C'est un regard de possessivité, absolu et total, mêlé à quelque chose de dangereusement tendre et vibrant.

Il jouit quelques instants après moi, le regard toujours fixe. Mon cœur bat la chamade lorsque son magnifique visage se contorsionne dans les affres du plaisir. Il s'ancre une dernière fois en moi et se déverse au plus profond de mon corps.

C'est l'expérience la plus intime que j'aie jamais vécue, la plus belle aussi.

Nos corps sont toujours emmêlés, mes poignets prisonniers de ses mains, quand il baisse la tête et offre à mes lèvres le baiser le plus doux et le plus tendre avant de poser sa joue contre la mienne, son souffle chaud effleurant mon épaule nue. J'aimerais avoir les mains libres pour l'étreindre, mais cette position aussi me semble juste, réconfortante en un sens. La table est froide et dure sous mon dos, mon entrejambe palpitant encore de sa possession brutale, et pourtant je me sens totalement en paix, ma respiration rapide ralentissant à mesure que chaque bribe de tension s'évacue de mon corps.

Je pourrais rester étendue comme ça pendant des heures, des jours, des semaines, mais après un long moment, il remue, levant la tête pour me regarder avec un sourire tendre. Relâchant mes poignets, il s'écarte doucement et prend appui sur la table pour se relever.

— Ça va, zaychik ? murmure-t-il, faisant courir sa paume chaude et calleuse sur mon bras.

Je hoche la tête, les joues rouges, en me redressant.

— Merveilleusement bien, avoué-je en rapprochant tant bien que mal les bords de ma robe déchirée alors qu'il jette le préservatif dans une corbeille près du bureau.

— Tant mieux, répond-il avec douceur, remontant la fermeture éclair de son pantalon. Parce que nous sommes loin d'avoir fini.

Me soulevant contre son torse, il me transporte hors du bureau.

45

CHLOÉ

*J*e m'attends presque à croiser Alina ou Lyudmila, mais nous arrivons dans la chambre de Nikolai sans avoir rencontré âme qui vive. C'est un immense soulagement, étant donné l'état de ma robe – et, je m'en rends compte en nous apercevant dans un miroir, de mon visage et de mes cheveux.

Avec mes lèvres gonflées par ses baisers et mes cheveux hirsutes, je n'ai pas seulement l'air d'une femme qui vient de prendre son pied.

J'ai l'air béate.

À vrai dire, c'est aussi ce que je ressens lorsqu'il m'allonge sur son grand lit et commence à se déshabiller, la chaleur volcanique se rallumant dans ses yeux dorés. Je ne sais pas si je vais pouvoir en faire plus, surtout avec les questions soulevées par la vidéo qui planent au-dessus de nous, mais lorsqu'il se retrouve entièrement nu, son corps somptueux offert à mon regard, je ne trouve pas la volonté de protester. Il grimpe sur moi et prend mes lèvres dans un baiser à la fois fougueux et tendrement érotique.

Cette fois, c'est de l'amour, pas de la baise. Il vénère chaque parcelle de mon corps, m'entraînant vers un autre orgasme par ses lèvres et sa langue avant de s'enfouir avec ferveur dans ma chair délicieusement endolorie. Sans comprendre comment, je parviens à jouir une fois de plus entre ses bras, puis, épuisée, je reste blottie contre lui comme une poupée de chiffon avant de m'endormir.

***

Je me réveille avec la sensation d'être submergée dans de l'eau chaude. Clignant des paupières, je réalise que nous sommes tous les deux à moitié couchés dans un bain moussant. Nikolai me soutient, son torse contre mon dos, pour éviter que je glisse et me noie.

— Détends-toi, zaychik, me murmure-t-il à l'oreille, passant une éponge savonneuse sur mes seins et mon ventre. Ferme les yeux, laisse-moi prendre soin de toi.

Il n'a pas besoin de me le demander deux fois. Après la nuit blanche que j'ai passée et avec mon corps engourdi par tous ces orgasmes, je dérive déjà au pays des rêves. J'ai vaguement conscience qu'il me lave partout, puis me sort de la baignoire et m'enveloppe dans une grande serviette moelleuse. À ce moment-là, je me réveille suffisamment pour lui demander d'utiliser les toilettes en toute intimité, après quoi je rejoins le lit d'un pas titubant pour découvrir qu'il m'attend avec un plateau-repas.

Dans un demi-sommeil, je le laisse porter à ma bouche des grains de raisin, des morceaux de fromage et des crackers tartinés de divers délices – après tout, avec nos ébats, nous avons raté le dîner –, puis je sombre dans son étreinte réconfortante, sécurisante et affectueuse.

Avec le sentiment d'être à nouveau chez moi.

46

CHLOÉ

*N*ous faisons l'amour encore à deux reprises pendant la nuit et Nikolai me donne deux orgasmes chaque fois. Au matin, je suis si endolorie que je ne peux pas bouger, et pourtant si comblée que ça en vaut la peine. Bien sûr, il est possible que mon incapacité à bouger soit due à son bras lourd sur ma cage thoracique qui m'arrime à lui pendant son sommeil, presque comme un enfant avec son ours en peluche.

Souriant à cette pensée incongrue, je m'extirpe prudemment de son étreinte et me dirige sur la pointe des pieds vers la salle de bain attenante, où je trouve une brosse à dents toute neuve, commodément prête pour moi. Essayant d'être aussi silencieuse que possible, je me brosse les dents et fais mes petites affaires avant de passer une robe de chambre moelleuse que je trouve suspendue derrière la porte. C'est évidemment la sienne, mais j'espère qu'il ne m'en voudra pas si je la porte le temps de retourner dans ma chambre.

Après tout, il a déchiré ma robe.

Cette pensée est à la fois dérangeante et exaltante, et mon pouls s'emballe quand je songe à sa réaction lorsque j'ai proposé de m'en aller. Je ne sais pas ce que j'imaginais une fois qu'il aurait appris ma situation, mais certainement pas cela.

Rien n'est résolu entre nous, mais il y a une chose dont je suis sûre maintenant et qui m'emplit d'une immense gratitude et d'un bel espoir.

Malgré le danger que j'ai apporté dans sa vie, Nikolai ne veut pas que je parte.

Je ne suis pas surprise de le trouver encore endormi quand je retourne dans la chambre. Entre le décalage horaire et le long vol – sans compter toutes ces séances de jambes en l'air – il doit être épuisé. Soulevant les pans de la robe de chambre pour éviter qu'elle traîne sur le sol, je me dirige tranquillement vers la porte, mais en passant devant le lit, je ne peux pas résister à l'envie de m'arrêter pour contempler mon nouvel amant.

Car c'est ce qu'est devenu mon magnifique et mystérieux patron russe.

Mon amant.

La couverture jusqu'à la taille, il est couché à moitié sur le côté, à moitié sur le dos, le visage partiellement tourné vers moi et un bras musclé replié au-dessus de sa tête. Certains hommes paraissent plus juvéniles au repos, plus innocents, mais pas Nikolai. Le sommeil ne fait que renforcer cette qualité animale dangereuse que j'ai sentie chez lui, tout en rehaussant sa beauté masculine saisissante. Comme ses yeux intenses sont enfin fermés, je remarque la longueur et l'épaisseur de ses cils d'un noir de jais, la netteté de ses pommettes. Ses lèvres sont entrouvertes, pourtant même dans cet état de détente, il y a un certain cynisme dans leur courbe, une sensualité malicieuse dans le contraste entre leur douceur et la barbe de fin de journée qui assombrit les lignes sculpturales de sa mâchoire.

Je pourrais rester debout et le fixer pendant une bonne heure, mais ce serait flippant, et de toute façon, je dois retourner dans ma chambre et m'habiller avant que le reste de la maisonnée ne se réveille. Je ne sais pas quelle heure il est, mais à en juger par la douce lumière qui filtre à travers les stores, le soleil n'est pas levé depuis longtemps – ce qui est logique, vu que je me suis endormie très tôt la nuit dernière.

Avec un dernier coup d'œil à Nikolai, je sors de la chambre sur la pointe des pieds. Comme je l'espérais, il n'y a personne, la maison est complètement silencieuse alors que je me dirige vers ma chambre. Je ne suis pas particulièrement gênée par ce qui s'est passé. Tôt ou tard, tout le monde saura que nous sortons ensemble. Mais Nikolai et moi devons en parler d'abord, de cela et du reste.

Je me sens toujours très mal de les mettre en danger, sa famille et lui, et seule l'idée qu'ils aient de nombreux gardes du corps et un arsenal de mesures de sécurité me retient de sauter dans ma voiture et de m'enfuir quand même. Enfin, en plus du fait que je n'ai toujours pas mes clés de voiture.

Je vais sérieusement insister pour qu'ils fassent venir un serrurier dès que possible.

En entrant dans ma chambre, je referme la porte derrière moi et je suis sur le point de retirer la robe de chambre quand je repère une silhouette sur mon lit.

Mon cœur bondit dans ma gorge, alors même que je reconnais l'intruse.

— Tu t'es tapé Kolya ? demande Alina en se levant et approchant, pieds nus et vêtue d'un simple peignoir.

En voyant l'éclat excessif dans ses yeux, je réalise qu'elle est sous l'influence de quelque chose.

Quelque chose de bien plus fort que l'herbe qu'elle fume.

47

CHLOÉ

— *Q*u'est-ce que tu fais ici ? demandé-je, le cœur battant, alors qu'elle s'arrête devant moi en vacillant.

Si j'avais des doutes sur son état de santé, ils se dissipent lorsque je découvre ses pupilles noires énormes et que je sens l'odeur doucereuse et malsaine de son haleine. Pour la première fois depuis que je connais la sœur de Nikolai, elle n'est pas maquillée et son beau visage est livide et bouffi, ses yeux verts injectés de sang et cernés.

— Je t'attendais.

Ses jolies lèvres exsangues s'étirent en un sourire maladroit.

— Mon frère voulait que tu sois payée pour la première semaine avant midi, hier, mais je ne me sentais pas assez bien pour sortir du lit. Je me suis levée plus tard dans la soirée et c'est à ce moment-là que je suis venue déposer ça.

Elle agite négligemment une main vers l'épaisse enveloppe sur la table de chevet.

— Tu as passé *toute la nuit* ici ?

Elle rit, un son trop cristallin, trop tranchant.

— Ne sois pas bête. J'ai déposé l'enveloppe et je suis partie. Mais comme je n'arrivais pas à dormir, je suis passée te voir ce matin, et tu n'étais toujours pas là. Alors...

Son regard se pose sur ma tenue.

— Tu as passé un bon moment à baiser mon frère ? D'après la rumeur, c'est un dieu au pieu.

La chaleur envahit mon visage.

— Je pense que tu ferais mieux de partir.

— Je vais y aller. Dis-moi juste une chose, Chloé... Es-tu déjà tombée amoureuse de lui ? Son beau visage a fini par te convaincre qu'il était bien ton chevalier en armure, après tout ?

Je prends une grande inspiration.

— Alina, écoute... Je ne sais pas quel problème tu as avec ton frère, mais il est préférable qu'on en parle quand tu iras mieux. Nikolai et moi, nous avons commencé à sortir ensemble, mais ça ne veut pas dire...

Elle se penche vers moi.

— Pauvre idiote. Il t'a baratinée, c'est ça ?

— Euh...

Je lui saisis les épaules pour la stabiliser, puis je la retourne et la pousse gentiment vers la porte.

— On en reparlera plus tard.

Elle se dégage de ma poigne.

— Tu ne comprends pas. J'essaie de t'aider.

Ses yeux vitreux sont hagards, implorants.

— Tu dois m'écouter. Il est comme *lui*.

Je ne devrais pas écouter ce qu'elle dit dans un tel état de nerfs, mais je ne peux pas m'en empêcher.

— Lui ?

— Notre père. Kolya est sa copie conforme à *tous* points de vue.

Elle empoigne les revers de ma robe de chambre.

— Tu comprends ? C'est un monstre, un tueur. Il...

Elle s'interrompt et son visage devient encore plus blême quand elle réalise ce qu'elle vient de dire.

Elle me lâche et recule sous mon regard atterré. Mon ventre se noue alors que tous les soupçons que j'ai nourris à l'égard des Molotov remontent à la surface comme un bouchon empoisonné dans un puits. Alina n'est clairement pas en possession de tous ses moyens, mais traiter son frère de tueur ?

Ce n'est pas une accusation qu'on lance sans raison, même ivre ou défoncé.

Elle tend déjà la main vers la poignée de la porte quand je sors de ma torpeur et me précipite vers elle.

— Qu'est-ce que tu racontes ?

Je l'attrape par le bras et la retourne vers moi.

— Putain, de quoi tu parles ?

Elle secoue la tête, les larmes au coin des yeux.

— Rien. Ce n'est rien. Oublie. Je voulais juste... que tu ne finisses pas comme elle.

— Elle ?

— Pars, Chloé. Pars avant qu'il ne soit trop tard.

Je serre les dents.

— Je ne peux pas. Pavel a perdu mes clés de voiture. Et même si je les avais, il n'y a pas moyen que je...

— Je les ai trouvées. Dans le tiroir de la table de nuit de Kolya.

Je recule, sentant soudain que la situation m'échappe.

— Quoi ? Quand ?

— Hier matin, quand je suis allée dans la chambre de Kolya pour te chercher l'argent.

Ses yeux d'un vert de jade paraissent hantés.

— C'est là que j'ai su.

Un frisson déferle le long de ma colonne vertébrale.

— Savoir quoi ?

Ignorant ma question, elle me contourne et se dirige d'un pas instable vers le lit, où elle commence à fouiller entre les plis de la couverture.

— Tiens.

Elle brandit un porte-clés rose en fourrure.

— C'est aussi pour ça que je suis venue, je voulais te donner ça.

Le malaise dans mon estomac s'intensifie. Elle ment. Elle doit forcément mentir. Elle aurait pu trouver les clés n'importe où, là où Pavel les a perdues. Parce que si elle ne ment pas, si elles étaient bien dans la table de chevet de Nikolai hier matin, alors elles n'ont jamais été perdues. À moins que Nikolai les ait retrouvées avant de partir en voyage, avant notre conversation vidéo dans laquelle il prétendait que Pavel n'arrivait pas à mettre la main dessus.

Comme si elle lisait dans mes pensées, Alina reprend d'une voix atone :

— Pavel ne perd jamais rien, d'ailleurs. Je le connais depuis toujours, et il n'a jamais rangé quoi que ce soit à la mauvaise place, ne serait-ce qu'une chaussette trouée. Ou alors, pas par hasard. Il est comme mon frère sur ce point. Tout ce qu'il fait est planifié.

Mon cœur cogne comme un maillet dans ma cage thoracique.

— Donne-moi les clés.

Je m'approche et les lui arrache de la main pour les fourrer dans la poche de la robe de chambre. Mon esprit s'emballe, mes pensées se bousculent comme des morceaux de verre bariolés dans un kaléidoscope. Je ne sais pas quoi penser, qui croire.

Pourquoi Nikolai mentirait-il à propos de mes clés ?

Et Alina ?

— Que voulais-tu dire quand tu as traité ton frère de tueur ? demandé-je en regardant ses yeux voilés par une substance forte. Qui est cette *femme* ?

Son visage se froisse.

— Tu ne veux pas savoir. Crois-moi, il ne vaut mieux pas.

— Si, dis-moi.

Elle secoue la tête et d'autres larmes s'échappent de ses yeux.

— Alina, s'il te plaît... Je dois savoir. Je dois savoir parce que... parce que tu as raison. Je...

Je prends ma respiration et ma poitrine se resserre tandis que la vérité s'ancre en moi.

— Je suis en train de tomber amoureuse de lui.

Ses épaules tremblent sous les sanglots silencieux alors qu'elle se laisse glisser au sol, le dos contre le montant du lit. Ses longs cheveux formant un rideau devant son visage, elle s'étreint les genoux.

Désespérée, je m'agenouille devant elle.

— S'il te plaît, Alina. Il faut que je sache. Comment était ton père ? En quoi Nikolai est-il un monstre ? Que s'est-il passé ? Qui est-il censé avoir tué ?

Pendant plusieurs longues minutes, il n'y a pas de réponse. Finalement, elle lève la tête, et à travers le voile noir de ses cheveux, je devine l'agonie qui tourmente son regard.

— Notre père, souffle-t-elle dans un murmure brisé et saccadé. Il l'a tuée, elle. Alors Kolya l'a tué, lui. Il l'a ouvert en deux, juste là...

Sa voix s'enraye à nouveau.

— Juste devant moi.

Alors que je la dévisage, muette d'horreur, elle enfouit son visage contre ses genoux et se met à pleurer.

48

CHLOÉ

On estomac est un puits de glace et d'acide, mes doigts sont engourdis et maladroits quand je range mes vieux vêtements dans ma valise. Alina est sur mon lit, endormie. Les médicaments et la nuit blanche ont fini par faire leur effet.

Je ne sais pas où je vais ni ce que je fais ; je sais seulement que je dois partir. Tout de suite. Avant que Nikolai ne se réveille. Vérité ou mensonge, réalité ou folie, je n'ai aucune chance de tout régler tant que je serai ici, sous son toit et à sa merci, avec cette alchimie surpuissante entre nous qui m'entraîne de plus en plus sous son charme mortel.

Je ne sais pas vraiment ce que j'attendais de la part d'Alina. Un aveu qu'ils font partie de la mafia, en fin de compte ? Peut-être est-ce le cas. À ce stade, rien ne me surprendrait. Depuis le début, mon instinct me met en garde contre Nikolai, et j'aurais dû l'écouter.

J'aurais dû écouter cette voix dans ma tête.

Tu ne partiras pas.

Hier, sa déclaration fervente m'a paru romantique, bien qu'un peu autoritaire, sa possessivité m'excitant plus qu'elle ne m'inquiétait. Mais maintenant, avec les révélations d'Alina qui résonnent dans mes oreilles et les clés retrouvées qui s'enfoncent dans ma jambe à travers la poche de mon jean, je ne peux m'empêcher de voir ses paroles sous un jour différent, infiniment plus sinistre.

Il ne comptait jamais me rendre les clés ?

Suis-je prisonnière sans le savoir depuis le début ?

D'un geste déterminé, je jette mes derniers vêtements et ferme la valise, puis je chausse mes vieilles baskets et prends l'enveloppe avec l'argent sur la table de nuit pour la mettre dans ma poche. Mon cœur bat si fort que j'en ai le tournis, à moins que ce soit simplement le chagrin qui m'oppresse.

Je voulais juste... que tu ne finisses pas comme elle.

Je ne sais toujours pas à qui Alina faisait allusion ; après son coup d'éclat, elle est devenue incohérente, sanglotant jusqu'à s'évanouir d'épuisement. Rien d'étonnant à cela. Il semble qu'elle ait été témoin du meurtre de leur père par Nikolai, et peut-être aussi de cette mystérieuse « elle ». Une de ses ex ? Ou pire, leur mère ? À moins que le « il l'a tuée » fasse référence à leur père, qui serait aussi un monstre ?

Je m'efforce de me remémorer une quelconque mention de la mort des parents de Nikolai et d'Alina, mais il n'y avait rien dans les articles en russe que j'ai trouvés. Nikolai a réagi vivement quand j'ai posé des questions sur ses parents, cette fois-là, mais je l'ai attribué à la tristesse. Y aurait-il plus que cela ? Et si c'étaient la culpabilité et la colère, le dégoût d'un homme qui a commis l'impardonnable, le plus odieux des crimes ?

Je ne sais pas si je suis prête à croire Nikolai capable du pire. Je ne veux pas le croire. Malgré l'obscurité que j'ai ressentie en lui, malgré sa faim sauvage pour moi, je me suis sentie en sécurité dans son étreinte la nuit dernière. Sa brutalité était tempérée par sa tendresse, sa force soigneusement maîtrisée. Et la façon dont il a pris soin de moi par la suite, en me lavant, me donnant à manger, me câlinant si affectueusement...

Un monstre est-il capable de prendre soin de quelqu'un ?

Un psychopathe peut-il simuler une émotion aussi parfaitement ?

Peut-être qu'Alina m'a raconté un tissu de mensonges. C'est peut-être un stratagème pour me faire partir, pour rompre une relation qu'elle désapprouve depuis le début. Si je parle à Nikolai, peut-être qu'il m'expliquera tout, qu'il me prouvera que sa sœur est malade, qu'elle a perdu la tête avec tous ces médicaments et ces drogues.

C'est une pensée tentante, à tel point qu'en sortant de ma chambre, je m'arrête et jette un regard nostalgique vers le bout du couloir, où la porte de

Nikolai est encore fermée. J'aimerais tellement lui faire confiance, et en d'autres circonstances, je le ferais. Si nous étions un couple normal dans un appartement en ville, je marcherais dans ce couloir et j'exigerais des explications, j'écouterais sa version des faits avant de prendre une décision. Mais je ne peux pas courir ce risque, pas alors que je suis entièrement soumise à son pouvoir dans ce domaine éloigné et hautement sécurisé.

Personne ne sait que je suis ici.

Personne ne le saura si je disparais pour de bon, et d'ailleurs, tout le monde s'en fiche.

La seule réaction raisonnable serait de partir maintenant, de m'en aller et d'évaluer la situation à distance. Une fois que je serai dans un motel quelque part, je pourrai contacter Nikolai, lui faire savoir ce qui s'est passé et pourquoi je suis partie. Nous pouvons en discuter par e-mail ou par téléphone, et ça me laissera le temps d'effectuer d'autres recherches en ligne, voir si je peux apprendre quelque chose sur la mort de ses parents.

Ce n'est pas forcément définitif, seulement temporaire.

Le temps que je sache la vérité.

Pourtant, j'ai le cœur terriblement lourd lorsque j'emporte ma valise dans l'escalier et jusqu'au garage à l'arrière. Non seulement Slava va me manquer, mais la simple éventualité de ne plus jamais revoir Nikolai m'emplit d'une peur froide et sourde. Sans compter que dès que je serai partie, les tueurs de ma mère pourront retrouver ma trace. Mais je leur ai déjà échappé et je dois croire que je serai capable de le faire à nouveau, surtout avec cet argent en poche. Quand j'ai fui Boston, tout ce que j'avais dans mon portefeuille, c'était une vingtaine de dollars, plus les cinq cents autres que j'ai retirés à un distributeur automatique avant de jeter ma carte bancaire et tout ce qui était susceptible de conduire jusqu'à moi.

Tout va bien se passer.

J'y arriverai.

Je dois le croire.

Ravalant le nœud qui m'obstrue la gorge, je m'approche de ma voiture et jette ma valise dans le coffre. Puis j'appuie sur le bouton pour ouvrir la porte du garage et la regarde se soulever en silence. Pas de mécanisme lent et bruyant, Dieu merci. Aussi silencieusement que possible, je démarre la voiture et sors du garage, puis je contourne la maison pour me diriger vers l'allée.

Je m'évertue à descendre la pente tranquillement, sans un bruit, comme si je n'étais pas pressée. Si les gardes surveillent la route, ils ne doivent pas se méfier. De la sueur glacée coule dans mon dos et mes articulations blanchissent sur le volant lorsque je m'approche de la grande barrière métallique.

Et si Nikolai leur avait donné l'instruction de ne pas me laisser sortir ?

Et si j'étais bel et bien prisonnière ici ?

Mais la porte pivote à mon approche et personne ne m'arrête quand je passe. Tremblante de soulagement, je maintiens ma vitesse régulière pendant encore une trentaine de secondes jusqu'à ce que je sois hors de vue, puis j'accélère, m'éloignant de ce refuge qui pourrait bien être l'antre du diable.

Loin de l'homme que je désire ardemment, de toutes les fibres de mon cœur.

NIKOLAI

Quand je me réveille, mon corps est délicieusement engourdi et mon esprit nimbé d'une sérénité plus intense que je n'en ai jamais connu. La nuit dernière a répondu à toutes mes attentes, et au-delà. Je la sens encore, son corps et son goût sur mes lèvres. En souriant, je me retourne et tapote les draps à la recherche de son petit corps chaud. Quand ma main ne rencontre rien d'autre qu'une couverture froissée, j'ouvre les yeux et regarde dans la chambre.

Chloé n'est pas là. C'est décevant, mais pas surprenant, étant donné la lumière du soleil. Elle a probablement déjà pris son petit-déjeuner et elle donne des cours à Slava ; peut-être même sont-ils sortis en randonnée. J'aurais dû l'entendre se lever, cependant, j'ai le sommeil léger, mais je sortais de plus de trente heures sans avoir fermé l'œil, et le décalage horaire a eu raison de moi.

Mon humeur s'assombrit un peu et mon adrénaline augmente quand je pense à la vidéo qui a taraudé mes pensées pendant tout le vol, m'empêchant de trouver le sommeil, ainsi qu'à tout ce que Chloé m'a dit d'autre. L'idée que quelqu'un, là dehors, veuille la blesser ou la tuer me remplit d'une rage incandescente, modérée seulement par la certitude qu'ils ne peuvent pas l'atteindre ici, sur mon domaine.

Les mesures de sécurité qui protègent ma famille contre nos ennemis protégeront aussi Chloé des siens le temps que je découvre leur identité.

Impatient de m'y mettre, je me lève et envoie un e-mail à Konstantin, détaillant tout ce que j'ai appris hier soir. Puis je saute sous la douche pour me rafraîchir rapidement, je m'habille et je pars à la recherche de Chloé.

Je commence par la chambre de mon fils. Il n'y a personne, alors je descends. La salle à manger est vide, mais j'entends des voix dans la cuisine. En entrant, j'ai la surprise de découvrir Lyudmila qui sert le petit-déjeuner à Slava toute seule.

Il me sourit timidement et ma poitrine s'emplit d'une chaleur inhabituelle quand je me rappelle comment il m'a salué hier soir. Même si j'étais focalisé sur les réponses de Chloé, je n'ai pas pu m'empêcher de réagir à cette petite voix adorable qui m'appelait *papa*.

J'ignorais combien j'avais envie de l'entendre avant que cela se produise.

Grâce à elle.

— Bonjour, Slavochka, murmuré-je en m'accroupissant devant sa chaise.

Passant au russe, je lui demande :

— Tu as passé une bonne nuit ?

Il hoche la tête, ses yeux écarquillés et méfiants, et mon cœur se serre avec un pincement douloureusement familier. J'aimerais m'éloigner, mettre fin à la conversation pour me débarrasser de cette gêne, mais au lieu de ça, je m'attarde en souriant tendrement à mon fils, laissant les sentiments m'habiter.

Il me ressemble trop, mais peut-être qu'avec Chloé dans sa vie, il ne suivra pas mes traces.

Peut-être qu'il ne me détestera pas comme je détestais mon père.

— Où est Chloé ? demandé-je.

Je ne peux retenir mon sourire en voyant ses yeux s'illuminer à son nom.

— Je ne sais pas, dit-il timidement, jetant un coup d'œil à Lyudmila, qui garnit de fruits rouges son bol de gruau.

— Je ne l'ai pas vue ce matin, dit-elle. Peut-être qu'elle dort encore ?

Mon sourire disparaît et une sensation désagréable s'installe dans mes tripes. Je n'ai pas vérifié la chambre de Chloé, mais j'ai supposé qu'elle avait quitté mon lit pour entamer sa journée, pas pour aller dormir dans le sien. En me levant, je dis à Slava :

— Je vais aller chercher ta prof. Tu es impatient de reprendre tes cours d'anglais, n'est-ce pas ?

Il acquiesce vigoureusement et je lui fais un sourire. Sur un coup de tête, je lui ébouriffe les cheveux comme j'ai vu Chloé le faire, et ignorant le regard surpris de Lyudmila, je remonte à l'étage.

La porte de la chambre de Chloé est fermée. Je frappe et j'attends quelques secondes. Pas de réponse, alors je l'ouvre et entre.

Les stores sont encore fermés, occultant la majeure partie de la lumière du jour, mais je distingue une petite silhouette sur le lit, sous les couvertures.

Voilà, elle dort.

Un sourire aux lèvres, j'approche du lit et m'assois sur le bord. Elle est allongée, dos à moi, couverte jusqu'au cou, ses cheveux étalés sur l'oreiller. Pour une raison quelconque, sa chevelure me paraît beaucoup plus foncée dans cette pénombre, comme si les mèches dorées avaient disparu.

Penché sur elle, je tends la main pour effleurer délicatement les cheveux autour de son visage... avant de retirer vivement les doigts, le cœur battant à tout rompre.

— Qu'est-ce que tu fous ici ? m'exclamé-je lorsque ma sœur se tourne sur le dos en clignant des paupières. Où est Chloé ?

Elle cligne encore quelques fois des yeux, puis se redresse lentement.

— Quoi ? fait-elle, la voix rauque, écartant les cheveux de son visage d'une main instable.

À son haleine, je comprends qu'elle a pris un cocktail de médicaments et ma fureur s'embrase lorsqu'elle demande, tout étourdie :

— Qu'est-ce que tu fais dans ma chambre ?

Je me lève d'un bond.

— *Ta* chambre, putain ?

Elle me regarde fixement.

— Je n'ai pas...

Ses yeux balaient la pièce et la confusion sur son visage se transforme lentement en une compréhension atterrée.

— Oh, merde. Chloé.

Un affreux pressentiment prend mon ventre dans un étau et je dois faire un effort surhumain pour ne pas l'empoigner et la secouer.

— Où est-elle, putain ? Qu'est-ce que tu as fait ?

La colonne vertébrale de ma sœur se redresse et elle plisse les yeux en me regardant.

— Moi ? Qu'est-ce que *tu* fais dans sa chambre ?

— Alina, l'avertis-je, les dents serrées.

Ce qu'elle voit sur mon visage semble la convaincre que le moment est mal choisi pour me provoquer.

— Écoute, j'ai peut-être... commence-t-elle avant de s'humecter les lèvres. Je lui ai peut-être dit certaines choses.

— Quelles choses ?

— À propos de toi et... et de notre père.

Merde.

— Qu'est-ce que tu lui as dit exactement ?

— Plus que je ne l'aurais dû, sans doute, admet Alina, même si son menton se lève crânement. Mais elle mérite de savoir dans quoi elle s'embarque, tu ne penses pas ?

Je serre les poings, la rage se propageant par vagues dans toutes les cellules de mon corps. Si ce n'était pas ma sœur, elle saignerait déjà.

— Alors, tu lui as dit... quoi ? Que je l'ai tué ? Que je l'ai étripé comme un putain de poisson ?

Elle blêmit, mais ne détourne pas le regard.

— Je ne m'en souviens pas exactement.

Évidemment. Elle était défoncée, putain. Elle doit encore l'être, d'ailleurs.

Je me penche sur le lit et lui arrache la couverture. C'est ma faute si je l'ai dorlotée, si je l'ai laissée se morfondre dans sa faiblesse.

— Lève-toi et habille-toi, m'exclamé-je lorsqu'elle recule, les yeux écarquillés. Nous allons fouiller cet endroit de fond en comble, et quand nous la trouverons, tu lui diras que tu as tout inventé. Jusqu'au dernier mot, compris ?

— Kolya...

Il y a une note étrange dans sa voix.

— Tu as regardé dans le garage ?

Mon sang se glace.

— Quoi ?

— J'ai trouvé les clés dans ta table de chevet, dit-elle sur un ton de défi. Et je les lui ai rendues. C'est une personne, pas une chose. Si elle veut partir, tu n'as pas le droit...

— Espèce d'idiote, chuchoté-je, tellement accablé par la rage et la terreur que je peux à peine parler. Elle a des assassins à ses trousses. Si elle est partie d'ici et qu'ils la retrouvent...

Laissant ma sœur pâlir à cette révélation, je tourne les talons et me rue vers le garage.

Bien sûr, la Toyota a disparu et la porte est relevée.

Avec un juron furieux, je retourne au pas de course dans la maison et manque renverser Lyudmila, qui est sortie de la cuisine pour voir quel était ce vacarme.

— Dis à Pavel que j'ai besoin de lui. Maintenant, aboyé-je devant son visage effrayé avant de courir jusqu'à mon bureau.

Je prends mon ordinateur et affiche les images des caméras du portail, remontant dans le temps jusqu'à voir la voiture de Chloé s'approcher de la porte. C'était à 7 h 05, il y a plus de deux heures.

Elle pourrait être n'importe où maintenant.

Elle pourrait même être morte.

Cette pensée est si insupportable, si paralysante, que je cesse de respirer pendant un instant. Enfin, la logique revient.

À moins que les ennemis de Chloé aient campé juste à l'extérieur de mon enceinte, il n'y a aucune chance qu'ils l'aient trouvée si rapidement. Et avec nos drones infrarouges qui patrouillent le secteur, mes gardes auraient détecté la moindre présence suspecte.

Le scénario le plus probable, c'est que Chloé va bien, même si les révélations d'Alina l'ont épouvantée. J'ai encore le temps de la trouver et de la ramener ici, où elle sera en sécurité.

Un peu rasséréné, j'appelle Konstantin en vidéo.

— J'ai besoin que tu analyses les images de toutes les caméras de surveillance dans un rayon de 150 km autour de mon domaine pour détecter toute apparition de la voiture de Chloé dans les deux dernières heures, dis-je dès que le visage de mon frère apparaît à l'écran. Commence par les stations-service, Pavel m'a dit que la voiture n'avait plus d'essence.

À mon grand soulagement, Konstantin ne pose aucune question.

— Je vais mettre mes gars sur le coup.

— Appelle-moi quand tu auras quelque chose. Je serai en voiture.

Il hoche la tête et se déconnecte.

Ensuite, je contacte mes gardes.

— Prends Kirilov et monte à la maison, ordonné-je quand Arkash décroche. Dépêche-toi. On part en voiture.

Je ne m'attends pas à rencontrer des problèmes pour retrouver Chloé, mais seul un idiot ne se prépare pas au pire.

— On arrive dans dix minutes, répond Arkash.

Alors que je raccroche, on frappe à ma porte et Pavel entre.

— La fille ? s'enquiert-il d'un air contrarié.

Je hoche la tête en marchant déjà vers le mur du fond.

Je presse ma paume sur un panneau caché, et une partie du mur coulisse, révélant un réduit plein d'armes et d'équipements de combat, l'armurerie principale de la maison.

— Prépare-toi, lui dis-je en enlevant ma chemise. On va la récupérer.

Je passe un gilet pare-balles et boutonne ma chemise par-dessus pour plus de discrétion. Pavel fait de même, et nous choisissons chacun plusieurs armes.

En cas de problèmes, au moins, nous serons prêts.

Kirilov et Arkash s'arrêtent déjà devant la maison dans un 4x4 blindé lorsque nous sortons. Pavel et moi sautons sur la banquette arrière, et nous dévalons l'allée à vive allure, faisant voler le gravier. Je n'ai pas de destination concrète en tête, mais il n'y a qu'une seule route qui mène au bas de la montagne. Où que soit Chloé quand Konstantin m'appellera, nous serons toujours plus près d'elle que si nous restons ici à attendre. Et puis, nous pouvons aussi commencer par les stations-service les plus proches, voir si quelqu'un a pu la repérer quelque part.

— Que s'est-il passé ? demande Pavel à mi-voix alors que nous franchissons le portail. Pourquoi est-elle partie ?

Ma lèvre supérieure se retrousse comme si je crachais :

— Alina.

— Ah.

Après quoi, il garde le silence, tourné vers la vitre, et moi aussi. J'essaye d'ignorer le bruit sourd dans ma poitrine et la douleur croissante de la trahison qui se répand.

Ma zaychik s'est enfuie.

Elle m'a quitté.

Comme ça, sans même un au revoir.

Mon désarroi n'est pas raisonnable, je le sais. Je suis précisément le genre d'homme qu'elle devrait craindre et mépriser. Quoi que ma sœur lui ait dit dans son état comateux, elle a dû me dépeindre sous le pire jour possible, mais cela ne veut pas dire que l'histoire d'Alina est fausse.

J'ai tué notre père sous ses yeux.

Pourtant, le départ de Chloé me fait mal. Elle s'est donnée à moi. Elle est venue de son plein gré dans mes bras. Hier soir, c'était bien plus que du sexe. Notre connexion est si profonde que je la ressens dans mes os. Pas elle, apparemment. Sinon, elle saurait que je ne lui ferai jamais de mal. Elle me ferait confiance pour la protéger. Le fait qu'elle préfère être dehors, face à un danger potentiellement mortel, en dit long sur l'opinion qu'elle se fait de moi.

Elle me craint.

Elle pense que je suis un monstre.

Je serre la mâchoire et une sombre résolution s'installe en moi alors que la voiture prend de la vitesse. J'aurais dû garder ces clés dans un coffre-fort, pas dans ma table de nuit, et j'aurais certainement dû prévenir les gardes de ne pas ouvrir la grille devant sa voiture. Il ne m'est pas venu à l'idée qu'elle puisse s'enfuir après la nuit dernière, mais j'aurais dû tout envisager... Je ne commettrai pas deux fois la même erreur.

Quand je la retrouverai, elle ne partira plus.

Je ne le permettrai pas.

Je ferai tout ce qu'il faut pour assurer sa sécurité.

La première station-service où nous nous arrêtons est tenue par un homme d'une vingtaine d'années, pâle et boutonneux, avec le début de bedaine caractéristique des buveurs de bière.

— Non, je ne l'ai pas vue, dit-il après avoir regardé la photo de Chloé. Jolie fille. Elle est quoi ? En partie asiatique ? Latina ?

— Et une Toyota Corolla bleue de la fin des années 90 ? demandé-je froidement.

Ce que le gars devine sur mon visage lui fait perdre le peu de couleurs qu'il avait encore aux joues.

— Cette voiture est passée par là ?

— Non, désolé, dit-il avant de déglutir. Je l'aurais vue. Je n'ai eu que deux autres clients aujourd'hui.

Je regarde Pavel, qui désigne la sortie du menton.

Comme moi, il ne pense pas que ce type nous mente.

La station suivante est plus proche de la ville. Une caissière aux cheveux blancs lève la tête de son journal lorsque Pavel et moi entrons. Ses yeux chassieux se plissent à mesure qu'elle découvre notre allure et notre démarche déterminée.

Je m'approche du comptoir et sors la photo de Chloé.

— Avez-vous vu cette fille ? Ou une Corolla bleue de la fin des années 90 ?

La vieille femme chausse une paire de lunettes et examine attentivement la photo avant de me regarder.

— Vous êtes flics ou quoi ? demande-t-elle d'une voix grinçante.

Je lui réponds avec une patience exemplaire.

— Quelque chose comme ça. Vous l'avez vue ce matin, oui ou non ?

— Pas ce matin, non, répond-elle en me dévisageant à travers ses lunettes. Regardez ce joli visage... une couverture de magazine. Une jeune femme élégante. Vous êtes son petit ami, c'est ça ?

Ma main se serre sur le bord du comptoir.

— Quand l'avez-vous vue ?

— Oh, il y a environ une semaine. Elle s'est arrêtée pour prendre de l'essence et elle s'est renseignée sur une offre d'emploi dans le journal. Je ne l'ai pas revue depuis, c'est ce que je leur ai dit.

Mon cœur se fige.

— À qui ?

— Deux messieurs, à peu près de votre taille. Ils sont passés hier en fin de journée. Ils m'ont montré sa photo et m'ont interrogée. Je leur ai dit que je ne l'avais vue qu'une seule fois et que je ne savais pas où elle était allée.

— À quoi ressemblaient-ils exactement ?

Pavel a pris la relève devant mon mutisme.

Ils sont là.

Ils savent qu'elle était ici.

Pire encore, ils savent qu'elle a consulté mon offre d'emploi.

— Les deux hommes ? Eh bien, grands, comme je l'ai dit. L'un d'eux a les cheveux foncés, à peine plus clairs que les siens, dit-elle en me désignant. L'autre vous ressemble plus. Poivre et sel, sauf qu'il est un peu chauve.

La mâchoire de Pavel se contracte.

— Âge ? Type ethnique ? Taille ?

— Caucasiens. La trentaine, et la quarantaine pour le plus âgé, peut-être. Plutôt grands et musclés.

Elle me toise du regard.

— Pas aussi charmants que lui, c'est sûr.

— Autre chose ? demande Pavel. Des tatouages, des cicatrices ? Que portaient-ils ?

— Des jeans, je crois. Ou des treillis ? Je ne sais plus. Des t-shirts noirs ou gris, peut-être bleu marine. Quelque chose de sombre, en tout cas. Pas de cicatrices, je ne pense pas. Oh, mais... fait-elle, le visage soudain éclairé. Le plus vieux avait un tatouage à l'intérieur du poignet. J'ai vu le bord sous sa manche.

— Ont-ils posé des questions sur les petites annonces ? demandé-je d'une voix neutre, même si la rage et la peur m'ébranlent en cet instant.

Je dois absolument connaître toute la situation, savoir à quel point ils sont proches d'elle.

La femme hoche la tête.

— Bien sûr. Ils voulaient tout savoir : qui, quoi et où. Je leur ai dit que je n'en étais pas sûre, mais que c'était probablement cette vieille propriété des Jamieson dans les montagnes, celle qui a été rachetée par ce riche Russe. Dites... reprend-elle en louchant sur Pavel. D'où vient votre accent ? Vous ne seriez pas de...

— Merci, dis-je d'un ton sec avant de sortir mon téléphone pour appeler Konstantin alors que nous nous empressons de retourner à la voiture.

Dès que mon frère décroche, je lui donne la description que nous avons obtenue et demande une mise à jour des recherches.

Il est infiniment plus urgent de retrouver Chloé maintenant, avant les assassins.

— Rien encore, me dit mon frère. En fait... attends une minute. Je te rappelle. Je crois qu'on vient d'avoir un résultat.

J'étais sur le point de sauter dans le 4x4, mais maintenant, je fais les cent pas sur le parking, mon taux d'adrénaline un peu plus fort à chaque seconde qui passe.

Il est peut-être déjà trop tard.

Ils connaissent l'emplacement de ma propriété et l'intérêt que Chloé y a porté.

Ils n'étaient peut-être pas campés près de la porte quand elle est partie, mais ils ne devaient pas être bien loin.

Je me retourne et tape sur la vitre à côté de Pavel.

— Faites venir une équipe médicale à la maison, dis-je d'un ton sec. On pourrait en avoir besoin.

Mon téléphone vibre dans ma poche et je l'extirpe d'un coup sec.

— Oui ?

— Aucune info, mais nous avons une vidéo partiellement effacée, m'annonce Konstantin. Même signature numérique que les autres. Deux heures supprimées... et il semble que ça remonte à une demi-heure. Instinctivement, je dirais qu'ils ont flairé sa trace et qu'ils ne veulent pas qu'on le sache.

Je suis déjà à mi-chemin vers la voiture.

— Où était située cette caméra de surveillance ?

— Dans une station-service à une quarantaine de kilomètres à l'ouest de ton emplacement. Je t'envoie les coordonnées GPS.

Je raccroche et ordonne à Kirilov de mettre les gaz.

50

CHLOÉ

*L*a route se brouille devant mes yeux pour la énième fois et j'essuie furieusement mes joues humides. J'ignore pourquoi je ne peux pas retenir mes larmes, pourquoi j'ai mal à la poitrine comme si je venais de perdre ma mère une fois de plus. La banane que j'ai achetée dans une station-service est posée sur le siège passager, à moitié grignotée, et même si je n'ai rien mangé d'autre aujourd'hui, l'idée d'en prendre une bouchée supplémentaire me donne envie de vomir.

Je conduis à l'aveuglette, sans aller nulle part. J'ai dû être en état de choc pendant les deux premières heures, car je ne sais même pas comment je suis arrivée ici. Je sais seulement que j'ai fait le plein quelque part, car la jauge indique que le réservoir est rempli. Je n'ai qu'un vague souvenir d'être entrée dans un magasin miteux et d'avoir payé au comptoir. La banane venait de là, j'en suis sûre, je l'ai prise en pilote automatique, mais je ne me souviens pas de l'avoir mangée, même si c'est évident.

Je crois bien qu'on ne vend pas de fruits à moitié mangés, même dans les stations-service les plus minables.

La route devant moi monte en pente douce avec des virages serrés, et je me force à me concentrer. La dernière chose dont j'ai besoin, c'est de tomber dans un ravin. J'ai tout de même l'impression que c'est plus ou moins ce que je risque à chaque kilomètre de distance que je mets entre moi et Nikolai.

J'ai pris la bonne décision, la plus intelligente.

Je n'arrête pas de me le dire, mais ça n'aide pas, ça n'atténue en rien le sentiment d'avoir commis une terrible erreur. Cela ne fait que quelques heures que je suis partie, et pourtant il me manque tellement que c'est comme si nous étions séparés depuis des mois. Quand il était en voyage d'affaires, je savais que je le reverrais, que nous nous parlerions chaque soir, mais cette certitude a disparu maintenant.

Il peut refuser de me parler si je l'appelle.

Il a dû se fâcher en apprenant mon départ, à tel point qu'il ne voudra peut-être même pas que je revienne.

Maintenant que je suis ici, loin du complexe, les révélations d'Alina ressemblent surtout aux divagations d'un esprit malade et drogué. Même si je ne peux pas les écarter complètement, je frémis à la perspective de confronter Nikolai et de lui demander s'il a effectivement tué son père.

Quel innocent ne se sentirait pas insulté par cette question ?

Quel homme ne serait pas furieux que sa petite amie croie à des mensonges aussi monstrueux ?

J'aurais dû rester. Bon sang, j'aurais dû rester. Même si ça semblait risqué sur le moment, j'aurais dû donner à Nikolai l'occasion de se justifier. Les clés ne prouvent rien. Alina les avait peut-être depuis le début, elle aurait même pu les voler à Pavel. Si Nikolai avait voulu me priver de ma liberté, il aurait pris toutes sortes de mesures, comme ordonner aux gardes de ne pas me laisser sortir.

C'est bien le problème. Cette idée me frappe violemment. C'est pour ça que ce qui me paraissait si rationnel quand je faisais mes valises me semble être une terrible erreur maintenant. Au moment où j'ai franchi le portail, j'ai eu la preuve que je *pouvais* partir, que Nikolai n'avait pas prévu de me garder prisonnière avec des intentions sinistres. J'étais trop paniquée pour m'en rendre compte au début, mais plus je roulais, plus cette pensée s'est installée. À présent, les conséquences de mes actions impulsives pèsent de plus en plus sur moi à chaque kilomètre.

J'aurais dû faire demi-tour il y a des heures déjà.

En fait, j'aurais dû le faire dès que j'ai franchi ces grilles.

Je jette un regard frénétique autour de moi. Des arbres et des falaises partout. Je suis à nouveau au cœur des montagnes, la route devant moi si étroite qu'il n'y a même pas d'accotement. Je ne peux pas faire demi-tour ici, ce serait suicidaire.

Les doigts crispés autour du volant, je continue à rouler... et finalement, je le vois.

Un espace suffisant, à gauche du virage.

Je jette un œil dans le rétroviseur, puis droit devant moi.

Rien. Pas de voitures. Je suis toute seule.

Écrasant la pédale de frein, je fais un demi-tour sauvage et je repars.

***

Cela fait vingt minutes que je rebrousse chemin, essayant désespérément de me rappeler si je dois tourner à droite ou à gauche au prochain carrefour, lorsqu'un pick-up noir apparaît sur la voie inverse.

Un frisson me secoue et les cheveux fins sur ma nuque se dressent.

C'est peut-être ma parano qui me joue des tours, mais ces vitres teintées m'ont l'air familières.

Je n'ai pas le temps de réfléchir. Dans trente secondes, nous allons nous croiser. Tournant vivement le volant, j'engage la voiture sur un petit chemin de terre menant vers la montagne sur ma droite. J'accélère sans prêter attention aux gémissements du moteur de ma Corolla.

Si ce n'est pas eux, ils ne me suivront pas.

Je me sentirai bête, mais c'est toujours mieux que d'être morte.

Mon cœur bat violemment contre ma cage thoracique, chaque seconde marquée par de nombreux battements effrénés alors que mon regard alterne entre le rétroviseur et la route escarpée et jonchée de nids de poule qui se déroule devant moi. *Pitié, faites que ce ne soient pas eux. Pitié, pas eux...*

Le pick-up apparaît dans le rétroviseur, sa silhouette sombre s'imposant rapidement à moi.

Je colle le pied au plancher, le souffle court. Ma voiture rebondit dans les ornières. L'adrénaline pulse dans mes veines, accélérant mon pouls jusqu'à ce que je n'entende plus que son rugissement dans mes oreilles.

Pop !

Mon rétroviseur droit explose. Ma terreur redouble lorsque j'aperçois un homme penché par la vitre du côté passager du pick-up, une arme au poing. Instinctivement, je tourne le volant sur la gauche et la balle suivante fait voler en éclats ma vitre arrière, perçant mon pare-brise à quelques centimètres de ma tête.

La troisième balle m'érafle l'épaule et je pressens la mort. Je sens ses doigts glacés et râpeux... tout ce qui n'a pas été fait, tout ce qui n'a pas été dit, tout ce qui n'adviendra jamais... Nikolai qui me chuchote à l'oreille combien il me désire et m'aime, et Slava qui glousse en me serrant très fort dans ses bras... la certitude que ces hommes vont s'en sortir, comme pour le meurtre de maman, et le regret que personne n'apprenne jamais comment je suis morte.

Une quatrième balle transperce le siège et frôle mon

flanc. Je me jette à nouveau sur le volant dans une tentative désespérée pour éviter l'inévitable, pour survivre au moins une seconde de plus. Le pick-up est juste derrière moi, maintenant, dominant ma petite Corolla comme une montagne noire. Alors que j'essaie d'esquiver la trajectoire de la balle suivante, son pare-chocs heurte le mien, si violemment que ma tête a un soubresaut.

Pop !

La douleur irradie dans le haut de mon bras, une sensation si vive et brutale qu'elle ne fait même pas mal au début. C'est plutôt une chaleur lancinante et un liquide qui coule le long de mon bras tandis que le pick-up revient à la charge contre ma voiture, la faisant trembler sous le choc. La douleur me percute de plein fouet, une vague nauséeuse, et avec l'énergie désespérée d'un animal à l'agonie, je détache ma ceinture de sécurité et pousse ma portière.

Pop !

Ce qu'il restait du pare-brise vole en éclats au moment même où mon corps heurte la terre, si violemment que l'air est expulsé de mes poumons. Étourdie, je roule deux fois avant d'atterrir sur le dos et regarde avec horreur et étourdissement le pick-up s'encastrer une dernière fois dans ma Corolla, la forçant à quitter la route pour aller s'écraser contre un tronc d'arbre. Dans un fracas de tôle froissée, ma vieille guimbarde se plie et, comme dans les films, elle prend feu. Le pick-up recule immédiatement alors qu'un regain de force me propulse sur mes pieds.

Cours, Chloé.

La respiration sifflante, je me dirige vers les arbres, mes jambes comme deux allumettes cassées, mes genoux menaçant de ployer à chaque pas. Mon pied s'accroche dans une racine et la douleur irradie dans ma cheville gauche, la même que je me suis tordue en me cachant dans le placard de maman. Mais je serre les dents et allonge ma foulée, ignorant le sang chaud qui coule abondamment sur mon bras et les vertiges qui me submergent par vagues. Je ne peux pas abandonner, pas si je veux vivre. Tête baissée, je continue en boitant, à mi-chemin entre le jogging et le sprint, comme un zombie.

Un homme crie quelque chose derrière moi et j'accélère encore. Des sanglots rauques jaillissent de ma gorge lorsqu'une autre balle rase mon oreille pour faire exploser une branche devant moi.

— Espèce de salope !

Un sixième sens me pousse à l'esquiver et la balle va se ficher dans un arbre à ma place, alors que je vacille sur le côté.

Cours, Chloé.

La voix de maman est plus nette que jamais. Dans un élan de force que j'ignorais posséder, je me lance dans une course de fond. Ma cheville hurle chaque fois que mon pied touche le sol, ma vision se brouille à cause des haut-le-cœur et des vagues de douleur, mais je consacre toutes mes forces à la fuite.

Malheureusement, ce n'est pas suffisant.

Loin de là.

Une force semblable à celle d'un camion à pleine vitesse me rentre dedans et je bascule. Un poids massif m'écrase dans la terre recouverte de feuilles. Je ne peux même plus respirer lorsque ma cage thoracique s'aplatit. Enfin, miraculeusement, le poids disparaît et on me retourne sur le dos.

Lorsque ma vision s'éclaircit, je découvre un énorme type aux cheveux noirs qui me chevauche, son arme braquée sur mon visage et la bouche tordue dans un rictus triomphant.

— Je t'ai eu, petite salope, dit-il en haletant. Et puisque tu nous as bien fait galérer, on mérite un peu de plaisir.

51

CHLOÉ

L'air s'engouffre dans mes poumons privés d'oxygène et je balance mon poing à l'aveuglette, visant ce visage arrogant. Il l'intercepte avec facilité, ses doigts brutaux saisissant mon poignet et le plaquant au sol alors qu'il cale le canon de son arme sous mon menton.

— Si tu bouges encore une fois, je te fais griller la cervelle, grogne-t-il.

Je le crois volontiers. C'est ma mort que je regarde en face, dans ses yeux froids et sombres.

— C'est quoi ce bordel, Arnold ? s'exclame alors une deuxième voix.

Un autre homme apparaît au-dessus de nous. Également armé d'un pistolet, il semble avoir une dizaine d'années de plus que mon ravisseur, avec des cheveux poivre et sel, le front dégarni et une peau de roux qui rougit sous l'effort de la course. Hors d'haleine, il ordonne :

— Colle-lui une balle et qu'on en finisse.

— Pas encore, marmonne Arnold, les yeux sur ma bouche. Elle est jolie. Tu l'as remarqué, non ?

L'autre répond d'un ton bourru :

— Ce n'est pas comme ça qu'on fait les choses.

— On s'en fiche. Elle est morte, de toute façon. On peut bien s'amuser un peu avant de l'enterrer.

Mon estomac se retourne, en proie à une nouvelle vague de nausée, et seul le canon froid sous mon menton me retient d'arracher les yeux du connard qui lâche mon poignet pour passer son pouce épais et sale sur mes lèvres pincées.

— Finis ce putain de travail, c'est tout.

Le ton de l'autre homme est plus cinglant, plus impatient, et pendant un instant, j'espère presque qu'Arnold lui obéira. Mais il se penche et me lèche la joue, sa langue humide et puante comme celle d'un chien. Lorsqu'un cri de dégoût involontaire s'échappe de ma gorge, il me fourre son pouce dans la bouche, l'enfonçant si loin que j'ai un haut-le-cœur.

— C'est bien, salope, murmure-t-il, ses yeux brillants d'envie et d'excitation débridée. C'est ça...

Un bruit sec le surprend tout à coup et il retire sa main. Une fraction de seconde plus tard, il se lève d'un bond, au-dessus de moi, détournant son arme alors qu'il fait volte-face à la vitesse de l'éclair... mais il n'est pas assez rapide.

La seconde balle le traverse pour aller se planter dans l'arbre derrière moi. Alors que je recule en me redressant péniblement, j'aperçois l'autre homme déjà à terre, la bouche molle et la tête explosée, son cerveau s'écoulant de son crâne comme du fromage blanc moisi.

52

NIKOLAI

*J*e suis en mouvement avant même que la détonation de mon dernier coup de feu ne s'éteigne, bondissant hors du couvert des arbres pour réduire la distance qui me sépare de Chloé. Son regard se détache du cadavre à ses côtés, son visage maculé de terre et de sang, ses yeux bruns hagards alors qu'elle recule, la bouche ouverte dans un cri silencieux à mon approche.

— Là, tout va bien. C'est moi.

Tombant à genoux, je la serre contre moi. Je sens le tremblement convulsif de son corps... et du mien. Parce que je tremble de soulagement, de rage et des conséquences de la terreur glaciale, de la peur d'arriver trop tard.

Nous étions encore à la station-service quand Konstantin m'a rappelé pour me dire que son équipe avait accompli l'exploit presque miraculeux de pirater un satellite de la NSA et réussi à localiser exactement la voiture de Chloé, ainsi que le pick-up noir à moins d'une demi-heure derrière elle.

Dire que nous avons enfreint toutes les limites de vitesse existantes serait un euphémisme. Arkash se remet encore de la demi-douzaine de fois où nous avons failli dégringoler d'une falaise. Nous n'avions pratiquement aucune chance d'arriver à temps. La terreur qui m'a assailli quand j'ai vu la carcasse de sa voiture en feu... Sans le pick-up vide à côté et les coups de feu à proximité, j'aurais perdu la tête.

D'ailleurs, je crois bien que je suis devenu fou quand je l'ai vue sur le sol avec l'assassin aux cheveux noirs qui la chevauchait, le visage déformé par un désir malsain.

Cette ordure allait la violer avant de la tuer.

C'est pour cette seule raison qu'elle n'était pas déjà morte.

Mes bras se resserrent spontanément autour d'elle et elle lâche un petit gémissement de détresse.

Je m'écarte immédiatement.

— Tu es blessée, zaychik ? Tu as mal quelque part ?

Elle ne répond pas, se contentant de me dévisager avec des yeux énormes et inexpressifs, ses pupilles si dilatées que ses iris paraissent noirs. Elle est en état de choc, et ce n'est pas étonnant. Même un soldat chevronné serait traumatisé.

Avec délicatesse, je l'allonge et commence à l'examiner à la recherche de blessures, en commençant par les côtes et le ventre. Je suis soulagé de ne trouver que des éraflures et des bleus sur son buste, mais alors que ma main effleure son bras droit, elle pousse un cri de douleur, le teint cireux. Je retire vivement la main, mon pouls battant à tout rompre à la vue de la tache rouge sur mes doigts. Elle ferme les yeux, sa respiration douloureusement superficielle.

Putain, elle est blessée.

Sans un mot, je lui déchire la manche.

— Une balle ? demande Pavel en russe, surgissant à mes côtés.

Je hoche gravement la tête, arrachant un morceau de ma propre chemise pour confectionner un bandage de fortune.

— On dirait que ça a traversé, mais elle perd une bonne quantité de sang.

— Lui aussi, commente Pavel.

Je détourne le regard de Chloé pour jeter un œil à son agresseur. Il est assis, affalé contre un tronc d'arbre à quelques mètres de là. Kirilov fait pression sur la blessure à sa poitrine tandis qu'Arkash monte la garde.

— Je crois qu'il ne tiendra pas assez longtemps pour le ramener, dit Pavel alors que je termine rapidement de nouer le bandage et reprends mon inspection minutieuse.

Le teint de Chloé est un peu meilleur, mais ses yeux sont encore fermés et sa respiration est trop faible à mon goût.

— Si tu veux l'interroger, c'est maintenant ou jamais.

Merde. J'ai délibérément essayé de blesser cet enfoiré, évitant de le tuer pour pouvoir lui soutirer des renseignements. S'il meurt, nous perdrons notre chance d'obtenir des réponses.

Je finis d'examiner Chloé et me relève. J'aimerais emmener ma zaychik chez le médecin immédiatement, mais ses blessures ne mettent pas sa vie en danger. En revanche, ignorer qui sont ses ennemis pourrait s'avérer infiniment plus menaçant à long terme.

Ces hommes sont des professionnels, ce qui signifie que quelqu'un les a engagés, quelqu'un de puissant. Je dois absolument savoir de qui il s'agit.

— Surveille-la, dis-je à Pavel avant de m'approcher de notre prisonnier de guerre.

Il respire par à-coups, son visage est d'une blancheur extrême et tout l'avant de son corps est détrempé de sang.

Pavel a raison. Il n'en a plus pour très longtemps. Je voulais lui tirer dans l'épaule, mais il s'est retourné trop vite, averti de ma présence par la balle que j'ai logée dans le crâne de son collègue. Comme Pavel et le reste de l'équipe n'ont pas pu suivre mon sprint effréné, je n'ai pas eu d'autre choix que d'éliminer moi-même les deux assassins avant qu'ils ne puissent faire plus de mal à Chloé.

Avec le recul, j'aurais dû les blesser tous les deux.

Alors que je m'accroupis devant le mourant, ses paupières se soulèvent, révélant des yeux sombres et malveillants.

— Vous êtes qui, putain ? lâche-t-il d'une voix éraillée avant de fermer les paupières, épuisé par l'effort.

— Ça ne te regarde pas.

Malgré la rage volcanique qui bouillonne dans mes veines, ma voix est mortellement calme, contrôlée.

— Qui vous a engagés ? Pourquoi la poursuivez-vous ?

Sa lèvre supérieure se tord et il grogne :

— Va te faire foutre.

— Tu es en train de mourir, tu sais. Je peux te laisser disparaître en paix ou...

Je dégaine mon couteau et l'ouvre.

— ... ou je peux te découper en morceaux pour te faire ressentir la douleur jusqu'à la toute fin.

Ses yeux s'ouvrent férocement.

— Va te faire foutre, répète-t-il.

Je jette un œil par-dessus mon épaule. Chloé est parfaitement immobile, les yeux clos. Heureusement, elle s'est évanouie, ou du moins, elle est si profondément sous le choc qu'elle n'aura pas conscience de ce qui va suivre.

De toute façon, je n'ai pas le choix.

Je dois lui soutirer des réponses rapidement.

Je croise le regard d'Arkash.

— Fais-le.

Le garde sort une seringue et plante l'aiguille dans le cou de l'assassin mourant, lui injectant le produit breveté par notre division pharmaceutique... celui que l'armée russe nous achète pour des millions de dollars.

L'homme réagit à peine, au début, posant faiblement la main sur le point d'injection. Un instant plus tard, cependant, ses yeux s'écarquillent et il se redresse brusquement, sa respiration s'accélérant alors que la couleur revient sur ses joues pâles.

— De l'épinéphrine mélangée à quelques autres substances amusantes, lui dis-je avec une certaine cruauté. Ça te tiendra éveillé jusqu'au moment où tu crèveras. Dans quelques minutes paisibles, ou au bout d'un enfer insoutenable. À toi de choisir.

Il halète maintenant, le visage en sueur.

— Putain, mais tu es qui, toi ?

— Si tu ne parles pas tout de suite, je suis l'homme qui fera de tes derniers instants un supplice.

D'un mouvement de tête, je désigne Arkash et Kirilov, qui saisissent les bras de l'homme et les soulèvent facilement au-dessus de sa tête en dépit de ses résistances.

— Dernière chance, l'avertis-je.

Mais ce salopard se contente de me fixer du regard.

Je souris sombrement. Je m'attendais à ce qu'il soit coriace. Même si je préfère jouer gentiment d'habitude, pour une fois j'ai hâte d'appliquer les techniques que Pavel m'a enseignées.

En un clin d'œil, je plante mon couteau dans le rein de l'homme et tourne la lame.

Le cri que mon geste lui arrache est presque inhumain. Non seulement les drogues le maintiennent conscient, mais elles accentuent toutes les sensations, multipliant la douleur par mille.

Avant qu'il ne puisse se ressaisir, je retire la lame et lui assène deux coups dans l'estomac, entaillant la peau, la graisse et les muscles en formant un grand X.

Les yeux exorbités, il pousse un autre cri déchirant tandis que j'arrache des bandelettes de chair, révélant ses organes internes.

— Tu t'es déjà demandé ce que ça fait de se faire découper les intestins sans anesthésie ? dis-je sur le ton de la conversation. Non ? Parce que tu vas bientôt le découvrir. D'ailleurs, non... je pense que ça pourrait te tuer trop vite. On va commencer plus bas.

D'un autre mouvement rapide, je déchiquette l'entrejambe de son jean, exposant son sexe et ses bourses molles.

— Attends ! s'écrie-t-il, ses yeux hagards alors que ma lame descend dangereusement. Je vais te le dire.

Je m'arrête à quelques centimètres de sa queue ratatinée.

— Vas-y.

— Je ne connais pas la raison, d'accord ? Il ne nous l'a jamais dit.

Il toussote, crache du sang.

— Il a juste demandé qu'on les descende.

— Qui ça ?

— La femme et... la fille.

Merde.

— Vous étiez censés les tuer toutes les deux ce jour-là ?

— Oui.

Son visage est plus crayeux à chaque instant.

— Seulement, la fille était en retard. Et puis, je ne sais pas comment, mais elle nous a vus et...

Il tousse à nouveau, plus faiblement cette fois. Je

sais que les drogues sont en train de perdre la bataille contre l'agonie de son corps.

— Qui était-ce ? demandé-je avec urgence alors que ses paupières retombent. Qui vous a engagés ?

J'appuie la pointe acérée du couteau contre ses couilles.

— Donne-moi un putain de nom !

Ses yeux s'ouvrent à nouveau et trois syllabes lui échappent : un nom qui me fait presque lâcher mon couteau. Mon regard étonné rencontre ceux d'Arkash et de Kirilov. Sur leurs visages, bouche bée, est inscrite la même incrédulité.

— Est-ce que tu as bien dit... commencé-je, me retournant vers l'assassin.

Mais je me tais, au comble de la frustration.

Ses yeux sont vitreux, sa poitrine ne bouge plus et sa tête pend mollement sur le côté.

C'est fini. Ce connard est parti.

Je me relève, l'esprit en ébullition.

L'homme qu'il a nommé a forcément les ressources nécessaires pour avoir commandité cet assassinat, mais quelle est sa motivation ? Quel lien y a-t-il ? Comment son chemin et celui de Chloé se seraient-ils croisés ?

À moins que... ils ne se soient jamais rencontrés, au contraire.

Chloé n'était pas la seule personne sur sa liste, sa mère y figurait aussi.

Soudain, comme une avalanche, la vérité me frappe.

La Californie. Une jeune mère, encore mineure au

moment de la naissance de Chloé. Un père qu'elle n'a jamais connu. Une bourse d'études sortie de nulle part.

Un homme différent, avec une famille normale et aimante, ne sauterait jamais à une conclusion aussi tordue, aussi sombre. Mais je suis un Molotov, et je sais que les liens de sang ne garantissent pas la loyauté ni la sécurité.

Je sais que l'amour peut être plus violent que la haine.

Le cœur battant, je me tourne pour regarder Chloé.

Si j'ai raison, son existence même est un scandale qui mettrait fin à la carrière de cet homme. Si j'ai raison, un autre père indigne mérite mon couteau.

53

CHLOÉ

*J*e suis en enfer. À moins que je sois coincée dans un cauchemar. Mon bras est en feu, mes entrailles sont sens dessus dessous, et chaque fois que la brume noire dans mon esprit s'éclaircit un peu et que j'ouvre les paupières, je vois Nikolai faire une chose plus terrible encore que la précédente tandis que sa voix profonde et suave profère des menaces qui font remonter la bile dans ma gorge. Les cris qui s'ensuivent... Seigneur ! Mon estomac se noue et je me demande bien comment je fais pour ne pas me retourner et vomir.

Ce n'est pas réel.

Ce n'est pas possible.

La brume noire menace de me submerger à nouveau et je me concentre sur de petites respirations mesurées, les yeux soigneusement fermés. Ce doit être un rêve, un cauchemar atroce et sanglant, ou une hallucination provoquée par une terreur extrême.

Sinon, comment Nikolai pourrait-il être ici ? Comment m'aurait-il trouvée ?

Cela dit, les tueurs de ma mère ont bien réussi, eux...

Ma conscience doit s'éteindre à nouveau, car lorsque j'ouvre les paupières, je me trouve sur la banquette arrière d'un 4x4 en mouvement, confortablement installée sur les genoux d'un homme. Sur les genoux de Nikolai. Je reconnaîtrais ce parfum de cèdre et de bergamote entre mille. Ses bras puissants sont autour de moi et me serrent résolument. Mon pouls bondit avec soulagement quand je réalise que ce n'est pas un rêve.

Nikolai est ici.

Il est venu pour moi.

Je dois faire du bruit parce qu'il recule, ses yeux flamboyant sur son visage tendu.

— On y est presque, promet-il, la voix plus rauque que jamais. Le docteur attend déjà.

Pendant qu'il parle, j'éprouve une douleur lancinante dans le bras droit et un état général d'étourdissement et d'extrême faiblesse, ainsi que la sensation d'avoir été frappée sur tout le corps avec une massue. Ce doit être lié à ma chute de voiture, et au fait d'avoir été plaquée au sol par mon poursuivant. Mon rythme cardiaque s'emballe lorsque je me remémore son visage au-dessus de moi, la faim avide dans ses yeux sombres et fixes.

Comment suis-je passée de cette situation à celle-ci ?

Comment se fait-il que Nikolai...

Soudain, mon esprit s'éclaircit et les souvenirs déferlent, tous plus atroces les uns que les autres. Le second type au crâne explosé... Nikolai bondissant vers moi, son arme tendue devant lui comme une extension de sa main... L'interrogatoire infligé à l'homme qui avait l'intention de me violer... les menaces que Nikolai a proférées et la brutalité, l'habileté avec lesquelles il a manié son couteau à cran d'arrêt... Et les cris ! Ces cris à vif et glaçants...

Je commence à trembler lorsque mon regard balaie l'habitacle. Je remarque Pavel à côté de nous et les deux hommes d'allure dangereuse assis à l'avant. Je ne les ai jamais vus, mais j'imagine que ce sont des gardes du domaine. Mes yeux se figent sur le visage de Nikolai aux traits parfaitement ciselés, à la fois brut et tendre. Je remarque une trace d'un brun rougeâtre sur sa pommette haute.

Du sang. Du sang séché.

Mes tremblements s'intensifient. Nikolai interprète mes spasmes comme de la douleur et il me caresse le menton. Son expression féroce s'adoucit.

— Tout va bien, zaychik, tu es en sécurité. Ils ne peuvent pas te faire de mal.

Eux non, mais lui, si. Je suis douloureusement, intensément consciente d'être à la merci de ce bel homme terrifiant. Ma position, recroquevillée sur ses genoux, ne fait que souligner nos différences de taille et de force : son corps grand et puissant m'entoure de toutes parts, son bras musclé dans mon dos aussi implacable que n'importe quelle chaîne en fer. De toute façon, je ne chercherais pas à m'échapper, pas avec ses hommes ici, pas alors que le 4x4 roule à pleine vitesse.

Il vaudrait mieux que je ne sache pas, mais je ne peux pas m'empêcher de poser la question.

— C'est toi, n'est-ce pas ? soufflé-je dans un murmure tendu. Tu lui as tiré dans la tête.

On dirait qu'un masque inexpressif tombe devant le visage de Nikolai.

— Je n'avais pas le choix. Si je l'avais seulement blessé, il aurait pu te tuer pendant que je m'occupais de son partenaire. Ils étaient deux, alors j'ai dû en éliminer un rapidement.

— Et l'autre homme...

Je ravale un haut-le-cœur au souvenir des hurlements.

— Est-ce qu'il est... ?

— Mort de ses blessures, oui.

Il n'y a aucun remords dans la voix de Nikolai, aucun signe de culpabilité dans son regard impassible, et des éclats de glace me parcourent les veines quand je comprends que ce n'est pas la première fois qu'il fait ça.

Il a tué et torturé d'autres personnes.

Y compris, très probablement, son propre père.

— Arrêtez la voiture !

Les mots ont fusé de ma bouche avant que je puisse me raviser. Sourde à la douleur insoutenable dans mon bras, je plaque mes mains sur son torse et le repousse. Mais on dirait qu'il est en acier trempé. Au désespoir, je me résous à supplier :

— S'il te plaît, Nikolai, laisse-moi sortir. J'ai besoin...
J'ai juste besoin d'une minute.

Il ne bouge pas, et ses hommes non plus lorsqu'il dit
posément :

— Nous sommes presque à la maison, zaychik.
Encore quelques minutes.

À la maison ? Mon regard paniqué se tourne vers la
vitre et la peur me saisit aux tripes quand je reconnais
la route qui mène au domaine, dont j'ai emprunté les
virages abrupts ce matin même en fuyant l'homme qui
me détenait... l'homme dont je me refusais à admettre
qu'il était bel et bien un tueur.

— Ne t'inquiète pas. J'ai fait venir le médecin et son
équipe, dit Nikolai en abordant une question qui
commence à peine à se former dans mon esprit. Ils ont
prévu le nécessaire pour te soigner.

Devant sa mine résolue, mon angoisse se renforce à
chaque seconde qui passe.

— Je préférerais un hôpital. S'il te plaît, Nikolai...
emmène-moi à l'hôpital.

— Je ne peux pas.

Ses traits ciselés pourraient tout aussi bien être en
granit, à ce stade.

— C'est trop dangereux.

— Dangereux ? Mais...

— Ces deux-là n'étaient que des mercenaires. Ils ne
sont pas les seuls.

J'ai la gorge sèche. Dans ma panique, j'en avais
presque oublié les mystérieuses motivations des
tueurs.

— C'est ce qu'il t'a dit ? L'homme que tu as... interrogé ?

Ma théorie serait-elle juste ? Ma mère a-t-elle été témoin de quelque chose qu'elle n'aurait pas dû voir ?

— Oui. Écoute, Chloé...

Il pose sa grande paume chaude sur ma joue avec une tendresse qui dément la sévérité de ses traits.

— Ils avaient pour mission de vous tuer, toutes les deux.

— Quoi ? dis-je en reculant vivement. Non, ce n'est pas...

— C'est ce que l'assassin a dit. Si tu n'avais pas été en retard ce jour-là...

Il laisse retomber sa main et un tic nerveux lui contracte la mâchoire.

— Mais ça ne...

Je m'interromps un instant alors que des fragments de la conversation que j'ai entendue ce jour-là refont surface dans mon esprit.

Elle est censée être ici... Il y a peut-être du monde sur la route...

J'ai entendu les tueurs dire cela, mais pour une raison quelconque, je n'avais pas compris le sens de leurs propos. Je n'avais pas réalisé qu'ils parlaient de *moi*, qu'ils m'attendaient.

— Je ne comprends pas.

Une fois de plus, je tremble, et cela n'a rien à voir avec la climatisation.

— Pourquoi voudrait-on me tuer ? Je n'ai rien fait, je ne connais personne, je suis juste... juste moi.

Le regard de Nikolai change légèrement. Une étrange pitié transparaît sur son visage.

— Non, zaychik, ce n'est pas aussi simple.

— Quoi ?

Une fois de plus, je repousse son torse étrangement rigide, manquant m'évanouir lorsque la douleur se réveille dans mon bras. Son visage devient flou devant mes yeux et je m'efforce de ne pas perdre connaissance lorsqu'une réalité écrasante m'assomme.

Cette fermeté, c'est un gilet pare-balles.

L'instant d'après, j'oublie tout cela, parce que Nikolai me demande :

— Est-ce que le nom de Tom Bransford te dit quelque chose ?

Ces paroles n'ont pas de sens au début.

— Tu veux dire... le candidat à la présidence ?

Dès que la question franchit mes lèvres, je me rends compte que c'est absurde. Il ne peut pas parler du sénateur de Californie qui fait la une de tous les journaux ces jours-ci, celui que l'on compare à Kennedy. J'ai dû mal entendre ou...

— Oui, c'est lui.

Ses yeux brillent comme de l'or massif.

— À moins qu'un autre Tom Bransford n'ait les moyens d'engager des tueurs professionnels, d'effacer les vidéos de surveillance et de modifier les dossiers de la police.

— Les dossiers de la police ? Que...

— J'ai parcouru tous les dossiers te concernant, dit-il à mi-voix. Il n'y a rien sur les hommes masqués dans l'appartement de ta mère, ni sur le pick-up noir qui a failli t'écraser. En fait, selon le dossier officiel, c'est un voisin qui a découvert ta mère. Toi, tu ne t'es même pas présentée pour identifier le corps.

— Ce n'est pas vrai ! Je suis allée au poste et...

— Je sais, répond-il, le regard sombre. Et ce n'est pas tout. Tes e-mails aux journalistes ne sont jamais arrivés à destination. Quelqu'un de très compétent s'est assuré qu'ils restent bloqués ou considérés comme spam. Ils ont effacé toutes les preuves de ton histoire, comme les enregistrements des caméras de circulation et les vidéos de sécurité montrant les différentes agressions que tu as subies.

J'ai l'impression qu'un gouffre s'ouvre sous mon corps.

— Comment sais-tu tout ça ?

Ma voix chevrote, mes pensées ballottées comme des brindilles dans une tornade. Je ne sais pas quoi penser, quoi croire, et la douleur lancinante dans mon bras n'aide pas.

— Comment as-tu...

— Parce que moi aussi, j'ai des ressources. Y compris certaines dont Bransford ne dispose pas.

Bien sûr. C'est comme ça qu'il m'a retrouvée aussi vite aujourd'hui, et c'est pour ça que je suis bel et bien foutue s'il a l'intention de me faire du mal. Mon cœur bat la chamade, une sueur froide détrempe mon t-shirt alors qu'un autre vertige m'assaille, faisant danser des points noirs dans ma vision périphérique. Ce doit être la perte de sang, forcément. Aux abois, j'aspire de grandes goulées d'air, mais ce n'est pas efficace. Ma voix semble provenir de très loin lorsque je demande avec des trémolos :

— Pourquoi tu m'as poursuivie aujourd'hui ? Pourquoi...

Une autre inspiration.

— Pourquoi tu me ramènes ?

Ses yeux reprennent leur éclat de tigre sauvage.

— Pourquoi je ne te ramènerais pas ?

Parce que je me suis enfuie, pensé-je, l'esprit confus. *Parce que tu es très probablement un psychopathe incapable d'éprouver de véritables sentiments. Parce que rien de tout cela n'a de sens, encore moins toi et moi.*

Je finis par donner la seule raison dont je suis capable, celle qui me pèse le plus :

— Parce que si tu as raison sur Bransford, ta famille et toi, vous êtes encore plus en danger.

Ma voix vacille lorsqu'un nouvel étourdissement me saisit. Pourtant, je persévère :

— Tu dois me laisser partir. Maintenant. Avant qu'il ne soit trop tard.

Ses lèvres sensuelles esquissent un sourire sombre et une lueur sinistre éclaire son regard tandis qu'il pose une main douce sur ma joue.

— Je ne sais pas si tu as compris, zaychik, dit-il à mi-voix, mais ma famille et moi, nous ne sommes pas vraiment étrangers au danger. D'ailleurs, nous le connaissons même très bien.

Il m'embrasse alors, d'abord tendrement, puis avec une urgence croissante, et malgré tout, une chaleur familière s'empare de mon cœur. Il approfondit le baiser, sa langue effleurant la mienne dans une danse primale qui se fiche bien que nous ne soyons pas seuls dans cette voiture. J'ai la tête qui tourne, mon vertige s'amplifie jusqu'à ce qu'il demeure l'unique point d'ancrage solide dans mon monde. Submergée, je me raccroche à lui, les poings serrés sur sa chemise, mes pensées se dissolvant sous l'attirance obscure du désir. Peu importe que je l'aie vu prendre deux vies aujourd'hui, peu importe qu'il soit la définition même d'un monstre.

Rien ne compte, à l'exception de nous deux. Le temps qu'il me laisse remonter à la surface pour respirer, nous avons déjà franchi le portail, de retour dans son domaine.

— Ne t'inquiète pas, zaychik, murmure-t-il.

Son pouce caresse ma lèvre inférieure et un frisson ébranle mon corps meurtri.

— Nous irons au fond des choses, je te le promets. Je te protégerai.

Là, dans ses yeux, je décèle ce qu'il ne me dit pas : *Même si tu t'y opposes.*

EXTRAITS EN AVANT-PREMIÈRE

L'histoire de Nikolai et Chloé continue avec *Dans la cage de l'ange*. Et si vous avez aimé *Dans l'antre du diable*, merci de poster un avis.

Pour être informés de mes prochaines parutions, y compris d'autres histoires sur les membres de la famille Molotov, inscrivez-vous à ma newsletter sur www.annazaires.com/book-series/francais/.

Envie d'autres romances dark à suspense ?
Découvrez ma série best-seller *Mon tourmenteur*, l'histoire palpitante d'un assassin russe avide de vengeance et de la femme qui l'obsède.

Vous aimez les comédies romantiques hilarantes ?
Mon mari et moi écrivons des comédies romantiques osées et un peu geeks sous le nom de plume Misha Bell. Découvrez notre tout premier roman, *Teste-moi si tu*

peux, et rencontrez Fanny, la codeuse informatique maladroite qui reçoit pour mission de tester la qualité de nouveaux sex-toys, ainsi que son mystérieux patron russe qui se fait un plaisir de l'aider.

Fan d'urban fantasy ? Découvrez *La Fille qui voit,* par mon mari Dima Zales, l'épopée d'une illusionniste de théâtre qui se rend compte qu'elle a de vrais pouvoirs magiques et du mentor canon et viril qui va l'aider à maîtriser ses nouveaux talents.

Si vous aimez les livres audio, visitez le site web www.annazaires.com/book-series/francais/ pour retrouver cette série et nos autres livres en version audio.

Maintenant, n'hésitez pas à tourner la page pour lire des extraits de *Mon tourmenteur* et *Teste-moi si tu peux.*

EXTRAIT DE MON TOURMENTEUR
PAR ANNA ZAIRES

Il est venu à moi dans la nuit, un sombre et cruel étranger des coins les plus dangereux de la Russie. Il m'a tourmentée et m'a détruite, mettant en pièces mon monde dans sa quête de vengeance.

Maintenant, il de retour, mais ce n'est plus après mes secrets.

L'homme qui joue dans mes cauchemars me veut.

Elle vacille, son visage d'un blanc crayeux, et j'agrippe son autre bras pour la stabiliser. Elle sait manifestement qui je suis ; elle m'a reconnu.

— Ne crie pas, dis-je. Je ne veux pas te blesser.

Ses yeux noisette sont fous et je sais qu'elle ne comprend pas vraiment ce que je dis. Tout ce qu'elle voit est une menace mortelle, et elle réagit en conséquence. Dans quelques secondes, elle perdra soit connaissance, ou bien elle deviendra hystérique, et aucune des options n'est une bonne chose.

— Sara.

Je parle d'une voix dure.

— Je ne suis pas ici pour blesser qui que ce soit, mais je le ferai si c'est nécessaire. Tu me comprends ? Si tu fais quoi que ce soit pour attirer l'attention, il y aura des victimes.

La panique aveugle dans son regard s'atténue quelque peu, remplacée par une peur un peu plus rationnelle, sans en être moins intense. Elle me comprend.

Le fait que je ne bluffe pas aide.

— Q-que voulez-vous ?

Même avec leur couche de baume, ses lèvres tremblantes sont pâles.

— Pourquoi êtes-vous ici ?

— Je voulais te voir, dis-je, l'entraînant à travers la foule en évitant les caméras postées autour du bar. Les bras nus de Sara sont tendus dans ma poigne, sa peau glacée, mais comme je m'y attends, elle ne crie pas.

De tout ce que je sais d'elle, la petite médecin préférerait mourir que de mettre en danger une foule d'étrangers.

— Danse avec moi, dis-je à nouveau lorsque je me retrouve où je le veux, près d'un mur, à un coin peu éclairé de la piste de danse, où la foule forme un mur humain autour de nous. Pour l'amener à obtempérer, je lâche ses bras et étreins sa taille, attentif à maintenir une poigne légère.

Son corps est aussi rigide qu'un bloc de glace alors que je la retiens près de moi, mais pour la foule qui nous entoure, nous ressemblons à un autre couple se balançant au rythme de la musique. L'illusion n'en est que plus réelle lorsqu'elle lève les mains et les dépose sur mon torse. Elle tente de me repousser, mais elle est trop bouleversée et son mouvement manque de force. Pas que cela changerait quelque chose si elle poussait de *toutes* ses forces.

Je peux neutraliser la plupart des hommes avec peu d'efforts, alors, ne parlons pas d'une femme aussi mince qu'elle.

— N'aie pas peur, murmuré-je, gardant son regard prisonnier.

Même sur une piste de danse bondée, je peux percevoir son parfum, quelque chose de délicat et fleuri, et mon corps réagit à sa proximité, mon sexe se durcissant sous la sensation de sa taille mince entre mes paumes. Je veux l'attirer contre moi, sentir son corps contre le mien, mais je me force à maintenir une petite distance. Je ne veux pas l'effrayer sous l'intensité de mon désir. Le regard de Sara est déjà celui d'un petit gibier pris au piège, aveuglé par la peur et le désespoir. Ça me donne envie de la soulever dans mes bras et de l'étreindre contre mon torse, mais ça ne ferait que la terrifier davantage. En ce moment, tout geste de ma part la terrifierait ; je pourrais l'inviter à chanter au karaoké et elle aurait une crise de panique.

— Que veux-tu de moi ?

Son souffle est rapide et court alors qu'elle me fixe du regard.

— Je ne sais rien…

— Je sais.

Je garde un ton doux.

— Ne t'inquiète pas, Sara. Cette partie est terminée.

La confusion remplace quelque peu la terreur dans ses yeux.

— Mais alors, pourquoi…

— Pourquoi suis-je ici ?

Elle acquiesce prudemment.

— Je ne sais pas vraiment, dis-je, et c'est la pure vérité.

Au cours des cinq dernières années et demie, la vengeance a dominé ma vie. J'ai tout fait pour atteindre ce but, mais maintenant que je suis presque à la fin de ma liste, l'avenir s'annonce morne et vide devant moi, le chemin qui m'attend est enveloppé d'un brouillard morose. Une fois que j'aurai tué la dernière personne responsable de la mort de ma famille, je n'aurai plus aucun but. Ma raison d'exister sera bel et bien perdue.

Enfin, c'était ce que je pensais avant de la rencontrer et d'apercevoir la douleur dans ses yeux de biche. Maintenant, elle dévore mes rêves et hante mes journées. Lorsque je pense à Sara, je ne vois pas le corps déchiré de mon fils ni le visage ensanglanté de Tamila.

Je ne vois qu'elle.

— Allez-vous me tuer ?

Elle essaie, sans succès, de garder une voix calme. J'admire tout de même sa tentative de sang-froid. Je l'ai approchée en public pour qu'elle se sente davantage en sécurité, mais elle est trop sage pour se laisser duper. S'ils ont abordé mes antécédents, elle doit savoir que je peux lui briser la nuque plus vite qu'elle ne peut crier à l'aide.

— Non, réponds-je, en m'inclinant davantage alors qu'une chanson plus bruyante commence. Je ne vais pas te tuer.

— Alors, que voulez-vous de moi ?

Elle tremble entre mes mains, et je suis à la fois intrigué et perturbé par ce fait. Je ne veux pas qu'elle me craigne, mais parallèlement, j'aime l'avoir à ma merci. Sa peur alimente le côté prédateur en moi, transformant mon désir en quelque chose de plus sombre.

Elle est une proie conquise, douce, tendre et mienne à dévorer.

En penchant la tête, j'enfouis mon nez dans sa chevelure parfumée et murmure à son oreille :

— Retrouve-moi au Starbucks près de chez toi demain, à midi, et nous parlerons. Je te dirai tout ce que tu veux savoir.

Je recule et elle me fixe, les yeux énormes dans son visage en forme de cœur. Je sais ce qu'elle pense, alors je me penche à nouveau, ma bouche près de son oreille.

— Si tu contactes le FBI, ils tenteront de te cacher. Comme ils ont essayé de le faire pour ton mari et les autres sur ma liste. Ils te déracineront, ils t'éloigneront de tes parents et de ta carrière, et ça ne servira à rien. Je te retrouverai, peu importe où tu es Sara… peu importe ce qu'ils font pour t'éloigner de moi.

Mes lèvres effleurent l'arête de son oreille, et je sens son souffle trembler.

— Ils pourront aussi t'utiliser pour me tendre un piège. Si c'est le cas, je le saurai, et notre prochaine rencontre ne sera pas autour d'un café.

Elle frissonne, et j'inspire profondément, m'emplissant de son parfum délicat une dernière fois avant de la relâcher.

En reculant, je me fonds dans la foule et envoie un message à Anton pour qu'il mette l'équipe en place.

Je dois veiller à ce qu'elle arrive chez elle en un seul morceau, dérangée par nul autre que moi.

Envie d'en lire plus ? Pour en savoir plus, veuillez visiter mon site web à www.annazaires.com/book-series/francais/.

**Ma nouvelle mission au boulot : tester des jouets.
Oui, des jouets de ce genre.**

Enfin, techniquement, il s'agit de tester l'application
qui contrôle les jouets à distance.

Un problème ? La fille de la démo qui est censée tester
le produit (à savoir, le jouet en question) vient
d'entrer dans les ordres.

Un autre problème ? Ce projet est important pour mon
patron russe, le beau, ténébreux et alléchant
Vlad, surnommé l'Empaleur.

Il n'y a qu'une seule solution : tester l'appli et le produit
moi-même… avec son aide.

— Moi ?

Il écarquille les yeux et fait un pas en arrière.

Je me suis lancée, maintenant, alors je continue tête baissée :

— Ça semble logique. J'imagine que tu te fais confiance pour ne pas me jeter dans le port. L'aspect privé du projet ne sera pas compromis. Et, eh bien…

Cette fois, je rougis horriblement.

— Tu as le membre qu'il faut pour ça, ajouté-je.

Spontanément, mes yeux se baissent vers le membre en question, avant de se relever vivement.

Les portes de l'ascenseur s'ouvrent.

— Continuons cette discussion dans la voiture, dit-il avec une expression indéchiffrable.

Zut, zut, zut. Est-ce qu'il déteste cette idée ? Est-ce qu'il me déteste, rien que pour l'avoir suggérée ? Mince, ça risque d'être très gênant s'il dit non.

Suis-je sur le point de me faire virer pour avoir dragué le patron de ma patronne ?

Nous montons à nouveau dans la limousine, assis l'un en face de l'autre, cette fois.

Il relève la cloison et commence :

— Juste pour clarifier les choses : je teste le lot masculin, en jouant à la fois le rôle de donneur et de receveur, on est d'accord ? En fait, j'ai déjà testé l'un des équipements moi-même après avoir conçu l'application. En théorie, je pourrais donc faire la même chose avec les autres.

Oui ! Il envisage vraiment de le faire. J'ai envie de sauter dans tous les sens, alors même que la rougeur sur mes joues, qui s'était légèrement dissipée durant le trajet depuis l'ascenseur, réapparaît dans toute sa gloire.

— Ce ne serait pas un bon test complet, objecté-je. Et tu le sais. C'est toi qui as conçu le code, alors tu es biaisé, en quelque sorte.

— Alors, qu'est-ce que tu suggères ? demande-t-il, ses narines dilatées.

Même mes pieds doivent rougir, maintenant.

— Tu ne joues que le rôle de receveur. Moi, je joue celui du donneur, et j'enregistre les données du test. C'est la manière la plus convenable de procéder.

Il hausse les sourcils.

— C'est une utilisation largement abusive du mot « convenable ».

— Écoute, reprends-je, tentant d'imiter son timbre de voix du mieux possible. Si tu veux abandonner, je comprendrai.

Un sourire sensuel étire lentement ses lèvres.

— Je ne recule jamais devant un défi.

Ma culotte peut-elle vraiment fondre, ou est-ce juste une expression ?

Si vous souhaitez en savoir plus, veuillez consulter le site internet d'Misha Bell www.mishabell.com/fr.

À PROPOS DE L'AUTEUR

Anna Zaires est une auteure à succès international du *New York Times* et du *USA Today* de romances de science-fiction et de romances érotiques sombres contemporaines. Elle a découvert son amour des livres à l'âge de cinq ans, quand sa grand-mère lui a appris à lire. Depuis elle a toujours vécu en partie dans un monde de fantaisie dont les seules limites sont celles de son imagination. Elle habite actuellement en Floride et vit heureuse avec son mari Dima Zales, qui écrit des romans de science-fiction et des romans fantastiques, et avec qui elle travaille en étroite collaboration pour chacune de leurs œuvres.

Pour en savoir plus, veuillez visiter www.annazaires.com/book-series/francais/.